我的文艺笔记

【美】钱震来◎著

华东师范大学出版社

·上海·

图书在版编目（CIP）数据

晚霞集：我的文艺笔记/（美）钱震来著. —上海：
华东师范大学出版社，2025. —ISBN 978 - 7 - 5760 - 5958
- 8

Ⅰ.Ⅰ712.65

中国国家版本馆 CIP 数据核字第 2025580GB9 号

晚霞集——我的文艺笔记

著　　者　［美］钱震来
责任编辑　梁慧敏
责任校对　宋红广　　时东明
装帧设计　卢晓红

出版发行　华东师范大学出版社
社　　址　上海市中山北路 3663 号　邮编 200062
网　　址　www. ecnupress. com. cn
电　　话　021 - 60821666　行政传真 021 - 62572105
客服电话　021 - 62865537　门市（邮购）电话 021 - 62869887
地　　址　上海市中山北路 3663 号华东师范大学校内先锋路口
网　　店　http://hdsdcbs. tmall. com

印 刷 者　上海新华印刷有限公司
开　　本　890 毫米×1240 毫米　1/32
印　　张　7.375
字　　数　185 千字
版　　次　2025 年 7 月第 1 版
印　　次　2025 年 7 月第 1 次
书　　号　ISBN 978 - 7 - 5760 - 5958 - 8
定　　价　35.00 元

出 版 人　王　焰

（如发现本版图书有印订质量问题，请寄回本社客服中心调换或电话 021 - 62865537 联系）

/ 左起：母亲杨霞华，
钱震来，父亲钱谷融。
摄于1949年作者一
周岁

/ 左起：钱震来，杨霞
华，钱谷融，陈克。
1998年摄于圣·路
易斯拱门。摄影：郭
景德

/ 与相差四岁的妹妹合影
（王开照相馆）。父亲笑
评："一个是'我什么都
懂'，一个是'我什么都
不懂'"。

/ 母亲杨霞华

/ 目录

/ 前言

　　说不定人生真是个怪圈，迟早会回到原点。记得年少时不知天高地厚，对文学、戏剧、数学、物理、音乐、外语都先后有过兴趣，也可能确实喜欢过，但都不是刻骨铭心的热爱，往往只是某时某刻可能做的最佳选择，从来也没感觉到真有做选择的福气（luxury）。因父母是教师，几无悬念，绕不过逆反心理的我最不想干的就是做老师，什么"得天下英才（或不才）而教之，一乐也"。结果鬼使神差到了美国，终于"如愿以偿"，"沦落"到以教琴为生，一个个被父母宠坏的洋囝华崽成了我遮风避雨的小金菩萨。不过倒是从美国小孩或 ABC（America Born Chinese）那儿学到了动辄要探索"who I am（我是谁）"的矫情。华人是看菜下饭，有多少资本办多少事；洋人却总是先问你的目标是什么，气吞山河，也不管有几分本事。回看过往，也未看出真有什么应是自己的"天职"，老是见异思迁，打一枪换一个地方。当然这大都是为形势所逼，非心血来潮，肆意妄为。

　　父亲对我一会儿学理科，一会儿学音乐从来不说什么，也不反对，但我做的一切他似乎都看不上眼，唯独对我写的文章，总称赞有加。记得小学时写过一篇作文，因跑题了，吃了个 2 分，父亲读后，大加赞赏。《论简·奥斯丁》原来是我的一篇英语论文，试着译成中文，读读好像尚可，并不太小儿科，父亲看了，也很满意。现在回想起来，他似乎内心深处还是希望我能写写弄弄，但因自己吃了写文章的亏，也不便说什么。也可能是"职业病"，对写作懂，其他隔行如隔山。当然最靠谱的解释是：即便对我一百个不满意，"癫痢头儿子还是自己的好"。幸亏，干其他都是要有真本事的，唯写文章是所有不得意人的最后机会或归宿。或不堪回首，将自己的不幸撕开给别人看，或说些疯话，将自己的啼笑皆非与别人分享。庆幸的是，总算没中头彩，被"天降大任于斯人也"，没有过于惨痛的经历，须死里逃生，当然也不是一帆风顺，功成名就，而是不起眼的普普通通，既没有被人幸灾乐祸，踏上一只脚，也没有引起眼红，被置于死地而后快，才能平安落地他乡，得以沐浴在夕阳的霞光中，也才有了这些在人生"末班车"上写下的文章，唱念做打台下客，喜怒哀乐圈外人，臧否人物，月旦春秋一番。这本《晚霞集》非刻意而为，既不是为回报父母从未实现的期望，也不图向自己或别人证明什么，而是有啥说啥，顺其自然。但谁又能保证"自然"的背后不是 DNA 在暗中策划、推波助澜呢？甭管好坏，权当是交给造物主一本迟到了几十年的作业吧！

/ 父与子

——在钱谷融先生追悼会上的家属答谢辞

尊敬的各位领导、各位来宾：

感谢大家拨冗前来参加先父的追悼会。我的父亲钱谷融先生于2017年9月28日晚9时16分在复旦大学附属华山医院因病辞世。

父亲于9月20日入华山医院治疗，身体状况已不尽如人意。9月28日，是他99岁的生日，很多领导、他的弟子和朋友都陆续来了，在大家的祝福中，他很开心地和大家一起切蛋糕，幸福之情溢于言表，尽管他话不多，但他总是以笑容向每个来看望他的人示意，表示感谢。傍晚时分，父亲示意我们拉上窗帘，需要小憩一会，然后便沉沉睡去。也许父亲是真的累了，这一觉睡得显然是长了点，但他睡得很安稳，我们都不忍再去打扰他。父亲的一生是散淡的一生，宠辱不惊，他以这样的方式与我们告别应该是最好的了。

近些年来，由于我们子女多身居海外，父亲的一切全仰仗各位的照顾，作为子女，我们内心满是感激。上海市领导逢年过节常来看望慰问，华东师大的校领导更是时时关心我的父亲，在父亲过世的当天，校党委童世骏书记、杨昌利副书记等校领导还来病榻前慰问。中文系师生们在日常生活上给予了无微不至的关心照顾。父亲何其有幸，晚年得到了各方面最好的关心照顾。在此，请接受我们家属最诚挚的谢意。

在这里，我还要特别感谢我父亲的弟子们。父亲是一名教师，他的学生就像他的孩子一样，有他们的陪伴，晚年的父亲从不寂寞。父亲喜欢下棋，有人每周定时来陪老人下棋散心；父亲爱到处走走看看，有人就常带着父亲去周边转转；有人常来陪他谈论《世说新语》；有人常陪他去长风公园散步。所以，生活中或镜头中的父亲常常是咧着嘴笑呵呵的，桃李满天下的他享受了人世最好的硕果。我想说，你们才是他真正的儿女。

父亲永远地睡着了，然而有这么多社会各界来宾来为他送行，想必睡梦中的他肯定是开心和满足的。他若能从梦中苏醒，一定会笑得合不拢嘴，对亲临的各位领导、同事、学生、亲友作揖道谢，不只是为了谢谢各位对他的厚爱，更是为了谢谢各位对教师、对知识、对理性和 common sense 的尊重。

我和逝者虽为父子，但处世为人不太相同，每代人似乎都会反叛上代人。如果说我父亲相信的是"人之初，性本善"，那我看到更多的则是"人之初，性本恶"。面对恶，我父亲是秀才遇到兵，有理说不清，但仍守住了做人的底线。而我们这深感幻灭的一代则更可能会愤世嫉俗，看破红尘，因别人作恶而自暴自弃地认为拿到了也做坏人的许可证，虽然我们所受到的伤害远远比不上我们的父辈。

鲁迅曾这样评价俄罗斯大作家陀思妥耶夫斯基：陀氏对人的灵魂的剖析是如此深刻，他不但要从善的表象中拷问出人性之恶来，他还要再从这恶的背后拷问出善来。我想我只是自鸣得意地看到了笑脸后面的人性之恶，而我父亲则再进一步在恶后面看到了善。所以他活得比我平静、洒脱、快乐。他虽然对别人的欺骗、出卖、恶意心知肚明，但他能理解，宽容，不求全责备，不斤斤计较。他深知人性之脆弱与无常，包括自己在内谁都不是圣人。

这种心态或许与他的 DNA 有关，而他对文学艺术的喜爱，对美的追求更加强了这一秉性。因为所有好的文艺作品都是对人性中美的一面的追求、放大、升华，让在人世间未能实现的正义在文艺作品中得到伸张，得到道义上的胜利，永久的胜利。

非常希望人性中美的一面战胜恶的一面，理智战胜愚昧，爱战胜恨，就像我父亲平凡而又命运多舛的一生最终画上了还算完美的句号一样。谢谢大家！

2017 年 10 月

/ 论简·奥斯丁

时至今日，简·奥斯丁早已无须别人捧场了。虽说她从来没有特别红过，但多少年来她的名声一直稳步上升——这点说明她很有可能也是一位"不属于某个时代，而属于所有世纪"的作家。通常她被看作是因循守旧、安分守己的典型，但奇怪的是，自从十九世纪以来，她常常成为文学批评家争论的焦点：有人嫌她琐碎平凡，有人则又认为她意义重大；有人说她观点保守，有人则又认为她是个激进派，甚至怀疑她是在煽动颠覆；有人把她说成是"马克思之前的马克思"，有人则又责备她有意回避重大历史事件；有人对她小说中田园诗般的世界不以为然，有人则又对她准确的现实主义风格赞叹不已；有人似乎对她不屑一顾，有人则将她比作莎士比亚……所有这些相互矛盾的意见说明很难简单地将奥斯丁归入某个文学流派。但颇值得玩味的是，她虽不受好些正统批评家的青睐，却并不妨碍她取得了实实在在的成功。事实上引起争议本身就说明她的作品不同凡响，而时间的考验又一再证实了她的小说很耐读。由此我们不难推测，奥斯丁一定在某些方面别具一格，她在世界文学宝库中自有其不可取代的地位。本文想试着指出奥斯丁小说的某些不同寻常之处——虽然她本人一再声称她是专写平凡琐事的。

我以为下面四点是可以提出来说一说的。

一、新视角

一七四二年，菲尔丁出版了他的《约瑟夫·安德鲁传》。这本小说的开头几章完全是对理查德逊的小说《帕米拉》进行反其道而行之的滑稽模仿。《帕米拉》是一部在文学史上颇有影响的感伤主义小说，说的是女仆帕米拉的美貌如何引得主人 B 先生垂涎三尺，千方百计要占有她，帕米拉如何死守贞操抵御了他的无耻引诱，最后 B 先生又如何情不自禁，不得不同她结为夫妻。结果是皆大欢喜，帕米拉的"德行"得了个"好报"。菲尔丁一定是觉得这位女圣人帕米拉其实有点欲擒故纵，而且整个故事也令人难以相信。所以在《约瑟夫·安德鲁传》中，菲尔丁让男人和女人在爱情的把戏中互换了个位置。同《帕米拉》的模式截然相反，菲尔丁让女主人 B 女士（B 先生的一个亲戚）看上了自己的漂亮男仆，帕米拉的弟弟约瑟夫·安德鲁，这位太太像 B 先生追帕米拉一样色眯眯地紧盯安德鲁不放。菲尔丁这个玩笑开得很成功，因为在一个男人占统治地位的社会里，女人天经地义是男人的猎物，而非相反。但是正当读者忍俊不禁，还没来得及细细体会更深一层意思时，菲尔丁的玩笑戛然而止。他笔锋一转，让小说完全朝另一个方向发展下去。原因何在？一般认为菲尔丁很可能本来就不打算把这个玩笑开到底，他只是用它作为一个引子，引出《约瑟夫·安德鲁和亚当牧师历险记》（小说的全名）。不过，这个疑案也可以从另一个角度来加以解答——菲尔丁的性别。作为一个男人，菲尔丁在小试了几场女追男的滑稽戏后不得不承认，男女之间在爱情上的关系还是照理查德逊的传统模式更为容易处理。虽然菲尔丁一定对《帕米拉》中的一边倒的描写大觉倒胃，但有意要反其道而行之，却也不那么容易，尤其很难预料这个逆水行舟之终点在哪里。所以他没能把他这个绝妙的主意贯彻到底。看来，菲尔丁还不是干这件事的最合适的人。

这一半途夭折的大胆设想居然会让奥斯丁成功地借为己用是颇让人吃惊的。身为一个乡村牧师的女儿，一辈子平平稳稳，从来与政治无涉，奥斯丁不但在性别上，而且在几乎所有其他方面与菲尔丁截然相反。

奥斯丁未完成的遗作《桑迪顿》中有这样一段，可以帮助我们理解奥斯丁如何从理查德逊、菲尔丁的遗产中得到启发，开始以一个全新视角来观察问题。

事实上环境使爱德华爵士局处一隅，感伤主义小说未免读过了头，以至于理查德逊小说中那些最激情澎湃，最害人的部分早就迷住了他的心窍。以至于步理查德逊后尘的那些小说家关于男人要不顾一切地追逐女人的这类描写占去了他大部分的阅读时间，同时也形成了他的性格。①

以上这段话其实告诉我们理查德逊小说中哪些部分是让奥斯丁最倒胃口的（虽然总的来说，奥斯丁还是很欣赏理查德逊的）。奥斯丁同菲尔丁在这一点上颇有同感——引得菲尔丁禁不住要嘲弄《帕米拉》的也正是那部分描写。但不同的是，这些败笔对奥斯丁来说成了一种刺激，一种启示，一根可以用来翻转文学上流行模式的杠杆。奥斯丁正是以此为突破口，作出了她独特的贡献。她独辟蹊径，或者更确切地说她以一种全新的视角来处理她的素材，从而使小说别开生面。

奥斯丁在《傲慢与偏见》中，开门见山地宣布了她小说艺术的主题。

凡是有钱的单身汉，总想娶位太太，这已成了一条举世公认的真理。

这样的单身汉，每逢新搬到一个地方，四邻八舍虽然完全不了解他的性情如何，见解如何，可是，既然这样一条真理早已在

---

① Jane Austen: *Lady Susan/The Watsons/Sanditon*, New York: The Penguin English Library, 1974, p.191. 笔者译。

人们心中根深蒂固，因此人们总把他看作自己某一个女儿理所应得的一笔财产。①

这一著名段落既明白又含混，既平凡又特别，以至于没有人读后会轻易忘却。而且，虽然评论家们乐此不疲地对它反复分析、研究，仍不减它的魅力。我们本能地感到在它轻松的口吻后面一定隐藏着什么不寻常的东西，可又难于抓住它。用美国评论家朱丽亚·普列维特·布朗的话来说，文学上有些著名段落不论我们重读多少遍，永远使我们惊奇，而奥斯丁这段开场白正属于这一类。布朗继续解释道："奥斯丁这段文字之所以让我们吃惊是因为我们不知道如何来理解它。"② 照布朗的看法，《傲慢与偏见》的开场白要么是彻头彻尾的反讽，要么是喜剧的夸张。把它看作反讽的话，它的含意要多于它字面所表达的。要是将它看作喜剧性夸张的话，那么它的含意又比它字面所表达的要少。其实布朗女士还有第三条路可走，即用最简单、最直接、最自然的方法，也即直截了当地照字面来理解这段文字，这样的话，收获会大得多。事实上，奥斯丁说的既不多（照男人的观点）也不少（照女人的看法），恰恰是宣布她小说的主题，亦即她的女主角关心的头等大事，是如何想方设法嫁个有钱的丈夫。为什么这样一段大实话，这样明明白白的常识之见会如此令人惊奇呢？原因就在于它同人们想象中女作家应说的对不上号，同文学作品里的女人在爱情婚姻中通常所处的被动地位极不相称。其直截了当，其肆无忌惮既让我们觉得有趣，又让我们吃惊。奥斯丁说出了女人从未公开说出的话，挑

---

① （英）简·奥斯丁：《傲慢与偏见》，王科一译，上海：上海译文出版社，2006年。

② Julia Prewitt Brown: *Jane Austen's Novels — Social Change and Literary Form*, Cambridge: Harvard University Press, 1979, p.65.

明了男人从未充分看清的把戏。奥斯丁正是以此让读者一下子就站在女人的立场上，用新的视角来观察爱情、婚姻，——在奥斯丁的小说中一反传统模式，女人不再处于被动地被男人追逐的地位（至少在心理上），而男人则成了女人的猎物。

奥斯丁对传统的文学作品中女人那种假斯文、装腔作势的模式极不耐烦。她在《诺桑觉寺》中通过对理查德逊的奚落，将这一点表现得尤为明白。

> 他们（凯瑟琳和亨利）又跳起了舞。舞会结束分别时，从小姐那方面说，倒是颇有意发展两人的关系，至于她是否在晚上临睡前铺床，喝点水酒时还在想他，以至于梦里来魂，那可不敢乱说，因为一位名气挺大的作家一口咬定，男方若不先表示有意，女方绝不该坠入情网。一位小姐要是不先知道一位绅士梦见了她而贸然梦见了他是有失体统的。①

奥斯丁最后一部完成的小说《劝导》中的女主角安妮·艾略特抱怨道："男人比我们占便宜，因为他们可以由自己来讲自己的故事。"我们完全可以想见，奥斯丁一定觉得男人占女人的便宜还在于通常得由他们来讲女人的故事。而那些本来就为数不多的女作家，又正如著名作家乔治·艾略特所批评的那样，老是从男人的角度，学男人的腔调来写作。奥斯丁则不然，她通过根本颠倒了男女在恋爱婚姻中的相互位置（或者说让他们处于一种更为对等的相互关系中），将一种新的视角引入她的作品中，以至于她的小说具有独特的女人味，从这点看，她是文学史上一个转折点。由于奥斯丁追求的是女人生活的真实而非

---

① Jane Austen: *The Complete Novels of Jane Austen*, New York: The Modern Library, p.1037.

女人虚假的体面，她成了英国文学史上第一位自觉地真正从妇女角度描绘现实世界的作家。

二、"一场战争"

对于在广阔的社会舞台上搏斗的男人来说，婚姻只不过是他生活中的一部分（虽然比他认为的要重要），但对于十八、十九世纪英国妇女来说，一结婚就得离开娘家改随夫姓，又无权从政及参与其他种种社会活动（除了家庭活动），婚姻几乎就是她们的一切——既是生命上一阶段的结束，又是下一阶段的开始。对奥斯丁的女主角来说，"同她们未来丈夫的头一次见面标志着她们道德上的成长"，[①] 而求婚时期更是"命运不由她们家庭掌握而落在她们自己手中的唯一一次机会"。[②] 因为她们有选择权，选什么样的丈夫实际上就决定了她们的将来以及未来子女的将来。所以选丈夫实际上牵涉到一系列具体问题，其复杂、其事关重大绝不亚于男人们选择职业。既然男人为了得到一个称心的工作和舒服的生活必须相互竞争，那么妇女（尤其是没有什么财产的姑娘）为了得到生活的保障也得为选一个合适的丈夫而奋斗。但是"天底下腰缠万贯的男人肯定少于有资格嫁给他们的美女"，[③] 所以未婚姑娘，她们的母亲（其起劲程度绝不亚于当事人）及所有有关家庭之间的竞争会变得如此激烈，以至于除了用弗吉尼亚·伍尔夫的话来说这简直是"一场战争"外，几乎找不到更恰当的字眼来形容了。这场"战争"之辉煌、之捉摸不定、之可歌可泣，因此在奥斯丁笔下

---

① Julia Prewitt Brown: *Jane Austen's Novels — Social Change and Literary Form*, Cambridge: Harvard University Press, 1979, p.7.

② 同上书，p.11.

③ 见《曼斯菲尔德庄园》，（英）简·奥斯丁著，孙致礼译，上海：译林出版社，2009年。

之引人入胜，绝不亚于一场男人之间的真正战争，不同的只是这种女人的战争不是在野地而是在客厅中进行的。

在奥斯丁的任何一本小说里，由于女人极少愿意"下嫁"，所以可娶之女总多于可嫁之男。有钱的男人因而不可避免地成了待嫁姑娘、她们的母亲以及有关家庭之间争夺的目标。在《理智与情感》中，玛丽安同格蕾小姐争夺约翰·威罗比，爱丽诺同露西争夺爱德华·费勒，在《傲慢与偏见》中，彬格莱先生被他的邻居们看作是他的"某一个女儿理所应得的一笔财产"，达西则是彬格莱小姐、德鲍尔小姐以及伊丽莎白的争夺目标，而班纳特太太的"生平大志就是嫁女儿"。在小说结尾处，这位太太好大福气，一下子体面地嫁出了三个女儿，"她生平最殷切的愿望终于如愿以偿"，以至于"她后半辈子竟因此变成了一个头脑清楚、和蔼可亲、颇有见识的女人"。在《曼斯菲尔德庄园》中，只有玛丽亚·华德小姐"福星高照，赢得了诺坦普郡曼斯菲尔德庄园托马斯·贝伦特爵士的心，一跃而成为一个准男爵夫人"。她的姐姐和妹妹长得比她毫不逊色，理应也攀门好亲，结果运气差远了：华德小姐"蹉跎了五六年，最后只好去爱上……几乎是一点财产也没有的诺利斯牧师"。而妹妹法兰西丝小姐的婚事，"用句俗话来说，娘家人很不称心，她居然看上了一个没有文化，没有家产，并且没有门第的海军陆战队的中尉"。正是在这样的背景下，小说描写了她们下一代的婚姻。在《诺桑觉寺》中，伊莎贝拉一心想引蒂尔尼上尉上钩，并且同她哥哥一起耍手段让凯瑟琳险些嫁不了上尉的弟弟。在《劝导》中，安妮在其好友罗素尔夫人的劝导下取消了同弗雷德里克·文特渥斯的婚约之后八年，又同露易莎争夺这同一男子（虽然是默默地），不过现在他已是上校，经济状况也大为改善。甚至爱玛"漂亮、聪明、富裕、家庭舒适、性情快乐，似乎把生活中几种最大福气都集于一身，……

很少遇到不顺心的事"，可在小说近结尾处，由于吃不准奈特里先生感情的对象而发觉自己很不顺心，这表明，爱玛虽然"似乎把生活中几种最大福气集于一身"，可就是缺少一个丈夫。

奥斯丁的这种观察角度完全出自妇女的立场，在她之前，没有哪一位作家有意识地采用过，在她之后，也很少有女作家如此坦率。似乎是为了更进一步证实她始终严守女性的观察角度，奥斯丁从来也不企图突破她性别带来的限制。例如，她从不描写没有女人参加的场面或谈话。另外，她对男人的愚蠢，如柯林斯先生（《傲慢与偏见》）、伍德豪斯先生（《爱玛》）、瓦尔特先生（《劝导》），往往表现出女性的宽容，是觉得好笑多于谴责。甚至她小说中那些坏男人（常常外表颇有吸引力），也往往与其说是邪恶，不如说是贪图享受，不负责任。例如《理智与情感》中的约翰·威罗比，《傲慢与偏见》中的乔治·韦翰，《曼斯菲尔德庄园》中的亨利·克劳福德。相反，奥斯丁对那些狡诈、摩拳擦掌的女同胞们的态度则要严厉得多。她对这些人的刻画绝少漫画成分，而是入木三分，口吻也远非像对男角那样宽厚。这类令人不快的女角色为数还真不少：《傲慢与偏见》中的彬格莱小姐，《诺桑觉寺》中的伊莎贝拉，《理智与情感》中的露西，《爱玛》中的埃尔顿夫人，《曼斯菲尔德庄园》中的诺里斯太太，《劝导》中的伊丽莎白、克蕾夫人，等等。

例如《傲慢与偏见》中彬格莱小姐对伊丽莎白无意间吸引了达西先生大为恼火，以至于她"为了激起达西对伊丽莎白的反感，老是大谈达西同伊丽莎白之间假想的婚姻，数说这种婚姻会给达西带来的种种快乐"。伊丽莎白一走出饭厅，彬格莱小姐就开始说她的坏话，把她的作风说得坏透了，说她既傲慢又无礼，不懂得跟人家攀谈，仪表不佳，风趣索然，人又长得难看。还不打自招地说："有些女人为了自抬身价，往往在男人们面前编派女人，伊丽莎白·班纳特就是这样一种女人，这种手段在某些男人身上也许会发生效果，但我认为这是一种下贱的诡计，一种卑鄙的手腕。"而奥斯丁则借达西之口答道："毫无疑问，姑娘们为了勾引男人，有时竟不择手段，使用巧计，这真卑鄙。只要你的做法带有几分狡诈，都应该受到鄙弃。"从奥斯丁对彬格莱小姐之流的严峻态度不难想象，作为一个女人，奥斯丁本人也必然卷入过这种女人的"战争"，但不甚成功，所以她对她的竞争对手的了解一定比对竞争目标的了解要深得多。另一值得注意之点是奥斯丁小说中的可嫁之男士在爱情上的真正意图一直显得模棱两可，不到小说结尾，奥斯丁决不解开这个疑团。的确，对于那些相互竞争的姑娘来说，她们争夺对象的意向必定是有点难以捉摸，让人放心不下，绝不会一下子明确以至于令人泄气灰心，过早退出竞争。这种男角态度上的游移不定造成了一种戏剧性悬念，一方面使那些女斗士的精神抖擞，士气旺盛，满怀希望坚持到谜底的最后揭晓，另一方面又牢牢抓住了读者。奥斯丁对"客厅之战"中女人的胜利之喜和失败之苦，换句话说，对女人在战争中的"英雄主义"了解得太透彻了，她的确无需再在她的小说中引入什么更重大的主题了。

三、两个主题

用爱情作为文学中的主题是无需找什么借口的。如果我们断言，爱情是占惊人比例的一大批文学作品的主心骨，大概并非言过其实——虽然道学家们会对这种说法浑身不自在。很多雄心勃勃的作家相信，或者力图让人相信他们是在写比爱情更伟大、更有意义的东西，但他们的作品要么寿命不长，要么不争气地违反他们的初衷。很少有作家能不写爱情而引起读者持久的兴趣，或者说，用爱情描写来吸引读者往往是条捷径。这也并不奇怪，因为照弗洛伊德的说法，艺术创作同真实的人生一样，其原始动力，其最隐蔽、从而也是最有力的动机是性冲动（从这个词的广义上来理解）。《战争与和平》是伟大的，因为它描写了俄法战争。托尔斯泰为写这部书花了大量时间和精力钻研了那段历史。但很少有人会把这部巨著中的"战争"部分读上两遍，而"和平"部分，娜塔莎、皮埃尔、安德烈、玛丽、尼古拉、索尼娅之间的爱情纠葛却不论我们第几次打开这本书都能打动人。"战争"赋予这部小说以广度，而"和平"则给它以深度。就读者的观点看，"战争"只不过为活生生的角色提供了广阔的背景。同样，对学者们来说，《红楼梦》也许更是一部历史，但吸引普通读者的却几乎毫无例外总是宝黛之间的爱情悲剧。由此，我们想起高尔基的一番话，他认为人的世界是为"饥饿"和"爱情"所左右（孟子所谓"食，色，性也"）。前者关系到个人的生存而后者却关系到种族的延续，前者往往是政治的杠杆，战争的根源，而后者则往往是艺术的动力。

一般认为奥斯丁偏爱琐细轻微、意义不大的题材，她为此也常遭批评家们的指责。但实际上，奥斯丁是把高尔基说的人间两大主题"食""色"紧密结合、互为补充地写进其作品，并写得机智协调、令人信服的少数几个作家中的一个。奥斯丁从不追求宏伟壮观，恰恰相反，她有意地将她笔下的世界局限于摄政时期英国乡村中几家邻居，其中的角色又是只关心舞会、打猎、野餐、茶会、谈情说爱、说长道短。但由于奥斯丁的主题不只是爱情，而是婚姻，实实在在的婚姻，连同实际婚姻必然牵涉到的经济上的考虑（"食"的主题范围），以及婚姻对下一代的影响，奥斯丁的小说便具有了相当的广度。简而言之，由于奥斯丁是从婚姻的角度看爱情，或者说，由于她把"食"的主题引入"色"的主题之中，奥斯丁给予我们的就不只是几对爱侣情人，而是整个社会。

奥斯丁清醒的现实主义使她的作品具备了她并未刻意追求的社会意义。她直截了当地指出金钱（"食"的主题）在爱情中的地位。这种"拆穿西洋镜"的做法很让沉湎于浪漫主义理想的人不舒服。比如著名的历史小说家司各特虽然对奥斯丁很欣赏，却对奥斯丁以极不浪漫的口吻谈到婚姻而颇为不安。但奥斯丁关心的不是男人的口味而是女人真实的处境。一个典型的例子就是《傲慢与偏见》中夏洛特对婚姻看法的一段话：

> 她（夏洛特）想了一下，大致满意。柯林斯先生固然既不通情达理，又不讨人喜爱，同他相处实在是件讨厌的事……不过她还是要他做丈夫。虽然她对于婚姻和夫妇生活，估价都不甚高，可是，结婚到底是她的一贯目标：大凡家境不好而又受过相当教育的青年女子，总是把结婚当作仅有的一条体面的退路。尽管结婚并不一定会叫人幸福，但总算给她自己安排了一个最可靠的储藏室，日后可以不至挨冻受饥。

俨然是咱们"嫁汉嫁汉，穿衣吃饭"的英国版。

另一方面，爱玛虽然同夏洛特相反，并不急于结婚。但她之所以不急于结婚，仅是因为她的经济状况使她无须再去找一个"可靠的储藏室"。她对女友说道：

> "别在意，哈丽特，我可不会成为一个可怜的老处女，对宽宏大量的公众来说，不结婚之所以引人轻视仅在于它同贫困相联系。……但一个有钱的独身女人总是让人尊敬，而且能像任何人一样通情达理讨人喜欢。"[1]

---

[1] Jane Austen: *The Complete Novels of Jane Austen*, New York: The Modern Library, p.814. 笔者译。

对奥斯丁笔下待嫁的小姐们及其双亲来说，最须优先考虑的莫过于待娶绅士的财产了。因为财产能使她们免于"挨冻受饥"。《傲慢与偏见》的开头部分对上选的可嫁之男的定义是"有钱的单身汉"。这些单身汉并不被当作是多情的骑士或未来体贴的丈夫，而是被当作小姐们"理所应得的一笔财产"。伊丽莎白之所以比她妹妹丽迪雅，甚至比姐姐吉因幸运，不只是因为达西人品出众，还因为他的大宗财产。班纳特太太最后的狂喜实际上只是无可指责的实话实说，《理智与情感》和《曼斯菲尔德庄园》的开头也都是女主角经济背景的详细清单，以及分析在此经济条件下她们攀门好亲的可能性。即便是《劝导》中那位温柔善良、忍让克制的女主角安妮之所以毁了她同文特渥斯的婚约，也完全是由于她听从了好友罗素尔夫人的劝告。这位夫人仅因文特渥斯无钱无地位而反对他们结合。虽然奥斯丁的女主角从不单为钱而结婚，但一定数量的钱，一定程度的社会地位是她们婚嫁的必要条件。那些配角，尤其是老一辈的女人可以嫁得很寒酸，但奥斯丁宠爱的女主角们则决不会如此降格以求。她们的优越不仅在于美貌、聪明、正直，还在于理智。《理智与情感》中爱丽诺强于玛丽安主要在于前者富于理智，而后者屈从于感情冲动。《劝导》中安妮最后终于同文特渥斯结百年之好，并不仅仅由于爱情（否则她开头就不必毁约），还在于他改善了的经济状况和地位使他符合了必要条件。说起她先前的毁约，安妮说道：

> "我一直在对过去的事情，对自己的行为，进行反省，试图能明辨是非。就我自己而言，我觉得应该相信我是对的，尽管我为此吃尽了苦头，但当时的情况，我只有由朋友引导着走路。"①

---

① （英）简·奥斯丁：《劝导》，来准方、蔡一先译，郑州：河南人民出版社，1984年。

论及罗素尔夫人对她的劝导，安妮为之辩护道："她的劝导属于这样一类，其正确与否要看事情的发展如何。"在安妮的事上，罗素尔的劝导之所以错了，是由于事情向好的方面发展了，罗素尔夫人在原则上并没有错。

至此，我们不难发现，奥斯丁同几乎所有其他作家（不论男女）都不同。在文学史上，不但浪漫派作家喜欢将爱情理想化——赞美纯洁的爱情，奋不顾身的爱情，反叛社会的爱情，这些爱情的特点是无视社会限制（金钱、地位因素）——即便是大多数现实主义作家也很少从金钱角度来看男女主人公的爱情。他们要么把爱情比作"黑暗王国中的一线光明"，要么把不甚高雅的金钱方面的考虑全扣到他们所批判的角色身上（如《名利场》中的夏泼小姐），而似乎与他们力图赞扬的角色无涉。

奥斯丁坦率地承认金钱（食）在爱情（色）婚姻中的地位，并以此为前提开始她女主角的恋爱史。同那些只涉及一个主题的作家相比，奥斯丁"双主题"写法更细腻，更生动可信，更捉摸不定，由此她的小说艺术也就更引人入胜。说老实话，我们不也常常在内心深处对那些浪漫主义的爱情故事感到厌倦吗？男女主角一见钟情，然后就是他们反抗社会习俗的阻碍，为爱情而走向毁灭或者全然不顾社会条件的可能性，来个有情人终成眷属。这些角色似乎完全不受他们所处时代对他们心理、道德上的束缚。对比之下，奥斯丁的女主角就没有这种福气。她们远没有这么自由，她们甚至也没有打算要争取这种有点可疑的自由（比如像爱玛这样一个人物，奥斯丁就决不会让她爱上那个农民马丁，但按照浪漫主义的模式，他们似乎难免要相爱）。大概爱默生之所以不喜欢奥斯丁，就在于此。这位男士恰恰鼓吹完全的自由和完全依靠自己。但实际上完全的自由在现实生活中只是一种幻觉，在艺术上则会带来灾难性后果。而"限制"则是生活的调节者，并且肯定是任何一种艺术活动的先决条件（你能想象出一种没有限制的艺术形式，或没有规则的游戏吗？很多大人物都认为艺术实际上起源于游戏）。似非而是的是："限制"使个人在社会中更容易觅得自由，而在任何一种形式的艺术中又开阔了艺术家的用武之地。同样，奥斯丁那些小姐们乍一看似乎并不灿烂夺目，但却具有持久的魅力和高度的可信性。

奥斯丁的女主角从来也不屈尊"下"嫁，相反的说法倒更符合实际，在她每一部小说中都有灰姑娘的影子（所以劳妮嫁给了比她富有的表哥爱德蒙特，伊丽莎白嫁给了达西，吉因嫁了彬格莱，凯瑟琳嫁了亨利，爱丽诺嫁了爱德华，玛丽安嫁了布兰登上校，甚至本身富裕的爱玛也嫁给了比她更富裕的奈特利）。但奥斯丁的女主角从来也不单单为了钱为了地位而结婚。她们理直气壮地首先要求得到经济上的保障，这是她们参加那场女人"战争"的起点，但单这一点并不能告诉我们她们的终点在哪里。因为金钱、地位虽然是婚姻的前提，但这只是结婚的必要条件，而非充分条件（借用逻辑上的术语）。必要条件一旦挑明后，奥斯丁就着力对第二个条件（对她的女主角来说是极重要的条件）进行探讨，亦即她们未来丈夫在品行、脾气、才智、风度、模样上是否合她们的意。（她们之所以成为女主角，就是因为她们非常看重这第二个条件。但她们毕竟又是奥斯丁的女主角，因为她们认为第一个条件是理所当然的前提。）她们要求这第二个条件也得到满足。（可见，只有两个条件都得到满足——两个主题之完善结合时，奥斯丁的女主角们才心满意足地出嫁。）要是这第二个条件不能满足，这些女主角们会倔强地抵制婚姻，虽然明知很可能为此坐失良机，落得个老处女终身受穷的结局。正如奥斯丁在一封信中这样开导她侄女（她侄女打算独身）：

"独身女人的一个可怕的属性就是受穷——这一点使结婚极有说服力。"①

　　奥斯丁小说中次一等的角色会接受只有第一个条件得到满足的婚姻，如夏洛特对伊丽莎白解释她嫁柯林斯的动机时说：

　　"你知道我不是罗曼蒂克的人，我只希望有一个舒舒服服的家。"

　　但奥斯丁所宠爱的女主角们决不仅仅满足于一个"舒舒服服的家"，她们有更高的要求。在这点上，奥斯丁远远高出理查德逊。理查德逊在《帕米拉》中没有作任何暗示以表明帕米拉除了要一个正式结婚仪式外还要什么。奥斯丁对这种"淑女"的形象颇为反感，她借伊丽莎白的口说道：

　　"请你别把我当作一个故意作弄你的所谓'淑女'，而要把我看作一个说真心话的平凡的人。"

　　《傲慢与偏见》中那段著名的求婚场面之所以颇富喜剧性，实际是多亏了柯林斯先生本身"出色"，他所传达的信息非但不可笑，反而相当严峻：

　　"亲爱的表妹，请允许我说句自不量力的话：我相信你拒绝我的求婚，不过是照例说说罢了。……尽管你有许多吸引人的地方，不幸你的财产太少，这就把你的可爱，把你许多优美的条件都抵消了，不会有另外一个人再向你求婚了，因此我不得不认为：你这一次并不是一本正经地拒绝我，而是效仿一般高贵女性的通例，欲擒故纵，想要更加博得我的喜爱。"

---

① 转引自 Annete T. Rubinstain: *The Great Tradition in English Literature — from Shakespeare to Shaw*, New York and London: Modern Reader Paperbacks, 1969, p. 358.

伊丽莎白其实充分看到她的拒绝的严肃性：

> "老实跟你说，如果世界上真有那么胆大的年轻小姐，拿自己的幸福去冒险，让人家提出第二次请求，那我也不是这种人，我的谢绝完全是严肃的。你不能使我幸福。"

在一个"男人有权选择，女人只有权拒绝"的社会里，奥斯丁的女主角常常英勇地拒绝能带来实惠的求婚而甘冒良机不再之险。（《傲慢与偏见》中伊丽莎白拒绝了柯林斯和达西，《曼斯菲尔德庄园》中芳妮拒绝了克劳福德，《劝导》中安妮拒绝了威廉·艾略特……）当伊丽莎白脱口而出地说道"你不能使我幸福"时，我们看到精神在物质面前挺起了腰杆，感到了一种习惯上只把它归于男人的自尊自爱的可贵品质。正如莱昂纳尔·特里林所指出的，"我们只知自爱这一品质只属男人的道德生活所特有。小说中妇女少有那种出自自爱的道德生活的特殊现实感。大多数情况下，她们如同月亮，只是反射着男人道德生活的光芒。她们很少像男人那样具有真正的道德使命感。"①奥斯丁的独到之处就在于她的女主角们都有自觉的道德生活，并且往往高于那些与之匹配的男角。（比较一下伊丽莎白同达西，爱丽诺同爱德华，爱玛同奈特利，安妮同文特渥斯，芳妮同爱德蒙……）她们对单纯金钱婚姻的拒绝充分显示出她们的自尊自爱和对她们所处社会的批判。这时，男女双方在爱情关系中相互位置又暂时回到了理查德逊的模式，但意义却截然不同了。

不过奥斯丁对喜剧的偏爱和她清醒的现实主义决不允许这类拒绝或者说反抗把她的小姐们引向悲剧。夏洛蒂·勃朗特，或者乔治·艾

---

① 见 Lionel Trling: *Emma and the Legend of Jane Austen*, as the introduction of Emma of Jane Austen, Boston: Houghton Mifflin Company, 1957.

略特可能会这样做，但奥斯丁则不会。她对人生的看法更成熟，她的感觉更合常情，她的才智更高，她对人性的判断更准确客观。对她来说"舍生存而求悲剧是过分奢侈"①。奥斯丁很可能会同意法勒斯的观点："悲剧在舞台上好看，在实际生活中则是乖僻。"所以奥斯丁让达西第二次向伊丽莎白求婚，芳妮终于得到了爱德蒙，安妮同文特渥斯终成眷属，玛丽安也没有为威罗比失恋而死，而是体面地嫁了布兰登上校。可见，奥斯丁感兴趣的是如何在实际生活中生存下去，而不是去为理想世界当牺牲品。她的女主角不是要在金钱和爱情中二选一，而是"决定感情对金钱能作多大的让步而又能两者兼得"的问题。这是权宜的婚姻同感情婚姻之间的争斗和调和。奥斯丁对这个问题的答案表明她相信人间仍有得到幸福的可能。哈姆雷特的"生还是死"很幸运并不是她所关心的问题。

四、反讽与宽容

奥斯丁《诺桑觉寺》的女主角凯瑟琳对蒂尔尼将军——她未来的公公——表达自己的方式感到奇怪，她思忖道：

> "他为什么要说的是一回事，指的却是相反的意思呢？真令人不可思议。"②

这其实正是我们要请教奥斯丁本人的问题。因为奥斯丁是个反讽高手，而所谓反讽，则正可用凯瑟琳上面的这段说她公公的话来做其确切的定义。在《曼斯菲尔德庄园》中，有这样一个有趣的段落：

> "婚礼十分得体。新娘打扮得雍容华贵，两位女傧相逊色得恰 · · · ·

---

① Julia Prewitt Brown: *Jane Austen's Novels —— Social Change and Literary Form*, Gambridge: Harvard University Press, 1979, p.7.

② Jane Austen: *The Complete Novels of Jane Austen*, New York: The Modern Library, p.1183.笔者译。

到好处，她的父亲把她交付给新郎，她母亲手握着盐站在那里，
·   ·   · · · · ·
准备着激动一番，她姨妈酝酿着眼泪，格兰特博士把婚礼程序朗
· · · · · ·   · · · · · ·
诵得感人至深。邻近地区后来议论起这次婚礼，都认为，除
了……，那天的仪式，在其他方面都经得起最严格的检验。"①

这儿的口吻明白无疑是调侃，每个句子几乎都有反讽之意，只除了
有关父亲伯特拉姆爵士那一句（他是作为道德的化身出现在小说中的）。
这样的段落一面使我们忍俊不禁，一面又不得不赞叹奥斯丁遣字造句之
高明，普普通通的字眼经过她的搭配，一下子显示出独特的效果。如
"逊色得恰到好处""准备着激动一番""酝酿着眼泪"，等等（中译不可
避免地失落了好些幽默感）。这些仿佛不经意地随手拈来，但其"冷面
滑稽"的效果却显出了深思熟虑，而这些字眼表面上又是运用得如何
"得体"啊，就婚礼之神圣庄严而言，他们"经得起最严格的检验"。

说实在的，反讽并非女性特有的才能。《简·爱》的作者夏洛蒂·
勃朗特之所以不喜欢奥斯丁，一大原因就是她自己没有什么幽默感。
据说另一位女作家乔治·艾略特很有点这方面的才能，但她给人的感
觉主要是她更善于作些抑恶扬善的讲道。在这方面，奥斯丁却是独树
一帜：她的反讽才能不但胜过她的女同胞们，而且还在风格上同那些
著名的男性反讽大师——如狂怒的斯威夫特，或是有点玩世不恭的萨
克雷——大不一样。

奥斯丁的幽默感是如此细腻，反讽手段驾驭得是如此娴熟，其针
对的目标是如此飘忽不定，其口吻又是如此轻捷，以至于她常让人吃
不准她到底是在笑谁。奥斯丁的反讽绝不是那种"说的是一件事，指

---

① （英）简·奥斯丁著：《曼斯菲尔德庄园》，孙致礼译，上海：译林出版社，
2009 年。黑点笔者加。

的却是其反面"（反讽之定义）。她的反讽的特点是陈述中的两个对题不但相安无事，甚至还往往相反相成，达到一种二律背反似的浑和的境界。比如，奥斯丁常常会用一些奇特的词句搭配，如"陈旧的新闻""沉重的玩笑""文雅的暴力"之类。（差不多一个世纪后，王尔德用他绚丽的"悖论"响应了奥斯丁的创造，而萧伯纳则继承了奥斯丁这一遗产用于他的政治讽刺中。）每组搭配中的两个词虽然意义相反，从逻辑上讲相互矛盾，但实际上并不相互排斥。这并非文字游戏，而是反映了生活的现实。奥斯丁似乎看透了我们这个世界的似非而是或似是而非性，所以她并不学斯威夫特的样，用内涵截然相反的意思同字面上表达的内容进行激烈对抗。不，她经常是同时肯定两个相反的方面（或是同时否定）。对她来说，相反的两极都有存在的权利（或都没有）。这是她观察理解事物的方法，或者说，这是人的世界在她眼中的反映方式。奥斯丁这种反讽风格特别显示出她对"人性"的深刻认识，说明她对人同自身的斗争之兴趣并不亚于对人与人之间斗争之兴趣。小说《爱玛》中，当韦斯顿太太宣布，"我想给吉茵·费尔法克斯和奈特利先生做媒"时，爱玛不由自主喊了出来：

> "奈特利先生同吉茵·费尔法克斯！亲爱的韦斯顿太太，你怎么会这样想？奈特利先生？不！奈特利先生绝不该结婚！你想让小亨利得不到顿韦尔庄园？不，不。亨利必须继承顿韦尔。我决不能同意奈特利先生结婚，而且我肯定他不会结婚……。"①

读到这儿我们不禁觉得好笑，在各种理由中爱玛偏偏用她的外甥为借口反对这门婚事。马上我们就会看到，爱玛将外甥的利益忘得一干

---

① Jane Austen: *The Complete Novels of Jane Austen*, New York: The Modern Library, p. 898 - 899. 笔者译。

二净，毫不犹豫地自己嫁了奈特利。她嘴上说的是"我肯定他不会结婚"，心里却是极不踏实，以她的聪明，她不会看不到这桩婚事恰恰极有可能，因为吉茵除了在财产上，在其他各方面都绝不在她本人之下。爱玛有很多缺点，但虚伪却肯定与她不沾边，但在这一关键事情上，她竟会用一套虚假的理由骗人骗己，说明了人性之脆弱，自欺欺人。这儿我们看到的是人的真实面孔同他想要在别人面前装出的面孔之间（甚至是同他打算要在镜子中看到的自己的面孔之间）的矛盾，此处的反讽很可成为弗洛伊德精神分析的好例子——我们常常下意识地对别人，甚至对自己掩饰我们最强烈的动机。第二个例子出自《曼斯菲尔德庄园》：

> 不错，爱德蒙本人还远远谈不上高兴。他失望，他懊恼，为过去的种种而伤心，盼的事情又办不到。她（芳妮）知道这个情况，并为此而难过。不过，这种难过是以满意为基础的，是与心情舒畅相联系的，它与各种最美妙的心情非常协调，谁都愿以自己最大的快乐来换这种难过。

芳妮的难过"是以满意为基础的"——这种说法多么自相矛盾，但又是多么确切，看到她最爱的爱德蒙伤心，她怎么能无动于衷呢？但他为之伤心的事正是芳妮"最大的快乐"，因为她希望嫁给爱德蒙的最大障碍消除了。在这个例子中，反讽是建立在生活的两重性上的。生活中什么事都是一环扣一环的，没有什么事是绝对好或绝对坏的，所以人们的感情也常常处于矛盾之中。另一个相似的例子出自《劝导》：

> 罗素尔夫人只好静静地听着，并祝愿他们幸福，但内心却陶醉在愤怒的狂喜和愉快的卑视中，这位二十三岁就已明了安妮·艾略特小姐价值的男人，竟会在八年之后被这样一个路易莎·马斯格罗夫迷住！

罗素尔夫人因同一事，为同一人——她的宠儿安妮——而"陶醉"

在"愤怒"的"狂喜"中！她对文特渥斯舍安妮而追求路易莎大为愤怒，但同时又对自己八年前的判断颇为得意，因为文特渥斯的举动正证明了她当年让安妮与之毁约何等英明。其实我们感情上的矛盾与其说是个例外还不如说是条规律，因这世界本身就充满矛盾，或者更准确地说，是由矛盾组成。

再看《爱玛》中这一段：

> 我看他一心提防着自己恐怕会爱上她，以至于要是他真的坠入情网的话，我是不会感到奇怪的。①

这几句话告诉我们，一旦我们醒悟到我们的感情正处于危险之中，我们就已经被征服了。正如王尔德的《道林·格雷画像》中那位亨利勋爵所说的："人可以说是这样也可以说是那样，但就是不能说是理智的。"摆脱诱惑的最好方法就是屈从于它。

对奥斯丁来说，我们人的所谓原因、道理，不过是一把两面开口的剑，可以随你用哪一面来解释。这些个理由往往是如此"厉害"地"软弱"，以至于它们虽开头常常貌似暴君，却多半以做仆人告终。

奥斯丁所处时代离我们相当远，但从心理学角度看，从她对人性理解的深度看，她离我们反而比在她之后的好些作家要近，她显得超越她时代的"现代"。她的反讽与其说是一种语气，不如说是一种观点。她说过"完美的肖像使我倒胃"（充满莎士比亚"味"儿）。的确，人"是这样一种奇怪的动物，这样一种矛盾百出，变幻无定，荒唐愚蠢的混合物"②，以至于奥斯丁忍不住要嘲笑他。但更多的却是引出她

---

① Jane Austen: *The Complete Novels of Jane Austen*, New York: The Modern Library, p.929.

② David Cecil: *A Portrait of Jane Austen*, New York: Hill and Wang, 1979, p.60.

善意的微笑。因为她知道这种愚蠢荒唐无人能幸免，包括她自己。奥斯丁一面不打算放弃她寻开心的权利，一面又打定主意要宽容，甚至满怀同情。这样，奥斯丁留给我们的就不只是一个肖像画画廊，而是一群可以从各个角度欣赏的雕塑。难怪，福斯特称她笔下的人物是"圆形"的而不是"扁形"的。英雄所见略同，刘易斯也称赞奥斯丁笔下的那个世界是个"完美的球体"。正是奥斯丁的宽容使我们乐于同她的角色——比如同她的爱玛——一起"更透彻地了解她自己"，或者更确切地说，了解我们自己。

批评家一直对奥斯丁的魅力有点迷惑不解，她似乎特别得有点可疑，平凡得有点危险。很难用他们在书房里炮制出来的理论模式去套她，因为奥斯丁本身就是一种反讽。她既平凡，又特别，或者借用她常用的那种似非而是的口吻：她"如此一心一意地力求平凡"，以至于结果她变得"如此不平凡"。

弗洛伊德令人信服地说过，我们总企图在文学中替自己平凡的生活找到补偿。只有在文艺作品中，我们才能随主人公一起体验死亡的滋味，却又能独立于主人公之外，不伤毫毛地死而复活。弗洛伊德的理论同亚里士多德的"宣泄的满足"有异曲同工之妙。不过，在奥斯丁的小说中，我们不是去体验死之惊心动魄，而是生之琐碎平凡，但却又是以怎样一种愉快的心情啊！我们笑别人，被人笑，但一点也不失面子。我们重犯了人性弱点所难以幸免的种种愚蠢错误，却又能从中脱身出来并颇受启迪。

所有这些，都得归功于奥斯丁那支神奇的笔。

写于 1988 年

/ 从威尔第说到瓦格纳

一、既生瑜又生亮

在疫情肆虐的日子里，"退休族"都"闭门思过"，乖乖在网上或电视机前消磨自己的"青春不再"，抓住各种年龄段的"尾巴"，恶补错过的机缘和生命的缺憾。有的发现了自己差点儿被埋没的文学天才，有的对影视作品"相见恨晚"，有的成了古典音乐的"发烧友"，有的成了烹饪大师、饕餮专家。感谢大都会歌剧院"有教无类"，用免费视频为诱饵，挖掘出包括鄙人在内的一帮真假"歌剧迷"。其实一去不返的 2013 年才是歌剧两大作曲家威尔第与瓦格纳诞辰 200 周年，各国音乐界皆有盛大演出，想必当时我们正忙着"小车不倒只管推"，还在"以命买钱"，猛攒养老金，居然一点印象都没有。好在七八年之后的今天，庆祝歌剧两巨头的大浪之涟漪终于拍到了"无所事事"者们的脚下。俗话说，吃了人家嘴软，为回报大都会歌剧院的慷慨，让撒下的银子掷地有声，禁不住也来凑个热闹，"附庸风雅"，对威尔第、瓦格纳评头论足一番。

造物主素喜"既生瑜又生亮"，甚至偷个懒，索性下个"双黄蛋"，比如同生于 1685 年的巴赫和亨德尔。1813 年又端出了"双拼"威尔第与瓦格纳。前两位均属巴洛克风格，威尔第与瓦格纳则不但风格迥异，且分属歌剧史上两个不同时代。

威尔第几乎是意大利美声歌剧的同义词，如果说他的《茶花女》《弄臣》《阿依达》等是美声歌剧的顶峰，也并不为过。相对于威尔第仅仅作曲，瓦格纳则不但作曲，还作词，写剧本，称之为"乐剧"，总之"肥水不流外人田",全包了。他被视为"无调性"音乐的先驱,他的歌剧《特里斯坦和伊索尔德》被视为"现代音乐"的起点,剧中那个有创新的著名和弦甚至被称为"特里斯坦和弦"。瓦格纳人品实在难以让人恭维,如在同事好友彪罗的眼皮底下与其妻(李斯特之女珂西玛)私通,连生三千金,宁负天下人,不容天下人负我,反犹先锋,等等。不过这都是"小节",不妨碍他功成名就,被奉为划时代的歌剧巨匠。

威尔第是意大利人,瓦格纳是德国人,民族性格不同,理念和作品当然也不同。意大利语本身就有歌唱性,意大利灿烂的阳光,蔚蓝的海滩孕育了一个"视觉感官"的民族,他们的美食、油画、建筑无不反映了这一天然习性,除了大批杰出歌剧作曲家,意大利还是一个为世界贡献了不少大画家、大雕塑家、华丽建筑的民族,这是一个和华人有许多共通之处的民族(我有一表哥在意大利生活多年,说意大利人与华人较相像),华人对以旋律见长的意大利歌剧比较容易产生共鸣。相比之下,德语虽精准,但生硬、粗鄙(俄国贵族以讲优雅的法语为荣,看不起德语)。从坏的方面讲,这曾是党卫军的语言,从好的方面讲,这又是康德、叔本华、尼采、黑格尔、马克思、爱因斯坦的语言,是一种哲学的语言,长于抽象思维的语言,而音乐除了感性的旋律美外,其抽象性、符号性、象征性、哲理性应该非常适合理性的德意志民族,相对于意大利的威尔第、普契尼、罗西尼及俄国的老柴,德国人的音乐也并不是以感官的旋律美为卖点的(莫扎特、舒伯特均为奥地利人)。

二、"四大金刚"

不论谈威尔第还是瓦格纳,总离不开音乐史,有继承,有反叛,一路走来,多少次"否定之否定"。德国伟大作曲家巴赫,常被视为辉煌的起点，他是西方后来一切音乐作品的基础。他的音乐其实与我们耳熟能详的古典西方音乐是非常不同的，这是一种更具智力性，更具哲理性，有时如数学猜谜般的音乐语言。以他的代表作《平均律键盘曲集》为例，穷尽了大小二十四个调，简直是一种百科全书型的、深思熟虑的创作，而非对酒当歌，随兴而发。每一个调均由一首"前奏"和一首"赋格"组成。前奏比较随意即兴，和我们所熟悉的"AABA"之类的歌曲乐曲形式（如贝多芬的《欢乐颂》）不同之处是：巴赫的音乐几乎"不间断"，就如永不停息的时间，即便不乏和声上的终止或半终止，也是异常低调，掩饰而过。紧接前奏的"赋格"则是重心所在，简而言之，这是以同一个较简短的"动机"，在不同声部（常为女高、女中、男高、男低四个声部）轮流出现的曲式，常是此声部"未罢"，另一声部已"登场"，没有喘气之歇，甚至同一"动机"会在不同声部错开一两拍，后脚踩前脚地重叠在一起。这一"动机"还会变调、变形、放大、缩小、反向等，而且主题还有一个固定的与之相配的"对题"。如果作曲没有高超的技巧，能让横向（旋律）顺理成章，竖向（和声）不打架，而任凭四个声部你追我赶的话，天知道会是怎样一个混乱而不堪入耳的音响局面啊！但巴赫却能化"平凡"为"神奇"，让原本相貌平平的"动机"通过"赋格对位"华丽大转身！

赋格这种曲式应该是来源于四声部的教堂唱诗班。华人没有宗教，没有唱诗班，没有这种体验。华人又是最讲实际的，不作无功利的"哲学"思考，所以除了"精英分分"们附庸风雅，凡夫俗子很难真懂巴赫。其实不但我们，在巴赫后期，连洋人都受不了，巴赫变成"老脑筋""老学究""枯燥""过时"。虽说德国大诗人歌德听了巴赫后神思恍惚，赞巴赫的音乐描写了上帝"创世前"宇宙的混沌与和谐，但从黑暗的"中世纪"走出来的平民百姓更愿看到和享受的是上帝"创世后"天地之五彩缤纷。新的音乐风尚开始吹皱一池春水，有明显主旋律的"意大利"风格登堂入室，备受欢迎，逐渐取代"不友善"的、过于挑战智力、充满"清规戒律"的赋格对位。连巴赫都写了《意大利协奏曲》，可见意大利风之强劲。巴赫的儿子 Johann Christian Bach（"London" Bach）和 Carl Philipp Emanuel Bach（"Berlin" Bach）就是最初破茧而出，与老爷子反其道而行之的"造反派"，后来又由两位奥地利人，海顿和莫扎特奠定了迥异于以巴赫为代表的巴洛克风格的"古典乐派"。

在我们看来，德国和奥地利是一回事，但电影《音乐之声》将两国区分得很清楚。我有一位四重奏伙伴，德国老太，生物科学教授，为人极真诚可亲。有一次我随便向她打听了一下德国旅游路线，她马上就搬来了厚厚一叠书本和上网查到的资料，德国人的认真劲可见一斑。又有一次我将德国与奥地利混为一谈，她却一脸不屑，话中有话，意味深长地笑道："奥地利与德国是两个大不相同的国度！"那口气仿佛就像说奥地利人是"外省人"，与伟大的德国根本不在一个等级上。

言归正传，说不定正由于奥地利与德国之不同，我们才有了介于理性的德国人和感性的意大利人之间的奥地利作曲家，古典乐派的奠基人海顿、莫扎特。他们的音乐才是我们非常熟悉且认同的"西洋音乐"。海顿的弦乐四重奏绝对是划时代杰作，而莫扎特之歌剧，尤其是《费加罗的婚礼》《唐璜》《魔笛》更是古典音乐皇冠上的明珠。美国大都会歌剧院的海报上只并列了四位歌剧作曲家画像：与巴赫同时代的同胞——在英国发迹的亨德尔（清唱剧），奥地利人莫扎特，意大利人威尔第和德国人瓦格纳。他们代表了四个歌剧时代和风格。

三、奥地利和意大利双杰

谈歌剧绕不开莫扎特。而以德语为母语的莫扎特居然有十三部歌剧用意大利语写成，包括杰作《费加罗》《唐·璜》和《女人心》，可见当时意大利风之盛。不像贝多芬，写赋格对莫扎特来说不在话下，但他顺应时代潮流，舍弃了老学究巴赫的"赋格对位"，走上了以旋律为主的道路，舍弃了巴赫的流水般无间断，采用了四小节或八小节一段、对称规整、有问必答、分句清楚的形式，如《费加罗婚礼》著名唱段《男子汉大丈夫应该当兵》，情窦初开的凯鲁比诺的《爱情是什么》。这些规整的歌剧之精华称之为"咏叹调"，用于抒情和显示角色的内心活动，有点相当于巴赫的《平均律键盘曲集》中"赋格"之重要地位，而巴赫的较自由即兴的"前奏曲"则相当于莫扎特歌剧中的宣叙调，一种类似讲话、交代情节的段落，常仅用一键盘乐器敲几个和弦作伴奏。其实莫扎特的音乐像极了王维的五言诗："大漠孤烟直，长河落日圆。"那种简明、天然、形象、生动应是艺术的最高境界。难怪钢琴家傅聪说，华人天然就善于弹莫扎特和肖邦。（肖邦的作品有点像华丽的七言诗，如李白般才气横溢，一泻千里，其哀怨又如宋词的"寻寻觅觅""三杯两盏淡酒，怎敌他，晚来风急"。）

　　身为意大利人的威尔第在这一以旋律为主，以问答、对称为美的古典乐派时代大显其才华。他与比他年长、出名更早的同胞、天才作曲家罗西尼（《塞尔维亚理发师》等）惺惺相惜，但比起罗西尼花腔风格，威尔第更可说是意大利的莫扎特，当然也可说莫扎特是更意大利的奥地利人。除了分句清楚、格式整齐外，他的旋律有一种意大利式更张扬、更华丽、更感官的美，与"美声唱法"的建立发达相得益彰，听之难忘。有多少威尔第歌剧选段为我们所熟悉啊！《茶花女》中的《饮酒歌》，男主角阿芒之父的《我朝思暮想的故乡普罗旺斯》，《弄臣》中吉尔达的《美丽的名字》，公爵的《女人善变》，及最后一幕的四重唱《爱情之尤物》无一不是典型的莫扎特式问答对称结构。颇具玩味的是他的晚期作品《阿依达》《福尔斯塔夫》因有意学瓦格纳赶时髦，避开分段清楚及对称乐句，结果只有一段《圣洁的阿依达》被传唱，而据说是"高峰"的《福》剧，我试看了两次都兴趣索然，"知难而退"。相比之下，除了《罗恩格林》中的《婚礼进行曲》，我们记得多少瓦格纳歌剧选段？几乎没有，音乐会上更极少有独唱家会自讨没趣，献上一段瓦格纳歌剧选段的。即便被大众记住的《婚礼进行曲》也正是分句清楚、长短一致的典型莫扎特式古典曲式，而非瓦格纳型。旋律是意大利人的强项，出之心坎的情歌会如泉水般汩汩涌出。德国人的强项则是结构、体系，讲究严谨、理性。让他们各得其所吧！

四、瓦格纳的"乐剧"

瓦格纳自称自己写的不是歌剧，而是更伟大，囊括剧本、诗歌、音乐、戏剧、美学、哲学、宗教、神话在内的，"包罗万象"的"乐剧"。这并不奇怪，作为李斯特的"女婿"，瓦格纳站在老丈人一边，是当时音乐界新旧两派之争中提倡"标题音乐"的一方，认为音乐应有文学性、叙述性，能讲故事，有画面感，而对方则是以勃拉姆斯为代表的"纯音乐"保守派。你如果单想听"歌"则必定要失望，你得听"乐"，观"剧"，难怪雄心勃勃的指挥家个个对瓦格纳情有独钟，因为瓦格纳歌剧的主角不是歌星，而是乐队，是"小皇帝"指挥，其总谱复杂性对任何指挥都是一个挑战，也是这帮"野心家"大展拳脚之良机。莫扎特以及早、中期的贝多芬为代表的古典乐派从巴洛克风格脱颖而出，舍弃了巴赫的"无间断"和"赋格对位"，代之以旋律为主，分句规整对称。但时过境迁，免不了被"否定之否定"，瓦格纳不但重新拣起了被古典乐派所抛弃的巴赫的"无间断"性，还摈弃观众喜闻乐见的古典乐派莫扎特等的一问一答、对称整齐的分句。即便瓦格纳也如贝多芬一样，继承了德国音乐的"国粹"——巴赫的"主导动机"，但走的也不是一条道：贝多芬遵循的是日益完善的"奏鸣曲曲式"，一个主题，外加一个副题，与巴赫赋格中的"主题"和"对题"不同，奏鸣曲的"主题"和"副题"并不如影相随，而是各自为政，既相互对比，又相辅相成，其逻辑性、戏剧性的发展无人能及，勃拉姆斯便是贝多芬的"直系"继承人；而瓦格纳则是用"动机"来代表戏剧中具体的人或物，他让剧中每个人物、每件东西，甚至某个理念都有各自的"动机"，每当这人这物这念头出现时，便伴以其音乐"动机"，或说"标签"，如此这般，让音符本身讲故事，而庞大的乐队就像一条巨大无比的鸭绒被，将"各方神圣"的"动机"尽收囊中，一网打尽。

不过要在剧场中听出各种"动机"也真不容易。的确，瓦格纳写的不是寻常的"歌剧"，而是"乐剧"，你得听乐队，还得看，有时听了看了还搞不清哪个动机出现了，因为这些动机太多，又是随意写成，既无明显的特征，又无必然性，天知道瓦格纳是否言过其实，在忽悠，反正绝大部分观众是听不出来的，只是瓦格纳名气太大，听不出只怪你没能耐。据专家称《指环》一剧有多达六十几个"动机"，难怪被看不惯瓦格纳的奥地利音乐评论家汉斯立克、法国印象派作曲家德彪西及俄国的斯特拉文斯基等讥为"通讯录""电话簿""衣帽间寄放存根"。不过这不妨碍瓦格纳迷们诚惶诚恐地带上干粮、总谱，全副"武装"，每年一次去朝圣专演瓦格纳歌剧的拜罗伊特剧场，以提高"层次"。至于带不带枕头和"速效救心丸"去看每五到七年一次、四晚共十五小时的《指环》马拉松全剧，不得而知，不过救护车在剧场门口随时待命应该会考虑到吧。

我看过大都会歌剧院瓦格纳的早期歌剧《汤豪瑟》，感觉还不错，特别是一开场——二十分钟的乐队和舞蹈。又买了他的巨作《尼伯龙根的指环》的录像，也千辛万苦地看了一遍，但偷工减料，非常不敬地瞌睡难熬，中间多次睡着。只有著名的《女武神》及《林中鸟语》两段印象深刻。如果说贝多芬遵循的是"二元论"，那么瓦格纳绝对是"多元论"者。难怪瓦格纳歌剧节奏缓慢，冗长拖沓，恐怕会像朱丽叶的奶妈一般，在大模大样满街找罗密欧时，被打趣为"船来了"。真是一条掉头难的海上巨轮，要方方面面同时照顾到这多"动机"，不管是真是诈，着实不易，但这又迫使瓦格纳将和声的天地大大拓宽，以应付多个"动机"的鱼龙混杂。

五、人与神

威尔第最受欢迎的歌剧是《茶花女》《弄臣》和《阿依达》，但其他也均为上乘之作。最近在看了大都会歌剧院瓦格纳最后一部歌剧《帕西法尔》后又接着看了威尔第的《麦克白》，两作曲家之不同更显而易见。威尔第和瓦格纳最大不同之处其实是对人的态度和对人性的描写。威尔第的音乐是凡人的喜怒哀乐的体现，你可感到剧中人的呼吸，他们的心理活动，激情和纠结，有极强的戏剧冲突和鲜明的节奏，有一种不可抵御的紧迫感。与莫扎特不同之处是他几乎将所有宣叙调变成了咏叹调或近似咏叹调，不放过任何一小节去抒发人在各种挑战面前的情绪反应和内心的波动，观众所看到的是活生生的人，很自然就会与之同命运共呼吸，与其融为一体。

瓦格纳歌剧的序曲常缓慢悠扬，宁静美丽犹如不愿被人所打扰的大自然本身，但一旦剧中人物亮相后，反会让观众大失所望：静谧的自然美退成了背景，而幕前远不是血气方刚、为七情六欲所困扰的活生生的人，而是傀儡，某种理念的符号，行尸走肉般在大地上游荡，去实现上帝的某种意愿；又如着了魔的邪教门徒，已完全丧失了自我，生活在邪教主制造的幻觉中，追求着匪夷所思的目标，做着莫名其妙的事，很难让观众产生认同，更不用说进入他们的内心世界了，因为根本不存在这个"人"的内心世界。难怪瓦格纳的歌剧也有意模糊"宣叙调"和"咏叹调"之界线，但与威尔第反其道而行之，他是将"咏叹调"全部"宣叙调"化，以叙事取代抒情，让符号取代性格，以"动机"的排列组合取代戏剧冲突，显现出一个由神定规矩的永恒的世界，没有今天和明天之分，完全丧失了生命的紧迫感。相比之下，威尔第的音乐节奏生气勃勃，不单是剧中"第三幕"的舞蹈段落，大多歌唱段落都可以"闻乐起舞"。比如《麦克白》中多段合唱，几乎不用修改，都可作舞蹈音乐，不论是当作"春之祭"，还是当作"死之舞"，都极具鲜蹦活跳的生命力。而瓦格纳的音乐则如朝圣之行列或葬礼进行曲，步履维艰，穷途末路，不知何处是灵魂的归宿，歌者再声嘶力竭也只是"动机"的载体，理念的工具，鲜有自己独立的美学价值。与莫扎特、威尔第歌剧另一不同处是，瓦格纳的"乐剧"无论是乐队还是歌唱，都没有明显的停顿和段落，似乎是有意不让你有喘息之机，怕你不合时宜地突然醒来，打断"大祭司"瓦格纳的催眠术，连同那喋喋不休的远古的传说。铺天盖地的瓦氏音响又如"诺亚方舟"般夹带着你随波逐流，"失魂落魄"地飘游在瓦格纳之乡，一个神明主宰一切的地方。总之，威尔第是现世的，瓦格纳则是来世的。

六、马克·吐温的"判词"

威尔第的《麦克白》仅两个半小时，可舞台上发生了多少事啊：女巫预言，弑君杀臣，梦游失智，荒野激战，改朝换代。而长达五小时的瓦格纳的《帕西法尔》，我试着点击看了几次，都不知到底发生了什么。好在美国大作家马克·吐温有幸看过此剧，还是最正宗的，在德国专演瓦格纳的拜罗伊特剧院。让他来"盖棺论定"瓦格纳的《帕西法尔》吧：

在幕启前的一片漆黑中演奏的序曲虽长，但精妙动听。然后歌唱登场了，不过在我看来，对没受过调教的观众来说，只有拿掉歌唱部分才能让瓦格纳的歌剧完美，可人意。我真希望看一出以哑剧形式演出的瓦格纳，这样才可不受干扰地耳听可爱的乐队，眼观美丽的布景，也不会被傻瓜式的"表演"弄倒胃。不过形容瓦格纳歌剧舞台上的活动用"表演"这个词未免太"暴力"了，因为你看到的只是两个沉默的人竖立在舞台上，一个纹丝不动，另一个像在挥手逮苍蝇。

....

我实在不能肯定我从《帕西法尔》的歌唱部分听出了节奏、调门及旋律。往往每次仅一个人在台上死唱，而且"每次"都非常长，以一种高贵的、吊在高音区的嗓音，挤出长音，然后几个短音，再一个长音，然后是狗吠般的快速尖叫，如此这般。不过即便等他千辛万苦地唱毕你都不知道获得了几多剧情上的信息。"歌唱"？用错词了吧！实事求是地说，这是在苦练难以入耳的各种音程。

多亏了瓦格纳的《帕西法尔》，我们才有了马克·吐温如此"痛心疾首"的观后感，听众的艺术鉴赏力一日不提高，这条评论就一日不会消失，一面能让"败下阵来"的观众找到马克·吐温这样一位大人物作"知音"或"不知音"，稍感宽慰，另一面又让《帕西法尔》有一如影相随的好伴侣，一齐"流芳百世"下去！顺便提一句，《帕西法尔》还是曾经的"瓦粉"、大名鼎鼎的哲学教授尼采与瓦格纳分道扬镳的分水岭。

七、不太瓦格纳的《飞翔的荷兰人》

大都会歌剧院"送货上门"的慷慨让人"盛情难却"，接下来的

"大餐"是新排的瓦格纳歌剧《飞翔的荷兰人》，此乃瓦格纳第一部可称为"瓦格纳乐剧"的作品。如果说《帕西法尔》是瓦格纳走向"白茫茫一片真干净"，那么《飞翔的荷兰人》便是瓦格纳"青涩"的起点（此前还有一部《黎恩济》属初试牛刀之作），自此开始了以"主导动机"为特征的乐剧的"不归路"。此剧的情节来自古老传说及海涅的讽刺作品。追求奢华生活而陷入困境的瓦格纳，1939年为躲债，在从里加到巴黎的海上旅途中遇到风暴后受到启发，以正剧的方式描述了这个与大海有关的故事。情节上不论如何浪漫，或者说超越常识都不奇怪，瓦格纳永恒的主题是救赎，永远是勇于牺牲的女主角拯救男主角，结果总是双双毁灭，在死亡中得到升华。但此剧仍有许多不寻常。首先，这出乐剧"只有"两小时十五分钟，长度仅是其他瓦剧的一半，看来初出茅庐的瓦格纳仍颇有分寸，还没到"妄自尊大"的境界。其次，海上风暴的音乐"横扫千军"之势着实闻所未闻，令人震撼，在一片混沌中，又总有加强的铜管乐声部奏出瓦格纳特有的"正气歌"，如军号般嘹亮，唤来雨过天晴，令人回肠荡气。但音乐上的这一特点以后也都成了瓦格纳公式。真正情理之中、意料之外的是此剧音乐的"良性"！马克·吐温抱怨在《帕西法尔》中听不到的"老套"的节奏、调性和旋律在此剧中应有尽有，"毫无愧疚"地一"展"无余，以至于让人觉得仿佛是在听意大利歌剧，即便不像威尔第那样艳丽，还是多少"柔软"下来了，有点儿奥地利作曲家斯特劳斯的轻歌剧《蝙蝠》的味道：不但歌唱分句清楚，规范整齐，连乐队都像是按捺不住要翩然起舞，甚至还是踏着维也纳圆舞曲的三拍子。可见当瓦格纳"还不太"瓦格纳时是多么可爱，就像毕加索陷入超现实主义"泥坑"之前一般"人畜无害"。当然这仅是凡夫俗子之感觉，与已登堂入室，或自以为已登堂入室的"新人类"无关。

八、《尼伯龙根的指环》惊艳

一不做二不休，与马克·吐温一起"同仇敌忾""声讨"了瓦格纳的《帕西法尔》之后，又"心怀鬼胎"，抱着找茬的心态，观看了大都会歌剧院 2011 年（2019 年复演）版本的《尼伯龙根的指环》四部曲中的第二部《女武神》和终篇《众神的黄昏》。没想到大吃一惊：虽然还是 1990 年演出 DVD 中的同一指挥 James Levine，还是纽约大都会歌剧院，还是每部四五个小时，还是歌星璀璨，可这次着实让人耳目一新，与以前印象截然不同，《指环》仿佛浴火重生，睡美人醒了过来。是指挥上场前服了兴奋剂，加快了节奏，加强了力度对比？是歌唱艺术的长足进步？是演员突然全都与角色融为一体？是摄像录音技术的改朝换代？还是自己提高了"层次"？可能都是，不过最显而易见的无疑是革命性的舞美设计，似乎是找到了瓦格纳歌剧最理想的视觉形式。瓦格纳一再说他写的不是歌剧，而是集音乐、戏剧、诗歌、视觉、听觉，一切的一切的"乐剧"，其实这所谓的"包罗万象"的艺术说的不就是"电影"吗？只是瓦格纳时代还没有电影，他卒于 1883 年，最初的电影诞生于五年之后。难怪即便斥巨资建造了专演《指环》的拜罗伊特剧院，瓦格纳仍一直苦于找不到理想的表现形式，直至 2011 年，大都会歌剧院以电影化的制作圆了他的梦，时代终于跟上了瓦格纳。

九、"电影化"舞美大手笔

2005 年，大都会歌剧院经理彼得·盖尔伯（Peter Gelb）就打电话给集剧作者、演员、电影导演、舞台导演于一身的加拿大人罗伯特·勒佩杰（Robert Lepage），请他作《指环》舞台指导。以前勒佩杰拒绝过邀请，但这次他应承下来了。他说："《指环》是艺术上的一场革命，制作此剧让你得以脱胎换骨。"盖尔伯评论道："这是大都会歌剧院有史以来最复杂、最富于挑战性的一次制作。瓦格纳超越了他的时代，我相信他一定会非常认可勒佩杰的制作。"舞台设计用了最现代、最高级的技术：这是一部由两座竖塔间拼上 24 块长条大枕木，液压系统操控，重 90，000 磅（40 吨）的巨大机器。此系统从设计、制造到搬运上舞台，难度可想而知，还不算烧了多少钱。真是一场瓦格纳式史诗般大制作。

从一开始，勒佩杰就将《指环》与冰岛的神话故事联系在一起。冰岛是火与冰之地，有一种独特的地貌，几乎寸草不生，犹如天外星球，你可看到天气怎样在一天天酝酿，鬼使神差地造势，你会直面世界原本不可见的力量，你会真相信有雷神和春之神。这里的大自然赋予视觉、听觉及音乐创作无尽的想象力，这正是瓦格纳剧本本身及勒佩杰团队这次制作灵感之源泉。

勒佩杰说："我们造的这部巨大机器不只是展现《指环》的某些理念，它还有自己的生命可随机而变。《指环》就是一出关于'蜕变'的剧作，角色因经历而成长改变，这部机器也跟着角色而蜕变成不同形式。"就如"金木水火土"，五行演变出万物，这 24 块枕木，犹如农历二十四个节气，变魔作法，在观众眼前不间断地演出四季交替，高山，大海，森林，河流，甚至战马，烈焰，不用落幕换景，一切连续发生，就如电影瞬时切换，就如无始无终的大自然本身，就如瓦格纳永不间断、延绵起伏的音乐。

这次演出对演员也是一个全新的挑战，唱瓦格纳已经够吃力了，可还得分出心来对付这部巨大的机器，弄得不好真会摔个人仰马翻。再加上首演前两天，主角因病得临时换角，首演时机器又出故障，总之险象环生。还好有惊无险，赢得了观众欣喜若狂、雷鸣般的掌声。不过说不定正是这种不确定性和危机感让全体上下拧成一股绳，新舞美的挑战性又让演员从了无生气的照本宣科中破茧而出，生死一搏，焕发出生命的光彩。

对这次制作批评界众说纷纭,客气一点的说"富于争议",不给面子的说"缺智浪费""勉强及格""无长远的前景",赞美的说"这是大都会歌剧院近年来最成功的演出"。不过从现场观众的反映来看,惊艳四座,叹为观止似乎是普遍的情绪。时隔八九年,2019 年大都会歌剧院重演《指环》,用的仍是勒佩杰 2011 年的舞美版本,可见"巨型机器"的生命力!

反正我是极喜欢,连带以前懒得去辨别的几个动机都听清楚了,还颇为享受瓦格纳式庞大乐队的宽厚丰富,起伏跌宕,一波又一波,如潮水般汹涌澎湃,让你身如荡漾在碧海蓝天之间,演员之歌声犹如驰过海面的海鸥,银光点点,又或如勇战惊涛骇浪的海燕,狂风暴雨,天际尽头,海燕如闪电般搏击长空。总之,身临其境,令人仿佛观看了一场全景电影!

据说瓦格纳的音乐"主导动机"是以后电影音乐采用主题的先驱。马龙·白兰度主演的好莱坞大片《现代启示录》中,直升飞机轰炸越南村庄一场,用的就是瓦格纳《指环》中的著名乐段——《飞翔的女武神》。看来瓦格纳"包罗万象"的"乐剧"与电影这一"综合性艺术"的确有缘。阴差阳错,断言最"象牙之塔"的瓦格纳乐剧竟然与最大众化的电影艺术一般"通俗亲民""心有灵犀一点通",是否有点儿大不敬,伤到了"自视甚高"的瓦格纳粉们的自尊心?

十、诗与歌

诗歌,诗歌,我们总将诗和歌联在一起,没有哪种语言的诗比唐诗宋词更美了。莫扎特、威尔第的歌剧精彩咏叹调便是这种对称、规整、简洁、明朗的古典美在音乐上理想的体现,与唐诗的"起承转合"不谋而合。莫扎特的《唐璜》被誉为"无任何败笔"之杰作,但最被热爱传唱的仅一首《让我握住你的小手》，李斯特甚至将它改编成一首炫技的钢琴曲。李斯特另一首著名的改编曲便是威尔第的《弄臣》四重唱。不出所料，这两首原曲都采用了"起承转合"之格式。瓦格纳的歌剧乐队部分写得极有诗意，宽广深邃，如广袤的草原，无际的森林或波动的大海，确为从不间断的大自然的绝佳写照，但他没写出什么脍炙人口的咏叹调，大概是不懂诗词格律之重要，弃有规则分句、问答对称不顾，怕是将婴儿连同洗澡水一起泼了出去。对有唐诗传统的华人来说，洋人的诗不过就是分行散文，瓦格纳的歌更是与诗无涉，只能说是配上声乐的散文，而且是不加标点，没有一点诗意的白话文，平铺直叙，不胜其烦。为了让他的众多"动机"频繁露脸亮相，混个脸熟，实施由"动机"本身来讲故事的艺术理念，瓦格纳常让同一件事由不同的角色，从头开始，翻来覆去地唠叨个没完，而不像威尔第、莫扎特的歌剧那样，以角色间的"对话"，以戏剧冲突来推动剧情。颇具讽刺意味的是：瓦格纳的第一志愿是成为一个诗人，没能如愿才转而求其次去写"乐剧"以传播他的诗。结果是他的"背景"音乐远胜于他的诗和歌，真所谓"有心栽花花不开，无心插柳柳成荫"，让人有"买椟还珠"之冲动。他"先锋"的音乐理念又让他重叙述轻对话，与"戏剧"的特点背道而驰。

唱瓦格纳歌剧还必得有好体力，所以不管主角是白马王子还是美艳公主，歌唱家大多如屠夫厨娘般壮硕，才能对付无止境的引吭高歌，但吃力不讨好，"花和尚"和"顾大嫂"是很难给听众以美感的。人们对歌曲要求分段对称、旋律优美易记的喜好或"恶习"似难以改变，即便瓦格纳是施虐狂，不让歌者换气，仁慈的观众还是希望：听时能时不时喘口气。音乐专业人士想必会从瓦格纳那儿得到很多"标新立异"的启示，但要老百姓，尤其是华人老百姓耐心坐上三四个小时，接受众多动机"疲劳轰炸"的洋熏陶，恐非易事。大家都忙着讨生活呢！

都知道一句名言，"建筑是凝固的音乐，音乐是流动的建筑"，此言比喻莫扎特的音乐再恰当不过。哪座美丽的建筑不像莫扎特音乐那样均衡、对称、多变又稳固？巴赫的音乐其实更像精巧的钟表，"螺蛳壳里做道场"，做到极致，如仪表般准确，一板一眼又如"无穷动"式地踏缝纫机，难怪如今电脑作曲模仿的首选总是巴赫，因最易以假乱真；威尔第是更华丽的建筑，雄伟宫殿被簇拥在繁花似锦中，色彩斑斓，目不暇接；而瓦格纳则是放眼窗外，北方寒冷地域大自然的风和雨，时而乌云遮天，电闪雷鸣，排山倒海，偶尔也有阳光灿烂，春暖花开，却稍纵即逝。作为悲观主义哲学家叔本华忠实信徒的瓦格纳，他的音乐归根结底是在说对死亡的无可奈何，对人类悲剧终点的预感，以及对神的力量之敬畏和崇拜。

/ 花团锦簇又一村

——观江苏台的"新相亲大会"

有钱人飞来飞去，今朝巴黎，明日非洲，刚辞北冰洋，又赴南极洲。地球这么小，总有"山穷水尽"而"疑无路"之日，与其拼死吃河豚，硬闯伊拉克，还不如听听财小气不粗宅男"柳暗花明又一村"之道。

最近趣味本不高的鄙人又再接再厉，更"下"一层楼，突然发现了江苏台的"新相亲大会"，有幸见到各式家庭男女老少粉墨登场，热闹非凡。

俗话说"三个女人一台戏"，好家伙，这节目每期一打女人都不止，不算相亲女嘉宾，准丈母娘就有六位，再加上闺蜜，七大姑八大姨，况且都不是省油的灯，个个"处心积虑"，有备而来。平时"下得了厨房"无可考证，今日"上得了厅堂"当仁不让，且几乎清一色"春草闯堂"型，惹得主持人孟非半笑半嗔道："妈妈们不放过任何一个冲上台的机会，保安都拦不住。"到底是从广场舞杀上来的，大妈们个个浓妆艳抹，争妍斗艳，小鲸鱼似的胴体被紧紧裹在薄薄的衣衫中，恍然顾八奶奶再现。说相声，数快板，展歌喉，跳热舞，一浪高过一浪，没有最"浪"，只有更"浪"。好不容易从默默无闻的群舞中脱颖而出，逮着这"万千宠爱于一身"的机会，无私奉献那耐不住寂寞的美丽，老娘拼了！顶着一奇大无比、寸草不生的脑袋的孟非似有"招蜂引蝶"之功，让半老徐娘们"该出手时就出手"，搂啊亲啊抱啊居然引不起一丁点儿的浪漫遐想，安全又健康，绝无儿童不宜之虞。当然准婆婆准丈母娘们可在"矜持""淑女""欲擒故纵"上狠下功夫，与春晚赵丽蓉大娘"咱也来个高层次"一争高下。

反观爸爸们大都一声不响，正襟危坐，可见平时是多么无趣之辈，难怪大妈们被浪费了的青春荷尔蒙排山倒海地爆发出来。"顾八奶奶们"的"我那老不死"们大多仍健在，虽被"贱内"东风压倒西风，奇葩也不少，譬如一位中国版"葛朗台"老爸挂着一脸不屑，上来就斩钉截铁地说，"当初我结婚只用了五元一毛几分，折合现在十八块大洋，我儿子结婚我只出这个数"，然后摊手摊脚大吃别家带来的自制点心，还问哪位有余全包了，一副我横我怕谁的流氓腔，据说还是有文化的。另一位四川开了家律师事务所，"高端"得不要不要的，目中无人，对男嘉宾横挑鼻子竖挑眼，一个都看不上，嚷嚷着"灭，灭"，全不顾别人之感受，不知来是为其律师生意做广告，还是来刷刷优越感的。

说实话，此节目远胜于美国同类的相亲节目，因为真实，草根，性格多样，诉求各异，展现的不是豪华的海边旅店，胸肌美腿，而是人的灵魂，不论多么渺小的"你我他"的庐山真面目，更何况大妈们就是一本本迫不及待打开的书，一览无余，要想读不懂都难。此节目不但是喜剧、闹剧、青春偶像剧，还是伤感剧。不少离异家庭又当爹又当娘含辛茹苦，独自把孩子拉扯大，为了孩子放弃了重组家庭的机会，大人小孩互疼互怜，赚得了不少眼泪，不但完全颠覆了对单亲家庭的负面印象，甚至让双亲家庭因"故事"太少，有自愧不如之感。

虽然孟非调侃说此相亲节目主要是爹妈秀恩爱，顺便带子女相亲，但名义上的主角年轻一代还是不输爹妈，凭自己的青春美貌，举止得体，各有个性，追求幸福，在文化教育层次上完胜上一辈，青出于蓝而胜于蓝。观众留言更是词语犀利，竭尽冷嘲热讽，让人忍俊不禁，恰似及时的饭后甜点。

江苏台编导颇具匠心，什么时候切入、视角转换、特写、选材、剪辑、画外音、音乐、动画都恰到好处，孟非更是四两拨千斤，扬善抑恶，有理有节。当腰缠万贯的趾高气扬，"闭月羞花"的目中无人，平民子弟低声下气，长相平庸的一味讨好时，孟非一句"我们在人格上是平等的"，着实让久违了的"简·爱"姑姑亮了一个匿名相，赢得个"满堂彩"，只是不知有几位多才多艺的大妈听说过夏洛蒂·勃朗特。孟非扬长避短，大展口才。虽免不了有时"话痨""掉书袋"，但他让节目避开激流险滩，朝得体有趣的方向前进还是拿捏得颇为准确的。特别要赞孟爷爷"侠义柔肠"：好多次为争候场宝贝女儿得以出镜，准丈母娘争先恐后地一边在男嘉宾面前"搔首弄姿"，一边赌咒发誓说"女儿长得就像我一样"时，孟非总是于心不忍，力挽狂澜，在"一发千钧"关头对犹豫不决的准女婿保证"女儿长得绝不像妈"，没让中国版的 Mrs. Bennet 搅局，最终成就了几段险象环生的好姻缘。

　　总之，对囊中羞涩的，或腿脚不便，或懒惰成性，或趣味不高的夕阳红们，"新相亲大会"是一个不花钱的好去处，花团锦簇的"又一村"。异国他乡的风景固好，但要说有趣、多变、意料之外、情理之中、读懂人性、看清自己，此节目是很好的选择。世界上没有比人脸更百看不厌的了，尤其是当人还是"人"的时候！

2019 年 11 月 17 日

/《寄生》观感

巧的是，奥斯卡颁奖那天我正好从图书馆借到了《寄生虫》DVD（译成《寄生》更好，下文用此译名），颁奖典礼前看了三分之一，便不打算看下去了，觉得大概是老套，且有点像话剧。但奥斯卡颁奖会上《寄生》居然赢得了最佳原创剧本、最佳导演、最佳国际影片、最佳影片所有重要奖项，史无前例，让人大跌眼镜。好奇心让我"哪里跌倒，哪里爬起"，誓将《寄生》进行到底。

果然奥斯卡几千投票会员没有太离谱。影片三分之一处只是个序幕，安营扎寨，将穷富两个四口之家的人放在棋盘上，好戏自此开始，皆因还有出来搅局的夫妇俩第三家。十个人在一所房子有限的空间中出演了惊心动魄的一幕又一幕，让人喘不过气来，意料之外，却又情理之中。每个人都有自己的性格、动机，按照自己的处境和逻辑去应对突发事件，却阴差阳错，事与愿违，越搞越糟，直到冲堤溃坝，不可收拾。

相对其他好莱坞大片的大场面，大明星，大制作，追求"生活化"，"自然"化，"纪录片"化，东一榔头西一棒，以一五一十地讲故事为耻，《寄生》却是小场面，小演员，小制作，追求的是戏剧冲突，处心积虑让每一细节均有存在的必要，都有推动情节发展之功能，"恬不知耻"地讲了一个颇为复杂的故事，且讲得脉络清晰，几无破绽，处处顾到观众能跟上拍子，而不是自命不凡，以让人看不懂为傲。影片中一切都有铺垫，比如小男孩一开始化妆成印第安人出场，为后来重要的雨天外面睡帐篷那场戏及结尾高潮 party 埋下了伏笔，一开场朋友送石头是后面用石头砸死人的伏笔，男主人几次抱怨司机"有体味"且被司机听到，是为后来司机弑主挑明动机，其他如桃子、手机、启示灯等，无一例外均反复暗示，犹如瓦格纳乐剧中的"主导动机"，且后面都有交代，没有 loose ends，没有赘笔，不像好些电影莫名其妙随机抛出可有可无的信息，然后就成了烂尾楼，没有后文了（这方面有莎士比亚传统的英国编剧做得也较好）。《寄生》展示了编剧思考滴水不漏之功力，但也会因"瞻前顾后"太过于"雕琢"，以至于有时到了不"自然"的程度而被人诟病。其中最不自然的是司机弑主的动机，非常牵强，当然导演前面也尽量埋伏笔，如让司机几次偷听到男主人背地里抱怨他，还有司机一把扯住妻子佯装要动武以显示其有暴力倾向的一面等。司机弑主虽是情节上不可少的一环，但因说服力不够，以致司机（据说演员是导演的铁哥们儿）成了片中最不令人同情的角色。总之，你可以不喜欢《寄生》的类似《雷雨》的古典戏剧之结构，不喜欢它的"三一律"风格，但你还是不得不承认编剧的想象力和严谨，导演对细节真实的把握，演员的全力以赴。《寄生》拿奖拿到手软是好莱坞对传统戏剧美学原则的重新认可和对精雕细刻艺术风格的赞赏。

　　《寄生》因打破纪录，囊括了本届奥斯卡几乎所有重要奖项，引起了不同寻常的关注。国内的观感几无例外都是讨论《寄生》所表达的社会意义的，对《寄生》描写的"阶级斗争"感到不舒服，不适应，不认可。也难怪，《寄生》一反传统共识：影片中有钱的那家户主相当善良，不是"啃老"的纨绔子弟，而是白领 CEO，靠上班养家，除了背地里抱怨司机有"体味"外，对下人慷慨大方，并无欺压，反倒是穷人一家为生活所逼，诡计多端，得寸进尺，不择手段，以至于情不得已，杀人灭口。所以"打土豪"非但不是《寄生》之主题，揭露贫民的心狠手辣、毫无顾忌倒是落笔有神。且影片中"寄生"的应该说是司机一家和原管家，白领倒反成了寄主，（当然也可以照"富即罪"的理论硬要反过来说白领是寄生虫），两个争夺寄生的家庭，只一个寄主，无法一主二仆，有你无我，引起了这桩公案，当然都是为生存才会如此"你死我活"，这样主题似乎又应该是老套"贫穷乃万恶之源"，再引申下去，是制度造成了贫穷，流血造反又有理了，而这正印合了百多年前俄国车尔尼雪夫斯基所主张的"合理的个人主义"之理论：人所做的一切皆为环境所致，人履行对自己利益的追求是天经地义、无可厚非的，因为人所做的一切都是在实现"自然规则"，人是无法违背经济规则做出自由选择的，由此人是没有道德上的责任的。换个更通俗的说法，即"世界上没有无缘无故的爱，也没有无缘无故的恨"，"存在决定意识，经济基础决定上层建筑"，这些我们都能脱口而出，倒背如流。不过如果你看了《寄生》觉得不是滋味，对司机一家的行为不认可，那你不是毫无道理，当年陀思妥耶夫斯基也同样不能容忍左派车尔尼雪夫斯基的这种"唯物主义决定论"。他认为人还是有追求基督的"爱你邻人"的与生俱来的本能的，人是可以有反抗"自然法则"的意志的，人是应该对自己的行为负责的，因为人是可以自由地做选择的。如此看来，虽然有部分国内观众认为《寄生》歪曲了"阶级斗争"的现实，丑化了穷人，从"左"的方面批评《寄生》，那么还是有相当一部分观众对司机一家的无孔不钻颇为不齿，从"右"的方面批判了《寄生》，有意无意地站在了陀氏一边，相信在"唯物主义"之上，还是应该有做人的底线的，无论你称这为善良、仁慈、博爱、基督，还是别的什么。

《寄生》是一部黑色喜剧，以嬉笑怒骂的形式揭示人和社会的荒诞，可笑，自相矛盾，颠倒是非。要求它严肃、认真、客观、一本正经地反映你所感觉到的世界是走错了门。奥斯卡四千多评委一人一票做出的选择绝不是"政治正确"的，更不是"阶级斗争"的，而是对影片的独创性、艺术成就的认可。从编剧的角度来说，他是在殚精竭虑地编一个有可能发生且能自圆其说的离奇故事，实验性地将十人放入一狭小空间，看他们如何求生、互动。有点儿像玩"魔方"、弹赋格、拼七巧板、下围棋之类的智力游戏，看是否能"玩通"，给社会问题开药方虽非他的本意初衷，但影片对"人间喜剧"的亦正亦反的描述让人深思，解读也会有多层次多方位的可能性，远非一个主义、一种理论所能定义的。如果一定要说主题的话，那么从影片的最终结局来看似乎应该是：你可以也应该为拥有更有尊严的生活而努力拼搏奋斗，但别人也在为自己的利益而奋斗，一旦越过了底线，伤害了别人，"合理"的个人主义便"不合理"了，开弓没有回头箭，结果是什么绝不是你一厢情愿所能左右的，这就是一个"彻底的唯物主义"可能带来的玉石俱焚结局，漫画式的，黑色的。

/ 瞧这一家子
——音符的故事

一、牛顿的苹果

苹果从树上掉下来成千上万次，只有牛顿问了个"为什么"，谁能想到此"吃饱了撑的"一举撑起了现代科学的殿堂。据说华人是最聪明的，但聪明似乎很少让我们问"为什么"。我们有屈原的《天问》，上至天穹，下至鬼魅，"问苍茫大地，谁主沉浮"，气派不可谓不大，画面不可谓不美，但只是情绪的宣泄，并不在真正寻找答案。文人骚客在乎的是"天生我材必有用"，千里马不遇伯乐便大发牢骚，而不是探讨藏在大自然背后的规律，破解上帝的奥秘。我们不擅长向传统和权威作智力上的挑战，聪明到了决不做无利可图的"傻事"。

二、寻根究底

"村姥姥是信口开河，情哥哥偏寻根究底"，只有"不肖种种"贾宝玉才会去"寻根究底"傻问。不过在"爪哇国""番夷之地"，"傻弟弟是信口开河，痴哥哥偏寻根问底"则见怪不怪。"洋鬼子"或"异想天开"，或"寻根究底"，好奇心引他们上天入地，虽没见找到"黄金屋"，或"三十亩地一头牛"，却在多项人类知识领域留下了后人取之不尽的财富。在音乐领域中的成果就是建立了调性、和声、对位、曲式等一整套体系，其系统性、逻辑性、科学性为各民族的音乐发展提供了坚实参照，随便听一下现在影视剧的配乐便知这套"阳春白雪"的音乐理论早已服务于"下里巴人"，成了平民百姓每日不可缺的消遣。

三、音乐家的苹果

我们何不学一下牛顿，对司空见惯的音乐现象也"寻根究底"地问一下"为什么"？为什么传统的中国音乐用宫商角徵羽（12356）这五个音，俗称五声音阶？为什么西方音乐也用这五个音，但外加两个音（47）成了七声音阶？1234567是上帝的恩赐，还是从天上掉下来的苹果？其实这并非偶然，在这简单的七个音符背后有数学的必然。

四、神奇的"五度"

打开琴盖看一下钢琴中那么多绷紧的钢丝，或是看一下提琴的弦，你会醒悟到音乐的音来自弦的振动。弦越粗越长，音高（频率）就越低，反之就越高。同样粗细的弦，弦越长，音高（频率）就越低，反之就越高。音乐不能只有一个音，要有不同的音，就必须有不同长度的弦。经过实验发现，如果两根弦长度的比例是最简单的2：1，那么两根弦振动所产生的音是八度关系，严格说不产生新的音。有趣的是，如果两根弦长度之比例是下一个最简单的比例3：2，那么两音的关系就是五度，比如 Do - So（1—5）、Re - La（2—6）等，拉提琴的人把手指按在 G 弦离琴马三分之二处，那么得到的音就正好是 G 音的上方五度音 D①。可见五度关系是两音间最直接、最简单、最原始的关系，有数学的背书。

五、"音乐之声"

如果继续以五度找下一个关系音，所谓"五度相生"，就依次会有：1、5、2、6、3，在一个八度内排列，就得到我们常用的五声音

---

① 弦振动时，非但整个弦长，其各部分1/2、1/3等也分别在振动，产生了一系列泛音，排在第一的泛音（1/2）是基音的高八度，下一个就是其（1/3，2/3）在不同八度内的五度音。

阶：12356。那么七声音阶的 4 和 7 呢？很简单，3 的上方五度即 7，1 的下方五度即 4。如此我们就通过简单的、有数学原理为基础的五度相生法，得到了 1234567，《音乐之声》的七个美丽的孩子①。有趣的是，最后"入围"的两位 4 和 7 看似仅是"主力"五声音阶 12356 的"外围"，不过不要小看它们，它们的加入引出了"半音"，是后面会讨论的"导音"的"始作俑者"。

六、五度相生

继续"五度相生"，往下五度，即从 1 往低走五度，得 4，再往低会相继有降 7（B♭），降 3（E♭），降 6（A♭），降 2（D♭），降 5（G♭），再往下五度，得降 1（C♭），会弹琴的人知道 C♭=B，即 7（看来地球确实是圆的，一直往前走，会走回原点），如此这般首尾相接，有了钢琴上的十二个半音，为人的耳朵所能辨认。当然，具体过程更为复杂，钢琴上的五度音比"真正"的五度音（纯五度）要小一点，否则首尾无法相接，可产生无穷多的音，这在音乐上是不实际的，也是无意义的。所以钢琴的音准是"Well-tempered"，即经过科学的调整以达到任何半音之间音距相等，能自由转调。看似简单，其实经过多少试验，调试，才有了巴赫写的《平均律键盘曲集》（*The Well-Tempered Clavier*），上下两卷，每卷各二十四首，穷尽可能的二十四首大小调。（十二个半音，每个音上都可建立大、小两个调，故有二十四种调，什

---

① 为什么通常是"相生"四次得五声音阶，或"相生"六次得七声音阶呢？能多相生吗？五声音阶中两音间距离多为全音（等于两个半音），但有两处多了一个"半音"（共三个半音），成 1+1/2 全音，"牙齿"稀了。而七声音阶则正补上了这两个缺口，只是有两处会挤了一些（只一个半音），不过只会是一个音的某一边，而非双侧。但如果再相生下去，某些音，直至所有音的上下两边都会有半音，挤过了头。所以七音为好，省得过犹不及。此乃"山寨版"的解释。

么是小调，后面会解释。）

七、"调性"

所谓"调"，即一首歌或乐曲所用的音群的选择，我们有十二个半音，但普通一个调，并不会用所有的十二个音，而是依照预定的规则选其中一部分，常见的是五个音 12356（中国传统音乐）或更常见的扩展成的七个音，1234567 "这一家子"。在钢琴上十二个半音中任选一个作"Do"，这首乐曲便是什么调。比如你选择 C 为"Do"，即 C 调，选择 D，即 D 调，这个"Do"非常重要，这是一首曲子的"家"，归宿。绝大部分曲子都结束在"Do"上，"Do"是主音，此便为大调，还有一些曲子结束在"La"上，"La"为主音，即小调。忧郁的俄国人偏爱小调，《莫斯科郊外的晚上》《三套车》《红莓花儿开》《喀秋莎》，及中国歌曲《天路》《跑马溜溜的山上》等均为小调，都结束在"La"上。大调的主音"Do"到"Re"（1—2）是全音（两个半音），"Re"到"Mi"（2—3）也是全音，"Do"到"Mi"（1—3）的音程官名为：大三度。小调从主音"La"到下一个音"Ti"（6—7）是全音，但从"Ti"到"Do"（7—i）只是半音，"La"到"Do"（6—i）的音程官名为：小三度。从一个调的"主音"到它上方三度音的距离（音程）的大小不同，这就是大小调的最根本的区别。

八、小调的起源

C大调（Ionian）　　A自然小调（Aeolian）

小调的来源最"官方"的说法是来自古希腊的 mode，即 1 2 3 4 5 6 7 每一个音都可做主音（即归宿音），也即有七个 modes，各称作：伊奥尼亚调式（Ionian），多利亚调式（Dorian），弗里几亚调式（Phrygian），利底亚调式（Lydian），混合利底亚调式（Mixo lydian），爱奥尼亚调式（Aeolian），洛克尼亚调式（Locrian）。其中 Aeolian 即我们如今所称之小调。后人只知道有这七个名称，但既没录音，也无确切的描述，所以到底是怎么回事，仅是猜测。这样的一个小调其实和大调用的是同一组音，或者说，小调来源于大调，不同仅在于这个小调的主音，或曰归宿音，是对应大调中的第六度音 La。这两个用同一组音的大小调称为"关系大小调"，谱号（升降记号）当然也相同。不言而喻，作五度相生时，同时得到的是"关系大小调"两个调的家庭成员，大调在"五度相生图"的外圈，小调在内圈。家庭成员虽一样，但"一家之主"不同，由此带来的各成员在"家庭"中所处地位当然也不同。

九、另一种可能

每个大调还有一个"同主音小调"，顾名思义，这个小调与相应大调"归宿音"相同，音群则有别，在做"五度相生"时，由向逆时针方向多"相生"，顺时针方向少"相生"而得。以 C 为例：C 大调是以

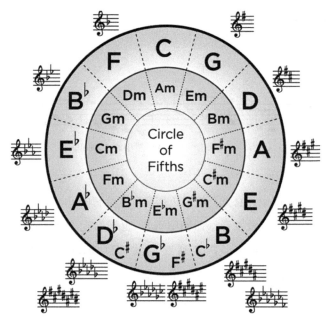

五度相生图

C 自然小调（和A自然小调特征一样，仅起点不同）

C 为主音，由在"五度相生图"外圈上顺时针"相生"五次，逆时针"相生"一次而得。（当然，同时也得到内圈其关系小调：A 小调）但如果顺时针只"相生"两次得 G 和 D，逆时针"相生"四次得 F，降B，降 E，降 A，那我们得到的就是 C 小调音阶，只不过如果是小调的话，我们习惯于将主音 C 唱成"La"而不是"Do"（当我们唱 La Ti Do 时，我们唱的是小调的小三度，若唱 Do Re Mi 则是大三度，只是不自觉而已）。这个 C 小调与 C 大调主音（归宿音）相同，但音群不尽相同，多了三个降号，（其它调上也可能是少了三个升号，总之相差"三"）所以它同时又是降 E 大调的音群，即降 E 大调的关系小调就是 C 小调。（参见"五度相生图"，外圈是大调，内圈是关系小调）可见调和调之间你中有我，我中有你，环环相扣，剪不断理还乱。

十、"首调"与"固定调"

大调音阶如果用"首调"来唱，就是几乎人人都会的《音乐之声》中的 Do Re Mi Fa So La Ti，简谱记之为 1234567。大调的组成特点是 Mi Fa（34）及 Ti Do（7 1̇）之间距离为半音，其他任何两音之间为全音（等于两个半音），只要符合这个关系，就是那个人人都会唱的大调；反过来，只要是大调，那么 34 及 7 1̇ 之间，而且也只有这两处之间，必为半音，其余处均为全音，这与起调的高低，亦即与主音 Do 到底是在地下室还是在阁楼无关。换句话说，这个 Do 可以是十二个半音中的任何一个，只要音阶符合"全全半全全全半"这个公式，就是大调。相同旋律用 123 简谱记，唱 Do Re Mi，不管起调高低，音名永远是一样的。

和"首调"不同的是所谓"固定调"，也就是根据每个音的"绝对音高"记谱的 A B C E F G。用绝对音高 ABC 来记谱一首曲子，如果起调不同，则音名也会不同。比方说，同一个简谱的 1（Do），如果起调高低不同，那么在五线谱上就会有不同的"窝"，音名也可能是十二个半音中的任何一个，其他各音当然也如此，不敢说有百家姓，但起码十二个"姓氏"是免不了的，再加上各自的高八度、低八度，可能性又倍增，难怪钢琴上有八十八个音，是简谱 1 2 3 4 5 6 7 的十二倍之多，而这庞大的一家子在五线谱上均有各自的位置，且排他性地一个萝卜一个坑，一一对应，像兵营般纪律严谨，绝无模棱两可之虞，非常专业有序。我们一般人能辨认出一首曲子完全是靠数目有限的、始终不变的"Do Re Mi……"唱成的"相对音高"，即靠音和音之间的相对关系来识别，而不一定要靠随机可变的"绝对音高"，再说若无专门训练，外行是很难看着五线谱唱出那个让你"魂牵梦绕"的旋律的，"相对音高"其实是更揭示了一个较简单旋律的"本质"的。但有弊就会有利：如果说简谱是数字列表的话，五线谱则是曲线图，能让旋律的轨迹走向显示得更形象直接。同一旋律在高低不同的调性上虽音名迥异，但记在五线谱上的旋律线则是严格平行的（参见本文第十八《天鹅湖》谱例）；再者，串串"冰糖葫芦"（见本文第十四），错综复杂的多声部也只有精准入微的五线谱才能从容科学地应对。（也有国家用 Do Re Mi 作绝对音高，Do 代表 C，Re 代表 D 等，永不改变）

十一、和声王国

传统中国音乐多限于五声音阶，且是单旋律，不知多声部、和声为何物，不知这是与"小农经济""自给自足""一亩三分地"有关，还是和我们"各人自扫门前雪，莫管他家瓦上霜"的民族特性有关。也不知洋人是否得益于"产业革命"、大机器生产，反正远没有咱们"精明"的他们在音乐体系这方面岂止颇有建树，更是建立起一个庞大帝国。我们今天听到的音乐如此丰富有层次，根基如此雄厚，全得益于此和声王国。

十二、"横向"和"竖向"

西方音乐的起源和发展与教堂唱诗班有很大关系，最初只有一个"横向"（旋律）的进行，以后有多个声部（男、女、高、低）同时唱，常用平行（两音高相对距离不变）八度、五度、四度（四度是五度上下倒置，1—5是五度，5—i 即四度）等所谓"纯音程"，但听起来单调，空洞。以后逐渐发现三度及其倒置六度更动听（比如三度 1—3；六度 3—i），音乐的"竖向"（同一时间各声部之间的距离关系）就变得越来越重要和复杂，一种与最初教堂唱诗班那种"横向"为主不同的音乐就日渐成形，以至于"竖向"（和声）不仅仅是"横向"（旋律）的伴奏，而且日益强势，成了"横向"的基石和底气，以至于大作曲家及音乐评论家罗伯特·舒曼有这样一句名言："音乐像国际象棋一样，在它里面，王后（旋律）起最大的作用，但决定最后胜负的却永远是国王（和声）。"在生龙活虎的表层的下面永远有不易察觉、不动声色的深层。王后之所以风情万种，人见人爱，皆因她的老公是国王。

十三、音乐和审美

声音后面有数学，有科学，但音乐不是去发现自然规律，而是人们感情宣泄和交流之需要，是追求美的产品，是审美的结果。在艺术领域虽不存在所谓的终极真理，但我们仍不得不慨叹这些音乐先驱者在建立西洋音乐大厦时做出的一次又一次的高明决策和选择。看看古希腊的雕塑、罗马的建筑、法国的凡尔赛花园、数不尽的油画杰作，就会知道这座美丽的音乐殿堂的建成并非是一种偶然。你能想象烧香拜佛、将希望寄托于来世的善男信女，装神弄鬼、炼仙丹以求长生不老的帝王会有什么雅趣吗？他们孜孜以求的往往是发财致富、子孙满堂、争权夺利、荣宗耀祖，不但对这些没用的"矫情"玩意儿嗤之以鼻，且将一切精神文化上的新思想当作洪水猛兽，非掐死在摇篮里而后快，对希腊人所谓的对纯理性美的追求和享受连最起码的好奇心都没有。一味追求浅短的实际利益结果就会是既无实际又无利益，到头来只有依样画葫芦的命。

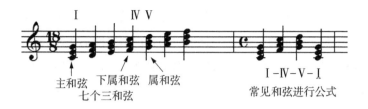

I   IV V

主和弦   下属和弦   属和弦   I－IV－V－I
七个三和弦   常见和弦进行公式

十四、"冰糖葫芦"

"洋鬼子"做出的一个重要选择或贡献便是建立"三音和弦"概念，由在 1234567 每一音上"隔三岔五"叠加五度和三度形成（五度是派生关系，三度则让声音丰满圆润，补五度空洞刺耳之缺陷）：亦即 135，246，357，46i，57ż，6i̇3，7ż4，三个一串，共七串"冰糖葫芦"。其中最主要是第一、第四、第五这三串：在主音"Do"上建立的135，称作"主和弦"，在上方五度"So"（称为属音）上的57ż，称作"属和弦"，以及建立在主音下方五度"Fa"上的46i，称作"下属和弦"①。"五度"，又是"五度"！57ż 因五度之密切关系，"So"是"Do"派生出来的，所以"So"有一个"回家"到"Do"的天然倾向，在"So"上建立的属和弦更是有一个回到主和弦的"冲动"，君不见乐曲结尾大多是从"So"到"Do"，或者说是从"属和弦"57ż 终结到"主和弦"135，几无例外。"主和弦"（I），属和弦（V），下属和弦（IV）这些有五度关系的和弦是建立一个调的最主要的三块基石，其他四串"冰糖葫芦"属"锦上添花"。在古典音乐中，这三个和弦"三权鼎立"，甚至出台了一个"政府工作条例"，一个和弦进行的基本"公

---

① "下属和弦"的"下"一般理解为位处"属和弦"下面之和弦，但视之为"主和弦"下方五度之和弦更"一针见血"。

式"：Ⅰ-Ⅳ-Ⅴ-Ⅰ。请注意：三次转换中有两次是五度（四度）行进。可以说这个公式仅是耳朵审美的习惯性选择，是主观偏好，但背后是否有"黑老大"？是否有数学、物理上的"潜意识"在"暗箱操作"？更进一步想：这个 So 往下掉五度到 Do，或者这个属和弦向主和弦"回归"的天然倾向性，是否就是音乐上的"地球引力"，是否就是苹果落地的音乐版？（美国非裔的"蓝调"Blues 常用Ⅰ-Ⅳ-Ⅴ-Ⅰ的公式）

十五、导音

这种从一个音或一个和弦到另一个音或另一个和弦的天然倾向性，除了基于五度关系外，还有半音关系。大调音阶 1234567i̇ 中，相邻两音之间的关系均为全音（即两个半音），但 34 和 7i̇ 除外，这两组音中的两音之间为半音。这个 7i̇ 之间的半音很重要，它让 7 有一个向 i̇ "回归"的天然倾向性，所以 7 也称为"导"音，导向主音。而属和弦 5̣7̣2 中既有五度音 5 又有导音 7，双重倾向性，所以主和弦 135 对于属和弦 5̣7̣2，拥有"致命吸引力"也就不足为怪了。但如果你要问：那么 Mi 和 Fa 之间不也是半音吗？别急，聪明的音乐先哲是不会白白浪费这个半音的：他们用 4 代替属和弦 5̣7̣2 中那个不偏不倚、无所事事、可有可无的 2（它离它的上下皆为全音），即得 5̣74（常排作 7̣45）。又是 7，4！这两个最后入群的"外围"音！（见本文第二十二"三全音"）。7 向上走半音导向 1，4 向下走半音导向 3，5 是五度"老关系"掉到 1 或待着不动，如此这般从"双重"倾向"整容"成更强势的"三重"的后起之秀便更"义无反顾"地一头扎进主和弦 135 的怀抱。这个和弦"新秀"因其对主和弦更言听计从，如胶似漆，自然而然地成了"新宠"，每当和弦作（Ⅴ-Ⅰ）的行进时，毫不留情地取而代之，将主和弦原本的那个"老情人"属和弦（5̣7̣2）打入了"冷宫"。（此"新宠"官名为"属七和弦"，此文暂不讨论）

十六、小调的导音

大调有导音"Ti"，但小调 67123456（亦称自然小调）中主音 6 之前是 5，两音关系是全音，无导音。这种与主音"离心离德"使"回归"说服力不强，对主音的王者地位颇缺尊重，为了显示"归心似箭"，必须人造一个"导音"，即将 5 升高半度，如此便成了 671234#56，起名为"和声小调"，以有别于原本无导音的"自然小调"。你会注意到和声小调和同主音大调虽然主和弦等不同，但由于将小调的第七度升高了半音，两者的属和弦变成了完全一样，这就让小调结束处属和弦既可回归到"小老婆"小调主和弦处，仍以小调结束，又可临门换主，回归至"大老婆"大调主和弦处，以大调收场，"一仆二主"，两种色彩，灵活机动。这个有导音的小调的属和弦不但强化了回归到主和弦的倾向性，而且增加了一个"回归"的选择，称之为"和声小调"应是实至名归。

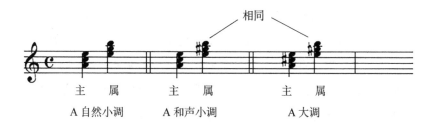

相同

主 属　　　　主 属　　　　　主 属

A自然小调　　A和声小调　　　　A大调

十七、"狡兔三窟"

综前所述，每一个调号，都有两个调性可能。一大调，一小调，互称为关系调（relative），两者所包含的音是一样的，但主音不同，小调的主音是大调音阶的第六音（Do 和 La 之关系），比如 C 大调的关系小调就是 A 小调，D 大调对 B 小调，依此类推（参见"五度相生图"）。但西洋音乐很少用与相应大调完全一样音群的自然小调，而是多用升高自然小调中第七音的所谓"和声小调"（或其混合型变种："旋律小调"，暂不详释），使和弦的行进有更强的方向性，但调号仍沿用原来的调号，必要时加上临时升号。不过还不止如此，每一个大调还有一个同主音的小调，音群不尽相同，用不同的调号，但"归宿音"相同。真所谓"狡兔三窟"，盘根错节，让音乐色彩变化更丰富、更灵活。

十八、悲歌和凯歌

大小调的意义在于色彩不同，古典音乐系统中有这样的共识：一般来说，大调明朗、欢快、乐观，小调忧郁、悲伤、绝望，大小调的变化带来情绪、心理上的变化，是古典音乐色彩变化最常用最基本的手段。关系大小调相互转换因不需改变调号，所以是再常见不过的现象，而同主音大小调转换不但会在结尾常用，在曲中也可随时来回游走。舒伯特对此便情有独钟，他那首著名的《小夜曲》便是大小调多次转换的实例。其他如莫扎特的《土耳其回旋曲》在 A 小调、A 大调及其关系调升 F 小调间你来我往，不放过任何一个可能的"回旋"机会；意大利名曲《重归苏莲托》中同主音大小调交替；老柴的《降 B 小调第一钢琴协奏曲》却以辉煌的降 D（关系调）开场，等等，例子数不胜数。古典音乐中调性从一而终不作大小调转换反属罕见，且往往这种转换带来"柳暗花明又一村"之销魂的效果，只是听众未必知道这是大小调在暗中"作怪"罢了。柴可夫斯基的芭蕾舞剧《天鹅湖》主题是小调。但在最后一幕王子公主战胜恶魔后，同一旋律改动了一个半音，从小调转为大调，听起来仅一音之差，从悲歌转变成凯歌。

B 小调主题

B 大调主题　　调号从2个升号到5个升号　　改变的是B小调的第3音，从D变成D#

"简化"成A小调和A大调

A 小调主题

A大调　改变的是A小调的第三音C，从C变成C#

十九、"潘多拉盒子"

小说中的人物是作家创造的，但多少次作家无可奈何地坦白道：一旦人物诞生后，就仿佛有了独立的生命，"走他们自己的路"，作家失去了控制权。同样在音乐上，音乐界先驱者们一旦提出了和弦这个概念，音乐就不再是偶然的单个音的"横向"排列，而是有了"纵向"，从"平面"增加一维，成了"立体"，音符就突然有了自己的生命，非创造者所能控制。和弦概念的提出就好比打开了"潘多拉盒子"，只是从盒子里飞出来的不是"新"的"旧"的"冠状病毒"，而是鲜花朵朵，五彩缤纷，从鲜艳到晦暗，一应俱全，对应着人类的各种感情色彩。除了主和弦、属和弦、下属和弦这些基本和弦，还有二级、三级、六级、七级等"次要"和弦，还有大和弦、小和弦、增和弦、减和弦之分，还有四音和弦、五音和弦等，还有"协和和弦"与"不协和和弦"之分，特别"要命"的是，不但主和弦有其"近臣"属和弦，属和弦本身又有自己的属和弦，无论在某个调中是如何不起眼的"阿狗"还是"阿猫"，任何一个和弦都有对其"忠心耿耿"的属和弦，"子子孙孙"，永无穷尽，"七大姑八大姨"，一网打尽。（肖邦尤其钟情于更频繁更新颖的和声转换，将属七和弦向主和弦"回归"这一"天然"倾向性扩展到极致，神秘的"减七和弦"与"半音音阶"更是让其音乐多愁善感，处处留情，流光溢彩，美不胜收。）更重要的是这些和弦之间还有亲疏远近之分，有闺密，有情敌，有泛泛之交，有不共戴天，给音乐带来了戏剧，带来了紧张与松弛，带来了矛盾与缓解，带来了生命。就如心理学家弗洛伊德提出的"潜意识",我们并不感觉到它之存在,但却无处不在:五度怪圈,半音的"导向性",音阶向一个方向"一泻千里"的"惯性",等等,最原始的"潜意识"也一直在暗处操纵我们的音乐灵魂。(关于"减七和弦"见本文第二十一)

二十、"富贵轮流坐"

一个调的主音,即"归宿音",就像是这个调的一家之主,或者国王。不过音乐上的皇权是"太阳瓦面过,富贵轮流坐",远非终身制,国王随时可退位,和平地"转调",将玉玺交给另外十一个半音中的任何一个。为了在听觉上不显突兀,用"近关系"转调是较保险的方法,所谓近关系即两个调有最多的共同音,在五度相生圈上相邻的两者就是,仅一音之差,可想而知,近关系两调可通用的和弦也多,一般用这些"共享"和弦即可"暗渡陈仓",神不知鬼不觉地转入新调。但到了古典派中后期及浪漫派时代,作曲家们觉得这种温良恭俭让的改朝换代不过瘾,他们追求激情、夸张、浪漫、惊悚,而非"偷偷摸摸",他们发现"远关系"转调具有特殊的效果和魅力。这种转调常常离不开一个特殊"快速通道",神秘的"减七和弦"便应运而生[①],或者说这一本是"庶出"的孩子因其善于"见风使舵",越来越得到青睐。

二十一、"公关美女露峥嵘"

"减七和弦"的来龙去脉从不同角度看会有不同的说法,对没有学过和声的人来说,必定味同嚼蜡,不知所云。这儿试一试一个更形象

---

① 利用"减七和弦"作"远关系转调"仅为"常常",并非必须,如浪漫派作曲家喜欢的"三度"转调就常不借助任何铺垫,肖邦的《英雄波兰舞曲》Op. 53 中段从降 A 大调直接转入"万马奔腾"的 E 大调就是一个著名的例子。有些新东西听多了也就习惯了。"远关系转调"仅是"减七和弦"的功能之一,重要,但非全部。

三个互无重复音的减七和弦，相邻两音为三小
度（看上去似两度处亦为小三度），只有三个，
当然可以在不同的八度上有不同的上下排列及
不同拼写，比如 G♭＝F♯

的解释：这是一个构成极其简单规范、任何方向都对称的四音和弦，
如同几何上的正方形或其他等边形。如果我们将十二个半音按高低依
次标成从 1 到 12，分成三组，每组四个音，每两个音间距离均为小三
度（四个半音），那么就有（1，4，7，10）（2，5，8，11）（3，6，9，
12）这样互不重叠的三组，且不多不少，正好穷尽十二个半音。这三
组"四音和弦"的"分子结构"完全相同，脾性一模一样，正好三个，
且仅有三个，这就是"神秘"的"减七和弦"。只有三个而不是十二个
调各有一个，或更多，暗示了这个和弦"超越"调性，是一位"公关
美女"。不过这位"美女"有点恐怖哦，倒不在于"水性杨花"，而是
听起来阴森森的，像是预示灾难临头，有一种不和谐、吊在半空、不
稳定、需要"解决"的感觉。耐人寻味的是，一生得不到"真爱"的
乐圣贝多芬对"减七和弦"似有"偏爱"，大概是这个和弦触动了他对
爱情绝望的那根神经，回响了他对人生悲剧性的预感。他的 32 首钢琴
奏鸣曲几乎每首都离不开这个和弦，比如著名的《悲怆奏鸣曲》开头
两小节便使用了三个"减七和弦"中的两个，剩下的那一个在第六小节
亮相；其他如《热情奏鸣曲》第三乐章的开头，及中段有一处"减七
和弦"甚至长达二十小节；《第九交响曲》第四乐章开头为大提琴齐奏

主题作伴奏的惊心动魄的管乐部分。柴可夫斯基《天鹅湖》中魔鬼及《睡美人》中妖婆的出场均为大家所熟悉的例子。苏联最伟大的钢琴家李赫特在六十岁陷入忧郁时伴随严重耳鸣，他听到的就是一个挥之不去的"减七和弦"。

二十二、惹是生非"三全音"

为什么"减七和弦"听起来有点"另类"，这跟"音程"的性格有关。在音乐中有些音的组合让人觉得悦耳，祥和，如三度及六度，较次的为四度（五个半音），五度（七个半音），因为听起来有点"空洞"。三度和六度，以及四度和五度的不同其实仅为上下倒置，即所谓"转位"，"原位"和其"转位"仅排列不同，并无本质区别。大调七个音可组成七个不同的三度（或六度），虽有大三度及小三度之分，都还悦耳，属"良家妇女"，不难伺候。但七个可能的四度（或五度）就并不都是"省油的灯"了。以四度为例，大调七个音可组成七对四度：14、25、36、47、5$\dot{1}$、6$\dot{2}$、7$\dot{3}$，其中那两个"外围"音（47）之间的距离比其他任何一组所谓的"纯四度"要大半个音，称为"三全音"（六个半音），但也可称为"增四度"，因为比"纯四度"（五个半音）高出一个半音。如果以"五度"为例，即上下反一反，得15、26、37、4$\dot{1}$、5$\dot{2}$、6$\dot{3}$、7$\dot{4}$，大都为"纯五度"（七个半音），唯独7$\dot{4}$是六个半音，比其他哥们儿又是少一个半音，所以可称之为"减五度"。有趣的是，四度"转位"成五度，从五个半音距离变为七个半音距离，唯独"增四度"（47）转位成"减五度"（7$\dot{4}$）后，音程不变，均为六个半音，而六个半音正好等同三个全音，此乃"三全音"名称之出典，也是"增四度"和"减五度"的统称。正是这个"头上出角""高不成低不就"的"三全音"音程与众不同，听起来会觉得怪怪的，有点异类，不协和，难唱准，不稳定①，需要"落地为安"，即升高或降低半音，改邪归正，重做"守法公民"（参见本文第十六）。不过我们精明的老祖宗，一向趋利避害，力求"四平八稳"，舞文，打造出方块字，弄"乐"，选定"五声音阶"，成功地避开了"三全音"47这一对"讨债鬼"，恐怕是"本能"而非巧合吧！

二十三、"减七和弦"三姐妹

"三全音"这个"桀骜不驯"的音程正是"减七和弦"听上去怪异的"罪魁祸首"："减七和弦"中"相隔"的两个音之间便是"三全音"，而且一个"减七和弦"中竟有两对这样的"熊孩子"，难怪非常不稳定，喜欢闹腾，搅得七上八下，鸡犬不宁。"减七和弦"中的四个音是绝对对称的，无上下左右前后之分，均匀地"潜伏"在十二个半音中，像爪子或树根似的牢牢掌控住了十二个半音。虽说"女魔头"数目有三，却如三胞胎，音响效果如出一辙，相互之间每个部件都只有半音之差，半音天然的导向性让她们善于互帮互换，难分难解，如此"貌合神不离"的姐妹三人，将十二个半音"一网打尽"。你不在这条"贼船"上，便在那条上，即便有的暂时游离在外，也很容易被"勾引中招"，在一片"古怪混沌"的音响声中，"糊里糊涂"入盟旗下。再者，怪异的"三姐妹"发飙后，十有八九会被"解决"，紧接着必定是"云开日出"，一旦沐浴在阳光下便再也无心去细究"不协和"时到底发生了什么了，正所谓"目标正确可不择手段"。这还不算，"三全音"除了怪异，还"模棱两可"：它的两对"三全音"如果视作"增四度"，便有向上的"导音"，应向上方升高半音作"解决"，如果

---

① "增四度"似乎并不在我们听觉的 DNA 中。据我经验，小提琴学生十有八九会将紧跟 Fa（4）后的 Ti（7）错拉成降 7，且浑然不觉。还不只是初学者这样犯错。皆因一个是不舒服的"增四度"，一个是舒服的"纯四度"。

视作"减五度",则有向下的"导音",应向下方降低半音解决（反过来说也无不可），可上可下，左右逢源。如此灵活又霸道，男女老少通吃的结果便是：这个"减七和弦"几乎可"解决"到任何一个协和和弦，而任何一个协和和弦又总可找到一个匹配的"减七和弦"作跟班。总之，这三个神秘兮兮的"减七和弦"成了和弦之间牵线搭桥的"红娘"，远程转调或时空穿越的"绿色通道"，其音响上的怪异又"因祸得福"，出奇制胜地成就了"三魔女"独特的"魅力"。不禁让人联想到"三"在洋人意识中的地位：宗教有"三位一体"，政治有"三权分立"，音乐有三 B（Bach, Beethoven, Brahms）。莫扎特的歌剧《魔笛》中有三位魔女，还有三个安琪儿（童声），德沃夏克歌剧《水仙女》也是水妖三位，瓦格纳《莱茵的黄金》又是三位水仙女。这些女声三重唱如天籁之音，与"减七和弦"三魔女的不祥之声有天壤之别，所以此"三"非那"三"，都是"三"纯属巧合吧！最后要为"减七和弦"说句公道话：相比后来"新人类"作曲家引狼入室，造出各种惊世骇俗的音响，"减七和弦"三姐妹远没有那么"狰狞"，且"毒性"日减，日趋"良性"，如今更早已不属"另类"，而是"家常调料"，就像辣酱、胡椒粉、大蒜头，别有一番风味呢①。如果真有一个没有矛盾和冲突的"理想国"或"天堂"：仁慈的造物主正襟危坐，看不厌白白胖胖的小天使飞来飞去，听不尽迷途知返羔羊念经祈祷，还有悲伤吗？还有渴望吗？还有探索吗？还容许好奇心吗？还有诗歌小说吗？还用得着贝多芬灵魂呼喊的音乐吗？还有人的七情六欲吗？该不是"天堂"太无聊了，上帝才大发善心让羔羊们到尘世去迷路的吧？

---

① "减七和弦"还对提琴特别"友善"，其结构的对称性，让这个和弦在提琴上位置特别简单划一：* 只需将左手四个手指以一个全音距离分别在四根弦上分开按下就成，不论在哪个把位均一样。

二十四、"对着干，死了算"

牛顿对苹果落地这一熟视无睹的现象问了个为什么，从此一发不可收拾，创立了经典力学，奠定了现代科学的基石。但还有更"牛"的，犹太人爱因斯坦，单枪匹马地创立了"相对论"，虽貌似匪夷所思，一反常识，非我们凡人所能理解，却一再被实践所证实，还造出了货真价实的原子弹。在音乐上，也出了这么一位"先锋"，也是讲德语的犹太人：勋伯格。他腻烦了吃苹果，又没有其他现成的梨树橘树可选择，结果便重起炉灶，自立门户，创立了"十二音系列"体系，惊世骇俗！有趣的是勋伯格早期原本是瓦格纳、勃拉姆斯的继承者，但想必是德奥音乐巨人太多，好东西全被写光了，即便不是有心剽窃，一不小心便顺着老路滑了过去。但新一代作曲家也要吃饭，也要有存在的理由，走投无路之际，突然灵感降临：自己开公司！公司的宗旨便是"对着干""反其道而行之"，怎么叛逆怎么干，结果杀出一条血路。古典音乐不是有调性吗？勋伯格便来个"无调性"。古典音乐不是有主音有七音音阶吗？勋伯格便来个十二音体系，没有主音，彻底平等，决不偏心，每个音出现次数相等，任何一个音下一次再出现必须在其他十一个音出现之后，即给任何一个宝宝喂奶后，得等其他十一个宝宝喂奶后，才能轮到再喂，这样就必须有一个固定的次序，即"十二音系列"。由此还派生出其他许多作曲规则，以保证听起来绝不像传统古典音乐的老套头。简而言之，如果一不小心写出了好听舒服的音符，马上有"规则"将之扼杀在摇篮里。勋伯格成功了，他在音乐史上留了名，在谷歌上有了条目，在音乐厅有过"探索性"的演出，且有了一大帮子赶时髦的学生和追随者。如此这般我们有了这样一种音乐：让人烦躁，坐立不安，生不如死。据某个调查，专演无调性现代音乐的交响乐团患失眠、抑郁的比例远高于演奏古典音乐的同行们。

当然勋伯格毕竟有古典音乐的基础，想拔着自己的头发离开地球是不可能的，所以免不了会有漏网之鱼，留下一些仍可一听的作品。笔者听过勋伯格著名的学生、"二十世纪最重要的作曲家"贝尔格的《小提琴协奏曲》，觉得有趣，甚至还蛮好听的，不禁松了口气，暗自庆幸自己虽"土"，还未掉渣。二十世纪七十年代，当时"名震天下"的李赫特也曾觉得贝尔格的《为钢琴、小提琴及十三件管乐器所作的室内乐协奏曲》有点意思，找了一帮有志同行"战天斗地"，破天荒地排练了一百多次，断断续续达四年之久，"不成功便成仁"，心不可谓不诚也！随后出征献演，横扫比利时、德、法、意大利等国，"破冰"广传"福音"。EMI（百代唱片）还为此出了唱片，得到专业人士一致好评，可没想到就是卖不动，听众死不买账，"你奏你的凯歌，我做我的莫言"。说实话，除了"精英兮兮"们，谁会吃饱了撑的，花钱去买不痛快？唱片无奈下架，不知所终。"无调性"似成票房毒药，前景不容乐观，看来培养"高层次"听众刻不容缓！艺术毕竟不是科学，最后的仲裁者是普通听众，是被上帝或者说DNA已预制好的血肉之躯而非脑子接上电脑的现代"超人"。巴赫等先驱发现和理顺了我们音乐的DNA，勋伯格则想要"对着干"，彻底摧毁我们的DNA，任重而道远，Good luck！祝他好运！《红楼梦》中除了"贾"（假）宝玉，还有个"甄"（真）宝玉，据最新物理研究成果，说不定还真有"反世界"，勋伯格的音乐莫不是来自"反世界"？再不然，勋伯格根本就是"反世界"公民一不小心串错了门？颇具讽刺意味的是当"新人类"作曲家打着"解放"的旗号进入"十二音体系"新纪元时，其实不是扩大而是缩小了音乐的地盘：传统音乐有大小二十四个调，时髦的"全音音阶"（无半音）只有两个"调"，而最"先进"的十二音体系只剩一个"调"，一个十二个半音哗啦啦倾巢而出的"调"，一个没有前后主次、不分上下左右的"调",一个千人一面的"调",一个无家可归的"调"。可见"灭诸侯,成帝业"的结果失去的不仅是数目,而且还有大小调的不同"色彩",每个调独特的"个性"和转调的"自由"。被巴尔扎克称之为"人间喜剧"的反面不会真是一个如此无趣的"悲惨世界"吧?

二十五、再谈钢琴

谈音乐理论离不开钢琴,钢琴不仅是一件美丽的独奏乐器,它发迹和改进与音乐理论的发展和完善几乎同步。如今作曲家、指挥家、演奏家、音乐老师都离不开钢琴,这是音乐家的电脑。据说钢琴是由意大利人巴托罗密欧·克里斯多佛利(Bartolomeo Christofori)(1655—1731)发明的,所谓"发明"是指他在 1700 年左右首先用音锤代替了老式键盘乐器羽管键琴(Harpsichord)的"拨子"。键盘乐器的逐步进化完善主要是对其音域、音质、表现力的改进,但键盘本身的设计并无根本性的变化。这个键盘看似简单,却是神来之笔,蕴藏多少智慧或"运气"。首先,一个八度中有十二个半音当然需要十二个键盘,但设计者没有用十二个大小相同的白键或黑键,而是用了两种颜色、两种宽窄、两种长短、不同高低的键,大大缩小了面积,使单手弹八度有了可能,而且照顾到了人手指长短不一的特点,使弹奏容易、舒服。其次,十二个半音不用最"合理"的一白一黑相间,而是让某一调有全用白键的特权(即 C 大调),要知任何一个大调音阶中都有两处(34、7i̇)是半音,所以"科学"地讲,如果"Mi"为白键,那么高半度音"Fa"就应为黑键,等等。如果真如此设计,那么键盘看上去会是整齐划一的一白一黑,那将是钢琴家的噩梦,因为正是键盘乐器的两黑键组和三黑键组的轮流交替,才使钢琴家有了"认路"的标志,否则迷失在键盘上会不可避免。让 C 大调有全用白键的特权,会让 C 大调曲子易弹(主要是心理和视觉上的),不知这是最初的考虑还是深思熟虑的结果，总之，运气佳，It works extremely fine! 这着"碰"对了。但有利必有"弊"：C大调"唯我独尊"的结果便是五线谱记谱也是唯C大调独尊，豁免其用升降记号的"麻烦"，尽管C大调也和任何其他调性一样，有半音。这种"特权"反映在记谱上便是：任何一处相邻的线上和空间中的两音均为全音，唯独每逢E和F音（34）处及B和C（7i）处，线上音和空间音为半音关系，可见五线谱规则有点"不合理""不公平""不科学"。不过话又说回来，现实生活中，很少能像欧几里得几何那样有绝对理性的完美，妥协、调整和不规则才是常态！

二十六、起点和终点

"纵有千年铁门槛，终须一个土馒头"，你再不食人间烟火，或再纸醉金迷，最终还是要"回家"的，在音乐上便是回到主音，主和弦。甚至有一派音乐理论认为音乐就是一种以回归到主音为目的之进程。音乐说简单再简单不过，1234567 七个音周而复始，说复杂则复杂到如入迷宫。七个音加上节奏排列组合几近无穷。巴赫等前人建立起了一套完整的"君臣"和声体系，每个音（及和弦）都可称王，其它音及和弦依照与主音的远近关系在这音乐王国中扮演不同角色，起不同作用，又像是主音的儿辈、孙辈，离家奋斗拼搏，最后或衣锦还乡，或铩羽而归，最终又都回到起点，是音乐，又是人生。

后记

奉命之作，想尽量用简单的比喻解释一下常见的有关调性、大小调、和声方面的疑问。此乃一些皮毛浅见，既没引经据典，又没逐句考证，大多属自说自话，万一误人子弟，责任请自负，我这里是出门不认货的！

/ 八卦和杂感

——疫情中网上畅看免费歌剧

一、"窄门"

说起歌剧，记得我母亲倒是有一副"洋"嗓子，但她唱歌"生涯"的顶点，便是在当时颇有名气的"松江女中"集会上独唱过舒伯特的《小夜曲》，赢得满堂彩，惹得教导主任站起身来，用威严的眼光横扫礼堂，似乎在警告学生"休得放肆"！这段光辉音乐史母亲对我们讲过多遍。另外还记得她喜欢宽厚的嗓音，因而是女高音歌唱家管夫人（喻宜萱）的"粉丝"，仅此而已。我父亲更是除了喜欢舒伯特的《圣母颂》（*Ave Maria*）外，对西洋音乐一窍不通，可想而知他们从来没想过让我搞音乐。但直觉和严酷的现实让我知道这是唯一能相对安全地暗自"修炼"，进行"道德自我完成"，而不至于惹上官司的一扇"窄门"，或曰"家庭小作坊"，以至阴差阳错地上了"贼船"，被判了终生"苦役"，任劳任怨地拉了弹了大半辈子小提琴和钢琴，制造出许多噪音。幸好声音来无影，去无踪，皆"Gone With the Wind"，随风而逝。

二、歌唱性

乐器演奏的最高境界便是"歌唱性"，这是所有大师公开课上的"开宗明义"。无奈我从青春变声期开始便痛失大概遗传于我母亲的银铃般的歌喉（有同学这样捧过我），直至落到连一个八度都唱不出的地步，彻底继承了我父亲的教书匠嗓子，从此与唱歌无缘，但对歌剧仍非常感兴趣。像莫扎特、贝多芬的小提琴奏鸣曲虽都是冠以 *Sonata for*

Piano and Violin，钢琴排名在前，小提琴在后，但不管相比于小提琴单音旋律钢琴部分多么繁重，听众听到的永远是小提琴独奏红花一枝，钢琴只是绿叶伴奏，因为前者更具歌唱性。默默无闻在乐池中卖苦力的乐手大都对台上出头露面的歌唱家的音准节奏颇多微词，有点看不起，但最终还是不得不以歌唱家气息分句为准，甚至作为乐器演奏模仿的最终典范，可见歌唱的牢不可撼之地位。不过歌剧之所以那么有魅力，还不单是歌唱，这是集文学、戏剧、音乐、舞蹈、舞美、服装于一身的一种全方位艺术，是烧金钱和烧天才的大制作，疫情肆虐之下，居然送上门来，不看白不看。只是各电视频道皆蜂拥而至，几乎所有热门电影电视均不收费，"任看不心疼"，弄得我像"老鼠掉进了米缸"里，应接不暇，只恨一天二十四小时太短。但不管电视剧杀人放火有多么刺激，我总"不忘初心"，挤出时间恶补一下歌剧，有些可还真是"令人销魂"或"惊心动魄"呢！

三、大都会歌剧院

几年前我去纽约繁华区曼哈顿，在朱莉亚音乐学院十几层的高楼里住了一星期，每天傍晚下楼只几步路便到了富丽堂皇的纽约大都会歌剧院，坐在前庭喷水池旁享受夕阳西下，既有匆匆而过的人来人往，又有闹市中的宁静，好不自在。可惜当时已是五六月份，歌剧演出季刚过，唯一在歌剧院上演的是什么现代芭蕾，男女舞者身着褪色的棉毛衫裤在台上东奔西跑，一脸正气，煞有介事，好像正在完成什么神圣的使命，自省达不到那个境界，只好捏紧钱袋，过门而不入，没能进去探个究竟，与歌剧院擦肩而过。好在这些日子大都会歌剧院向全世界敞开了胸怀，让憋在家里的"痴男怨女""老头老太"能"堤外损失堤内补"，翻箱倒柜地奉献出了一出又一出经典之作和巨星歌唱家，真让人有"安知非福"之叹。其中颇引人注目的便是出自俄国的女高音歌唱家安娜·涅特列布科（Anna Netrebko）。此人不但唱得好，还是个大美人。此次她亮相的歌剧是十九世纪前叶意大利歌剧作曲三杰之一多尼采蒂（Donizetti）的喜歌剧《唐·帕斯夸莱》（*Don Pasquale*）。

四、喜歌剧《唐·帕斯夸莱》

帅哥爱美女，天经地义，可老头 Pasquale 非要外甥娶另外一位，否则取消外甥的继承权。好样的小帅哥"宁折不弯"，打算从此远走高飞，浪迹天涯。老头一怒之下，准备亲自上阵娶妻，说不定还能捣鼓出个儿子来继承家业。他的医生兼老友谎称有个在修道院的妹妹，还果真带来相亲，一副老实巴交、不解风情、怯生生的模样令老头心花怒放，立马下帖，签字成婚。哪知此女婚书一到手即刻从"淑女"变成"泼妇"，原形毕露，大发雌威，颐指气使，无理取闹，大肆挥霍，鸡飞狗跳，老头悔不当初，可怜他一无居委会主任来主持公道，二无老人维权组织干预，只好放手走人，让其"完璧归赵"，带上财产投入外甥的怀抱，不用多猜，老花头：此女非别人，乃外甥的心上人也！到底是快乐的意大利人，老头最后也想通了，欢天喜地与大家一起高歌一曲"老牛吃嫩草，岂有此理"！家有孤老头想入非非者必看！

五、安娜·涅特列布科

安娜即上剧女主角。演惯了悲剧，在舞台上死了多少回，还不能一蹬腿"拜拜"，临死前还得铆足劲儿，不唱个日月无光下不了台。逮着这剧喜从天降，总算可以活着落幕，爽得不行。使出浑身解数，让压抑了多年的喜剧才能喷薄而出，载歌载舞，古灵精怪，唱念做打，一应俱全。一会儿打情骂俏，一会儿冷若冰霜，一会儿泼妇骂街，一会儿淑女窈窕，袒胸露臂，大打性感牌，那双长筒袜在众目睽睽之下褪去穿上不知多少回，临了还不忘翻个货真价实的跟斗。最后一场，

"月儿才上柳梢头，早已人约黄昏后"，安娜与恋人二重唱情绵绵，意切切，散发出月夜的露水及玫瑰的芬芳。男高音 Matthew Polenzani 也功不可没，听了太多戏剧男高音脸红脖子粗的慷慨激昂，此优雅的抒情男高音犹如一股清泉，沁人心脾。不过当这对鸳鸯脸对脸，嘴对嘴，忘情地交换着气息和口水时，不禁让人惊恐万分，仿佛看到了冠状病毒"野蜂飞舞"的作案现场，正要大叫一声"保持身距"时，片尾字幕告知这是 2010 年的演出实况，虚惊一场，不禁让人感叹：美好的日子真是要一去不返了！

六、罗曼史

安娜先前有过两段罗曼史，对方均为音域跨度男低音的男中音歌剧演员，都在排练歌剧中因戏生情，也均因为演出生涯到处奔波聚少离多而让恋情无疾而终。2006 年，安娜取得奥地利籍，方便了去各国演出的签证手续。2014 年在罗马排练 *Manon Lescaut* 时结识男主角，小她五岁的阿塞拜疆男高音歌唱家 Yusif Eyvazov。两人一见钟情，5 个月后订婚，2015 年喜结良缘。安娜的恋人均为歌剧同行说明她是一位靠本事而非靠阔佬做后台的艺术家。大都会歌剧院这样顶级的艺术圣地，竞争激烈，没有实力要想靠操作出头，门都没有。这位大帅哥 Yusif 也不是活在大明星的荫护下的 "Mr. Anna"，靠妻上位，而是凭他的"金属般、强有力、意大利式"的嗓音，外加出众的外貌渐成气候，成了各国歌剧院争相聘用的热门。2019 年大都会歌剧院普契尼的《图兰朵》中他出演男主角，王子卡拉夫（Calaf），是他在大都会歌剧院的正式亮相，而不是像以前那样作替补临时救场。

七、叹为观止的舞美

美国是世界金融中心，亿万富翁中有的是艺术爱好者，大都会歌剧院财源滚滚毫不奇怪。一反欧洲的小家气派，大制作大手笔是大都会歌剧院的特色。此次《图兰朵》的舞美继续沿用意大利名导、制片人 Franco Zeffirelli 的舞美设计，美轮美奂，令人叹为观止。美国的观众艺术趣味仍传统，对盛行欧洲的现代派嗤之以鼻，称之为垃圾。的确，欧洲，特别是德国、北欧的歌剧演出抽象、古怪，常是一件"纳粹"呢大衣解决男演员戏装，女演员戴着脏兮兮的胸罩，露着一身歌唱家标志性肥肉上场，名曰前卫，实际上怕是在省钱吧！歌剧是集听觉、视觉、文学、戏剧一身的华丽艺术形式，"一个都不能少"，没有人甘愿花了昂贵票价及宝贵时间来被忽悠、搪塞，观众喜欢的是当大幕一拉开，能情不自禁地喊一声"哇"！可惜这位 Zeffirelli 于 2019 年 6 月去世，比这次演出早了几个月，享年 96 岁。他 1968 年的影片《罗密欧与朱丽叶》大胆启用了两位十几岁的小青年任主角，至今仍是令人难忘的版本。玉婆伊丽莎白·泰勒夫妇主演的莎士比亚《驯悍记》也是他执导的。

八、公主与女仆

演出相当成功，评论对 Yurif Eyvazov 及公主扮演者美国的 Christine Goerke 都予以好评。但得到最热情赞扬的是配角"柳儿"的扮演者意大利的 Eleonora Buratto，被称唱、演均佳，极具感染力。其实这得益于"柳儿"这角色，她对王子欲言又止却又无法实现的爱和最后的自我牺牲引起了观众的同情和痛惜，更得益于普契尼为柳儿写下的动人音乐。歌剧作曲家中不乏"情圣"，如瓦格纳、多尼采蒂均为寻花问柳的好手，普契尼没让人失望，也是个多情种。他那登堂入室之妻就曾是他"罗敷有夫"的旧情人。婚后普契尼仍风流成性，妻子疑心他与女仆 Doria Manfredi 有染，吵上法庭，女仆羞愧难当，自杀身亡，法医验尸发现可怜的女仆仍是黄花闺女，普契尼夫人由此因"诽谤"罪被法庭判五个月的徒刑，后普契尼庭下花钱私了，未被执行。想必普契尼写柳儿时，得到 Doria 冤魂的神助，音乐伤感动人，催人泪下。柳儿的咏叹调中有明显的中国元素，像是出自赵元任那首《教我如何不想她》。据说《图兰朵》中用了十几首中国曲调，当然最突出的便是《茉莉花》，理所当然应该是公主的主题。但平和秀气的《茉莉花》是"小家碧玉"江南姑娘的写照，与野蛮公主图兰朵风马牛不相及。整个歌剧能让人记着的只有《今夜无人入睡》，加上柳儿咏叹调。女主角图兰朵大段唱腔中没有一首让人留下美好的印象，从头到尾在高音区喊叫，仿佛是普契尼妒妻在一哭二闹三上吊，听着都累，也真是难为了吃力不讨好的女高音歌唱家。不知是否因此有评论认为《图兰朵》是一部有大缺憾的杰作。也有人说因剧本中人物缺乏可信度和说服力，普契尼找不到对女主角音乐上的定位，也是他没能完成此剧的原因之一。普契尼第三幕没写完就撒手人寰，他得的是喉癌，治疗刚有起色，便突然死于心肌梗塞，死前曾央求大指挥家托斯卡尼尼不要放弃没完成的《图兰朵》。此剧后来由其同胞作曲家 Franco Alfaro 完成。又：多年后，文件显示，与普契尼有染的其实是 Doria 的表姐（妹）Giulia Manfredi，像是与普契尼还育有一子 Antonio Manfredi，Antonio 又有一女儿 Nadia Manfredi，算来应为普契尼的孙女，那份文件就是在她手中。看来，台下"艺术家的生涯"之精彩绝不亚于台上，难怪作曲家们"源于生活，高于生活"，留下了那么多"剪不断，理还乱"的凄美音乐。

九、歌剧与主义

普契尼是歌剧乐圣威尔第之后最重要的歌剧作曲家，世界上最常演的歌剧便出自莫扎特、威尔第及普契尼三位之手。普契尼承上启下，作品中融入了旧的新的各种因素，可以称他为古典主义浪漫派后期作曲家（late Romantic），也有称之为"新一代乐派"（giovane scuola, young school），或者"真实主义"或"现实主义"乐派（verismo），后者的重要特征之一是题材上的，描写的对象不再是王子公主、仙女鬼怪，而是普通人、老百姓。我由此想起了俄国作曲家穆索尔斯基（Modest Mussorgsky）早于这帮意大利"现实主义"作曲家于1868—1873年完成的歌剧《鲍里斯·戈多诺夫》（*Boris Godunov*），此歌剧应被视为"现实主义"歌剧的先驱，因为歌剧除了王公贵族、宗教领袖外，还有农民或农奴，而且是重点，起码占了半壁江山。音乐紧跟老百姓自然讲话的口语、语气，而不是像柴可夫斯基那样用普希金文绉绉的诗句。

十、不快乐的单身汉

穆索尔斯基是俄罗斯强力五人集团之一。列宾为他作的画像可能比他本人更著名。画像上的他虽不修边幅，胡子拉碴，身材发福，"morbid obesity"，红鼻子显示他"唯有杜康"的嗜好，但一双蓝灰色的大眼让人感到这是一个愤世嫉俗、固执己见、我行我素之辈，谁能想到年轻时他曾是少女眼中的"白马王子"，又谁能料到在列宾为其作肖像画后几天他便弃世而去。嗜酒在那个时代的俄国是知识精英反抗黑暗的社会现实的一种流行病，穆索尔斯基从早到晚泡在圣彼得堡的下等酒馆中与意气相投的潦倒文艺人等狂喝滥饮，严重损害了他的健康、心智、才能，最终失去了文官的工作，靠朋友救济过活，直至贫病交加而亡。

十一、女主角在哪里

求学时，在乐队中演奏过穆氏的《图画展览会》（法国作曲家拉威尔绝佳配器版本）及《荒山之夜》，仅此而已，从没打算啃他的歌剧 *Boris Godunov*，因网上的俄国演出视频均无字幕，更别说英文字幕了，几个满脸皱纹的"老生"在那儿不知所云地唱，让人想起《社戏》

中鲁迅最怕的老旦，令人望而生畏。没有小生青衣，哪来的爱恨情仇？哪来三角恋爱？哪来私奔、殉情？一句话：哪来感天动地的歌剧？这也正是穆索尔斯基从歌剧委员会得到的回音：没有女主角的歌剧没人要看。穆回去加上了爱情佐料，歌剧得以放行演出，大获成功，穆索尔斯基谢幕二十次，观众哼唱着剧中曲调欢庆俄罗斯歌剧杰作的诞生。

十二、别样歌剧

这次看大剧院的演出极为震撼，一出不一样的歌剧，它的主角是老百姓！这是穆氏亲口定义的。故事出自俄国历史及普希金的同名诗剧，情节有点类似莎士比亚的《麦克白》：在沙皇伊凡雷帝残暴统治下，俄国人民饱受欺压，他们忍饥挨饿，受尽折磨。伊凡雷帝死后，他的儿子继承了王位，却是个弱智无能之辈，只得由包括 Boris Godunov 在内的大臣们代为治理。其实伊凡雷帝还有另一幼子，神秘消失了，几乎肯定是被谋杀了，很可能是自己想做皇帝的 Boris Godunov 所为（当今的史料没有 Boris 是背后凶手的证据）。他说服了俄国人民拥他上位。多年后一个僧人逃出了修道院自称是伊凡雷帝失踪了的王子，找到波兰人为后盾与 Boris 作战，Boris 为自己犯下的谋杀罪良心受谴，终日惶惶不安，以至于一命呜呼。那个假冒王子的僧人终于打进莫斯科夺得了皇位，但俄国人民照旧一贫如洗，在走马灯似的各个暴君下，受苦受难不见尽头。

十三、"伟大"的人民

此剧需要大量的群众演员，他们会是农奴、农民、工匠、城市贫民、女仆、奶妈、小酒店老板娘、穷教士、乞丐、宗教信徒。一开幕他们便被聚集在修道院大门外，在耀武扬威的警察的皮鞭下一会儿被命令跪下，一会儿又被命令站起来，大部分时间像牲口一样，匍匐在地，毫无做人的尊严。原来大臣 Boris Godunov 正退入修道院中冥思苦想，"犹豫不决"，老百姓便被叫来"强烈要求"他加冕称帝，老百姓一边不清楚老爷们"葫芦里装的什么药"，一边习惯性地高唱"我们的父亲啊，别抛弃我们老百姓"！多么熟悉的场景，地球上昨天、今天、明天一再上演的"没有您，我们没法活"的闹剧。Boris 要把戏作足，拒绝再三，最后在"群众"的"强烈要求"和欢呼声中，"勉强"地接受了王位，信誓旦旦要做个好沙皇。其实历史上，鞑靼人 Boris 还真是个有所建树的沙皇，大饥荒时开仓救民，无奈僧多粥少，无补于事，引起民众强烈不满。"载舟之水也覆舟"，穆氏说在他的歌剧中，"人民是由同一信念所激励的巨大一体"，民众"朝三暮四"，反戈一击"亲爱的父亲"毫不留情，他们帮助由波兰人支持的假冒王子推翻当朝。Boris 一死在前，对前朝官员大动私刑紧跟其后：捆绑，游街，侮辱，虐杀，在舞台上整整延续一二十分钟之久，完全真实、自然主义的呈现，令人心惊肉跳。但我们知道这是真实的、毫不夸张的一幕。穆索尔斯基同情受压迫者，但他看得很透，对所谓的"人民"并无不切实际的幻想，也不准备借人民之手达到什么私人目的。有评论说他在道德是非上有意采取了一种模糊不定，或中性的立场。的确，他对另一方统治者 Boris 也不是丑化或单纯的鞭笞，而是挖掘到灵魂深处。Boris 的所有唱段所表达的惊恐、悔恨、负罪感让人看到了"恶"之后的更人性的一面，其实穆索尔斯基并非在是非上模棱两可，Boris 精神崩溃，贫贱如尘土的乞丐疯僧竟然拒绝为 Boris 祈祷，都明白无误地显示出始终有一无所不在的上帝，或者说冥冥之上，终有正义之手。

十四、白痴或天才

穆索尔斯基在世时就是个另类，不只因为他是个生活一团糟的酒鬼，即便在作曲同行中也不被人看好。同为提倡俄罗斯音乐的"五人强力集团"中的另一位巴拉基列夫说："穆索尔斯基与白痴无异。"里姆斯基，穆的好友，及柴可夫斯基虽都认为穆有才，但都对他的作曲技术失望。里姆斯基说："荒唐、连不起来的和弦，丑陋的声部进行，莫名其妙的转调，或缺少转调，不成功的配器……当前最要紧的是搞出一个切实可行的演出版本，而非探讨他的个性或艺术上的出格。"柴可夫斯基在写给他的金主梅克夫人的信上说："正如你所说，穆索尔斯基几乎不可救药。论才能，他会是五人集团中最有天才的一位，但他生性粗鄙，不求上进，盲目相信他那圈子里的可笑理论和自己的才能。加上他天性粗野，不修边幅，以无知为傲……不过有时他的确闪现天才的火花，更为可贵的是，他有独创性。"

十五、俄罗斯民歌

1868—1874 年正是穆氏创作上那个可贵的"有时"，他的两部最著名作品《图画展览会》及歌剧 *Boris Godunov* 交错写成。他自己说："《图画》和 *Boris* 沸腾而至，乐思、旋律自动涌现，像一场音乐盛宴，我即便狼吞虎咽，也来不及写在纸上。"难怪，*Boris* 开头教堂正门的音乐和《图画展览会》的开头和结尾（基辅大门）极为相像，宽广，庄严，颂歌般，两作品均有教堂大钟轰鸣，拉赫玛尼诺夫《第二钢琴协奏曲》的开头也是教堂钟鸣，可见城门和钟楼与俄罗斯在历史、生活、心理上的不可分割。大多数歌剧都是爱情的悲歌或颂歌，主角多为男高音、女高音，时有男中音及女中音，少有男低音。要有，也多为坏才子佳人好事的老古董。歌剧中的男低音因音域关系，大多口齿不清，音不准，甚至听不出音高。不知是否拉小提琴养成的"职业病"，让我对低音辨别力差。不过相对来说低音区肯定容易走音和含混，钢琴上同一和弦在低音区弹需增大音距，作开放型和弦弹，否则一片浑浊，换言之，男低音得"扩大地盘"向男中音"讨生活"，只是，作曲家未必会为此多费心思。*Boris* 是男低音（有时入男中音区）

却并无此缺憾，想必是因节奏舒缓，旋律有较大起伏，或唱法、伴奏上的原因，或是因为俄罗斯旋律之特点。在 Boris 唱段中很多地方听到了类似《伏尔加船夫曲》的旋律。俄罗斯宽广深沉的民歌，由男低音演唱再合适不过，很难想象让歇斯底里的女高音来唱《伏尔加船夫曲》而不失其性格。另一首俄罗斯民歌《卡玛林斯卡雅》似乎也在民众的合唱中时隐时现。俄罗斯民歌的特点：多次重复，偏爱小调，四度音程，宽广深沉等皆有很好的体现。全剧结尾处那乞丐疯僧孤零零的哀嚎仿佛唱出了俄罗斯人的宿命。

十六、惺惺惺

穆索尔斯基的 *Boris Godunov* 有很多版本，历史上各演出版本也不尽相同，穆氏自己就有原始版和 1872 年修改版两个版本，加上各次演出为了各式原因所作的删改版。其中影响最大的恐怕会是里姆斯基的版本，甚至在自己去世前几天，里姆斯基还在为著名演出经纪人 Sergei Diaghilev 组织的 *Boris Godunov* 巴黎首演赶配器。里姆斯基因他的交响诗《天方夜谭》《野蜂飞舞》《印度客人之歌》(《萨特阔》) 名气热度远大于穆索尔斯基。其实他俩是性格脾气截然相反的同行挚友。他俩的年纪、家庭背景、前半生履历相似：年纪仅差五岁，甚至可能出生日都相同，均出身于破落的贵族家庭，出生地均在圣彼得堡北面，两人出生地相差仅 200 公里，均为了"讨生活"步各自先人的后尘，参了军，两人的仕途也均为热爱音乐而中断。两人均为提倡音乐俄罗斯化的民族乐派"五人强力集团"成员（"西洋音乐民族化"，多么熟悉的口号!），甚至有一段时间同居一个寓所，合用一架钢琴，穆上午用，里姆斯基下午用，照五人集团另一作曲家鲍罗丁（交响诗《在中亚西亚的草原上》作者）的说法，他们不但互不打扰，还取长补短，作曲上均得益于对方。但是不久两人便分道扬镳，各奔前程：里姆斯基成了受人尊敬的圣彼得堡音乐学院的教授，门下有格拉祖诺夫（芭蕾舞剧《雷蒙达》《小提琴协奏曲》）、斯特拉文斯基（《春之祭》《彼得鲁什卡》）、普罗柯菲耶夫（《罗密欧与朱丽叶》《彼得和狼》），有一个模范家庭，养育了七个孩子，被穆调侃为"资产阶级音乐长官"，而穆却一直孑然一身，在"今朝有酒今朝醉"、自暴自弃的路上越走越远，直至最后在贫病交迫中去世，年仅 42 岁。里姆斯基对穆的"自我毁灭"非常愤慨，又痛惜他的才能，在以后的二十七年中自动担负起了收集、整理、"更正"、出版穆杂乱无章遗稿的任务，没有埋怨，没有攀比，没有妒忌，完全是 Labor of Love（爱之役），无私奉献，里姆斯基打心里认为"胜过自己，穆是俄罗斯音乐最伟大的天才"。虽然里姆斯基为穆的歌剧走向世界呕心沥血地加以"修正"，但当代普遍的观点认为穆怪得有道理，他是全音音阶，平行四、五度，复合拍子等的先行者，难怪印象派作曲家德彪西是当时为数不多穆的拥戴者之一，另一法国作曲家拉威尔为他的《图画展览会》配器将此杰作推向了全世界。

十七、祸从"乐"出

Boris Godunov 的另一"修订"版是大名鼎鼎的苏联作曲家肖斯塔科维奇（Shostakovich）所作，他是《列宁格勒交响曲》及我们熟悉的《第二圆舞曲》《牛虻》配音的作曲，仅弦乐四重奏及交响曲他便各有十五首之多。但在他年仅二十五六岁、初生之犊不畏虎的年纪几招灭顶之灾，以至于肖一直生活在恐惧中，等着秘密警察手执逮捕令，半夜敲门。可喜莫斯科大剧院也加入了这次抗疫慷慨"大撒剧"的行列，让我们有幸见识此"祸"剧的真面目。这就是曾一度"臭名昭著"，由肖斯塔科维奇作曲改编之俄国作曲家尼古拉·列斯科夫同名小说的歌剧《姆钦斯克县的麦克白夫人》　　（*Lady Macbeth of the Mitsensk*

District）亦即 *Katerina Ismailova*。

十八、《姆钦斯克县的麦克白夫人》

故事也离"永恒的主题"不远：男欢女爱。但与其说是爱情，不如说是"情欲"、动物本能赤裸裸的白描，没有一点掩饰、拔高、抒情化，以至于有批评者（非苏联官方）斥之为"黄片"。商人之妻卡特林娜因婚姻无趣度日如年，与新雇的花花工头谢尔盖一拍即合，孤男寡女，勾搭成奸，被公公活捉，谢尔盖被当众鞭笞，卡特琳娜怀恨在心，毒死公公，然后又协助谢尔盖掐死外出多日半夜突返的丈夫，藏尸于酒窖，在卡特林娜再醮谢尔盖举行热闹婚礼时，被偷入酒窖之邻人发现，奸夫淫妇一起被定罪流放西伯利亚，漫漫长路上谢尔盖另有新欢，卡特林娜万念俱灰，"玉石俱焚"，推谢新姘头入河连自己一起淹死在冰冷的河水中。不知道当年是什么样的演绎，相比 Met Opera 华丽的舞美，莫斯科大剧院的演出相当"现代主义""北欧化"：幕一打开，舞台一片灰色，台左仅见一座巨大的泛黄的墙，直通天际，似乎象征生活的闭塞、无趣，凶巴巴的公公、无能的丈夫均让卡特林娜倍感压抑。新来工头谢尔盖带来一股野性和兽欲，他与一帮子长工一起骚扰卡的女仆像老鹰捉小鸡，饿狼扑食，自然主义到"儿童不宜"之程度，然后卡与谢打斗调情，卡从半推半就到与谢烈火干柴均表现得淋漓尽致，毫无顾忌，音乐之激烈、喧闹、怪异、让人透不过气来的节奏让你既慌乱不安觉得是在偷窥，又欲罢不能地好奇。然后神甫登场，音乐也不给一点面子，既不神圣又不庄严，像是丑角。肖氏曾被问道："你信上帝吗？"他的回答是："不信，不过我很抱歉。"神甫没得到肖氏的"优待"并不奇怪。警察的上场是最精彩的一段，穿着体面，一色的呢制服，蹬着漆黑贼亮的长筒皮靴，一面嘀咕没捞到请柬，吃婚宴蹭酒席无望，一面迈着轻快芭蕾舞步上场犹如一群机器人，音乐轻佻又死板，节奏感极强，"鬼子进村了"的旋律响起在耳边应非错觉吧。最后流放西伯利亚那一幕，整个舞台就是一左右缓缓摇摆的灰色大船似的框架，灰色荷枪警察与灰色犯人如老鼠般脚碰脚、人叠人地挤在一起"同舟不共济"，音乐第一次有了点伤感、冥思的人情味。虽饥寒交迫，前途茫茫，可情欲、嫉妒、争斗、暴力仍在蠢蠢欲动，直至女主角与情敌一了百了，双双溺死于冰河之中。肖"修订"穆索尔斯基的 *Boris Godunov* 说明他对穆氏的欣赏，这抒情性最强的最后一幕深受该剧的影响应不是牵强附会吧。在大剧院这次《麦克白夫人》首演的隆重开幕式上，导演、制作人均承认排练非常不易，大家全力以赴，才有今日成果。他们对此剧肖氏音乐共同的形容词是"真诚"（sincere），而非"动人"，且惜字如金地仅用了此词。如果再加一个形容词的话，那应该会是"intense"，中文很难翻，其同义词会是"激烈""严酷""劲爆""发烧""极端"等，当然，也可以说是"美"的，不是"心灵美"，而是"罪恶之美"，"恶之华"！

十九、"上帝死了"

有这样一说：在现实生活中你被猛刺一刀，你流血，你倒地而亡；在歌剧中，你被刺了一刀，你还要引吭高歌。大部分意大利、德、奥古典浪漫派歌剧中，少有背后捅刀的谋杀，多的是男主角从容面对情敌，决斗而亡，女主角则拔刀自裁，为爱殉情，均值得引吭高歌，死得体面光荣，那是骑士精神的时代，浪漫主义的时代。到了 *Boris Godunov*，谋杀代替了决斗，但还是仅在幕后，在幕前我们看到的是无尽痛苦和悔恨，还可引吭高歌，因为上帝还在，还有做人的底线，还有文明人共同遵守的道德标准。然后尼采说"上帝死了"，然后就有了"现代派"，有了文学上的"自然主义""写实主义"。《麦克白夫人》便是这样一个应时的作品。卡特琳娜为情欲谋杀了三次，大大方方，均在幕前，形势所迫，理所当然，除了担心被抓个"现行"没有一点心理障碍。如果我们看到这样的作品感到惊慌失措，感到愤怒，"难道我们是这样的吗?"那是因为我们如莎士比亚《暴风雨》中的丑八怪卡列班（Caliban）一般，第一次看到了自己的尊容，他从水中倒影，我们从剧中。

二十、"下一站"在何方?

歌剧《麦克白夫人》虽创作于 1934 年，但小说原作者列斯科夫与俄罗斯作家三杰托尔斯泰、陀思妥耶夫斯基、屠格涅夫为同代人。当时车尔尼雪夫斯基等宣扬的唯物主义经济理论的根本出发点，即每个人都会本能地追求自己的最大的经济利益，人是没有另外选择的可能和自由的。但陀氏根据自己流放时与底层犯人生活在一起时的观察认为实际情况并非如此，有时甚至正相反，他多次看到犯人为了一时的痛快和暂时的自由，甘愿牺牲长久和最大的利益，人的行为常是冲动、无理性、欠掂量、自欺欺人的，即便最终大祸临头也在所不惜。《麦克白夫人》简直就是印证陀氏观点的教科书。如果说屠格涅夫讥讽陀氏的作品有股刺鼻医院药水味，那么《麦克白夫人》所描写的应该是一座疯人院，一部彻底的"现代主义"作品。上世纪三四十年代，德国人民拥戴希特勒上台，直至今日红男绿女，迫不及待冲向海滩，聚会喧闹，无视新冠危险仍近在咫尺。看来我们有幸还身处"现代"，当然无可选择，只能是"现代"! 只是会有下一站吗? 下一站又在何方?

二十一、再谈肖斯塔科维奇

肖在受到《真理报》狂轰滥炸后，"调整"了年轻时的"先锋派""现代派""表现主义"等"腐朽""没落"的"资本主义"艺术观，写出了至今仍经常演奏的明朗的《第五交响曲》，他的弦乐四重奏也非常有特色。离经叛道和向传统靠近的分水线就是命运多舛的《麦克白夫人》。很有意思的是当年当局一锤定音前，这部"先锋派"歌剧深受大众欢迎，没有"听不懂"的抱怨声，直到《真理报》等批评"这不是音乐，而是一片混乱，是鸭嘎，猫头鹰叫，大喘气，掉下巴"。这种刻薄的形容有一定的真实成分。我敢打赌，这会是当今大部分非专业人士会有的听后感，尤其如今是全民歌星时代，借着麦克风低吟浅唱是时尚，口语化、生活化、琐碎化、简单化是趋势。《麦克白夫人》中的唱与乐队严重脱节，乐队的音准和唱的音准几乎各管各，这可能与两个因素有关：首先，作曲为要"标新立异"，苦心积虑地避免传统音乐的约定俗成，没有方向没有归宿的无调性之路是捷径，结果新是新了，却也避免了歌唱性，让从小浸淫在"哆来咪"概念中的普通人找不着北；其次，歌剧演唱不用麦克风，对音量要能传到上千人大厅要求极高。就如高楼为了让飞机不误撞，用的是更易引起注意的一闪一闪的灯光一样，歌剧演唱为了让声音传递得更远更强，用的是"一高一低"大幅度的颤音，如同弦乐的"揉弦"（vibrato），音准其实是在左右摇晃的，而乐队的音准是极其严格的，功力稍欠的歌者就往往走调，或者说音准始终游离在乐队的和弦之外，没有一个固定的点，又因人声和器乐的巨大音色上的区别，导致两者严重脱节。据说肖氏在排练时常抱怨乐队太轻，而不是嫌乐队太响盖住了独唱。他的乐队写得精彩，而歌声常不能与之融为一体，因他写的不是乐队伴奏独唱，而是独唱更像是乐队整体中的一件乐器，因歌唱的"器乐化"，女高音常声嘶力竭，尖叫如短笛失控，若节奏太快音区又太窄的话，男低音常免不了暴露出短处，咆哮如兽，均不能真成一件不受"异体排斥"的乐器。

看来，一个圈子兜下来，我们从"让器乐歌唱起来"进化到了让"声乐"变"器乐"的"现代音乐"新天地，又退回到了卓别林的《摩登时代》！歌唱性其实是音乐的魅力所在，听了莫扎特、肖邦会让人变得优雅安静，与人为善，有学音乐的冲动；听了无调性音乐则会让人烦躁不安，心怀敌意，助长潜在的攻击性。除非能再活上一百年，巴赫辛苦建立起的大小调体系应够让大多数人受用一生吧！音乐上的大小调王国犹如国际象棋，既有国王王后，又有平民百姓，既有谋臣武夫，又有才子佳人，每个音都有各自的性格及功能，且通过转调可"太阳瓦面过，富贵转流坐"，充满能上能下的活力、张弛相间的弹性、变化无穷的可能性。而无调性音乐看似消灭了"阶级"，音音平等，"解放全人类"地打碎了束缚"自由"的规则，实际上是消灭了个性，造成千人一面，导致音乐王国从五颜六色的"国际象棋""退化"成了单调的围棋棋子，非白即黑，甚至只有一种颜色。放宽游戏规则的结果，便是消灭了游戏，无限的自由便是没有自由。难怪无调性音乐是那么沉闷、乏味、千篇一律。不过"探索"是所有艺术家的生命线，包括作曲们，取悦"凡夫俗子"并非他们的使命。只怪当初没早听到这些先锋派的"探索"，被莫扎特、肖邦（让钢琴这一冰冷的器械歌唱起来的旷世奇才）哄上了"贼船"，否则的话等着我去打开的可能是一扇与音乐无关的"天窗"吧！

/ 三言两语

　　1347 至 1353 年间，欧洲爆发的黑死病死人几千万，不过也留下了《十日谈》，意大利佛罗伦萨作家薄伽丘"伤风败俗"的不朽名著。吾辈何等有幸，2019 年的今天，在白发苍苍的年纪，适逢其时地与七百年才一遇的又一次大瘟疫撞了个正着。虽无缘如《十日谈》中三男七女去佛罗伦萨郊外"良辰美景"处避疫，讲"香艳"故事消磨青春年华，倒也"一动不如一静"，闭门熬冬夏，上网观"春秋"，有心说笑话，无意辨是非。想要"伤风败俗"，年纪太大，心有余而力不足，又都自认为是有点墨水的正人君子，新《十日谈》看来无望，千呼万唤"死不出来"，只有满腹牢骚，怪话连篇来"滥竽充数"，消磨时间，娱己误人。好在还都是有感而发，尽管仅"三言两语"，也算是对一直"厚爱"着我们的"历史"有个交代吧！

一、新概念

　　有同学发来了刘瑜介绍福山"政治身份"一文，原本是不会去读的，经不起热情推荐，起了好奇心。但只能以我的习惯，一目十行浏览了一下，没耐心去细细品尝文章深刻的"因为""所以"，也不知读懂了多少，只能说猜了一下作者想说什么：作者是想解释为什么人会去做出违反自己利益或自己"阶级"利益的选择。为了对这一"匪夷所思"现象做出一个"合理"的解释，作者煞费苦心，引进了"政治身份"这一新概念。据我看来，越复杂、越抽象、越长篇大论的解释都是在强词夺理，异想天开。真理往往简单，只是我们早被各种"主义""理论"搞糊涂了，习惯性地想在那些"主义""理论"的基础上，墙上建墙，屋上造屋，"推陈出新"，自圆其说。可惜这些社会学的"新理论"不是"相对论"，甚至不是"微积分学"，无从验证其正确与否，只能姑且听听，不能太当真，毕竟社会学家也得有饭吃。要解释为什么人会做出违反自己利益的选择首先得有一个前提，唯物主义的前提，即人是与生俱来会做出符合自己利益的选择的。正好读了陀思妥耶夫斯基的传记，陀氏完全不认同此前提，他一再以痛苦的自身经历，认为逆定理反而更正确：人远非理性动物，人做出违反自己利益的选择是常态而非例外。我不想加入福山理论是否正确的讨论，这会是没有结果也没有意义的讨论，我只是更认可陀氏对人性的悲观看法，即 The human being is anything but rational。"非理性"是人的常态，所以"战无不胜"的大众才会一再聚集在层出不穷的骗子周围，干出伤天害理之事，最后自食其果，吃不了兜着走，落得个恶有恶报的下场。况且，人有足够的智商、信息、教育知道什么是自己的"切身利益"吗？历史一再重演并不奇怪，因为基本的人性从未变过，这大概是一盘大棋，上帝兴趣正浓，还远远没下够呢！

二、奶牛的幸福

柳智宇是一头被挤奶过了头的奶牛。为了他多产，将他与世隔绝，又是维生素又是抗生素。奶是滚滚而来了，下辈子的奶都挤了出来，消费者喝彩声一片，可奶牛自己幸福吗？奶牛无处可逃，即便挤出来的已是血。柳智宇虽然半死不活，毕竟还有一口气，三十六计，走为上计，借口"老子""庄子"，所谓看破红尘，逃了出来。其实我们何尝不也是奶牛，为报答父母、师长，为堵住邻居的嘴，为在社会上有一席之地，为了不输在起跑线上，吃了多少苦，干了多少违心事，最终为生活所逼，干着自己不喜欢的行当。即便大明星、大小说家、大音乐家，哪个不天天战战兢兢，强颜欢笑，打肿脸充胖子？不过，这便是人生，没有另选，人的好吃懒做的天性让另选成为不可能。当然总有例外，那些天生能够"为艺术而艺术""为科学而科学""为慈善而慈善"者，会奋斗博弈，乐此不疲，天天是盛大的节日。柳智宇不是，不过除了慨叹一两声"可惜"，谁会真在乎，长江后浪推前浪，有的是人才，甚至是身心智商相匹配的人才。

三、不读后感

这几天，老鬼的《血色黄昏》浮出水面，又引起了大家的兴趣。老鬼写母亲杨沫写得很好，真实感人。很奇怪的是，我们从没见过老鬼、杨沫，但马上就会感觉到这是真实的。凭什么下此断言呀？可就是这么奇怪，人就是有这样识别真假的本能。据说老鬼的《血色黄昏》一波三折等了多年才出版，还一时"洛阳纸贵"。有同学好心发在微信群中，忍不住好奇心发作，可看了一点开头就兴趣索然。随后与某"德高望重"的教授谈起，他说他倒是一口气读完，我相信他的判断力，心有不甘自己的"弱智"，再次"知难而进"，又试着读了一点，可仍读不进去，只能"望洋兴叹"。

为什么老鬼的真实经历一写成小说反倒读不下去了呢？马上习惯性地自觉"斗私批修"，狠挖"阶级根源"起来：是外国小说读太多了？是只喜欢贵族阶级的上流社会？是迷恋于才子佳人风流艳史，趣味低级？还是"老鬼"长相太凶神恶煞，令人望而生畏？都是，也可能都不是。想起以前读王朔的小说（记不得翻开的是哪一本了）也有差不多的感觉。王朔伶牙俐齿，妙语连珠，讽刺挖苦，尖酸刻薄很讨人喜欢，如果说我们或多或少都有点儿"顾八奶奶"，老头子一死"突然话匣子打开了，觉得变得聪明起来，什么话都能说了"，那么王朔绝对是最先说、最会说、说得最"惊心动魄"的一位，还引领风骚地"颠覆"了好些成语约定俗成的用法。可他的小说也读不太下去。王朔的题材与老鬼的不尽相同，两人的经历及所处生活圈子也相异，一个写"喜剧"，一个写"悲剧"，但毕竟是同一代"天骄"，他们的小说起码是开头（也只读了开头）非常相似：总是一开场就抛出一连串人名，什么"张三李四王五赵六"（起码有"四人帮"之多）。朱丽叶对罗密欧说："玫瑰若不叫玫瑰，依然芬芳。名字不是手，不是脚，不是胳膊不是脸。"的确，尊姓大名还不如外号。绰号往往还能给出人物的性格外貌特征，但随机的名字并无这方面的信息，也无助于让读者搞清谁是谁。不过这并不妨碍小说中这些人名的载体自己却总是在非常起劲地"忙乎"着，不过不清楚他们为什么"忙乎"着，或者说不知为什么我们得对他们的"忙乎"感兴趣。一大把无特点的人物"横空出世"不免让人喘不过气来，想要读者"一网打尽"地对这么多人感兴趣更是"不可能的任务"。这些小说的开头只是事件的堆积，流水账，作为史料非常有价值，但不是小说。相比之下，流传下来的经典小说，比如说启蒙我们这一代"人格"的《约翰·克利斯朵夫》等，往往一开头就有"主角"，马上抓住了读者，让读者对某位有特征有性格的人物产生兴趣，进而产生共鸣，想知道接下来会发生什么？主人公的命运究竟如何，总之，一下子便被绑上了战车，无悔无怨地开始了与主人公共享酸甜苦辣的人生历程。记得五十年前读过的王安忆，当时的她似乎在这方面棋高一着，她"不作铁骑刀枪把壮声冗，不效猴山鹤唳空"，却以"儿女低语在小窗中"的风格，让读者马上进入某一人物的"圈子"，大概是因为首先让她感兴趣的是一两位活生生的人，连同他（她）们特定的性格、经历、思想、谈吐，不论在别人眼中这些人物是多么普通，多么不起眼，她会试着去看透他们的灵魂。王安忆将重点放在"有血有肉"的人物的"内心"世界上，而不是外在偶然性的"事件"的流水账上，似乎是找到了"小说"的真谛。王朔的小说拍成影视往往成功，因为有体有貌的演员给了角色特征和性格，填补了小说开头这方面的缺陷，而角色东奔西窜，马不停蹄地"忙乎"正是影视艺术的特长。记得半个世纪前看过王朔的电视剧《爱你没商量》，对话有趣极了，不知为什么不讨当时观众的喜欢，可能是王朔以"人间喜剧"的角度来展现现实，让在观念上慢了拍、自以为享受着做人尊严的芸芸众生感觉被嘲弄了。不过写小说毕竟不是写动作片电影剧本，还是要有写小说技巧的，也不是仅"真实"便够了，首先得有"人物"，有特点有性格的人物，有可信内心逻辑的人物，有别于"张三李四王五赵六"的"某一位"，方能抓住读者，尤其是在影视资料唾手可得的今天，一张照片抵过千言万语（A picture is worth a thousand words），你还形容风景如画吗？你还描写擒拿格斗吗？描写人物内心世界会是小说的强项，甚至是今后小说及小说家继续存在的理由，除非你专写谁也看不懂的"现代派"。

只读了老鬼、王朔小说的开头，后面如何不得而知，也可能冤枉他们了，此纯属为"不读后感"，或者说，东拉西扯，借题发挥。其实《血色黄昏》若用第一人称，可能会好得多，因为"老鬼"的确颇有特色，一位"青面獠牙"的"我"。

四、骨头发贱

有时会骨头发贱，对热门、一致叫好的作品有不同感觉，比如毕加索的作品、卖上千万的抽象画、现代音乐、十二音体系，觉得有些奉之为精品太莫名其妙，实在不能欣赏，忍不住实话实说，为了自己痛快，也为了有同样感觉但怕被讥讽而不敢说的人（已有几位告诉我有同感），与政治无关，也与世俗人情无关。而且有些话只有我这种无职无权的普通人才愿说的，专业人士为了不影响自己在圈子里混，是不敢或不愿说的。年纪越大，就越肆无忌惮，因为日子不多了，不会再有升官发财向上爬的机会了。现在这个年纪，不管对错（其实在艺术上也无对错），再不说，就永远、万劫不复地再没有机会说了。

记得半个世纪前我对写《尤利西斯》的乔伊斯大发谬论，不是因为读不懂而愤怒，而是因为根本没读过，只是听说在文学界将之奉为神明、测智商的试纸，不是"小说"是"大说"云云，觉得可笑一如"皇帝的新装"。当时我正在学英文，就用英文写了一段对乔伊斯冷嘲热讽、大不敬的短文，结果受聘来华师大教书的美国文学教授读了后大觉有趣，还说他在美国的一同事读了我的短文后也大笑不已，此同事还建议我将短文"寄给他们，为什么不？（Send it to them，why not）"。此处"他们"指的是著名的伊斯曼音乐学院。后来我果真收到了伊斯曼音乐学院院长 Robert Freeman 的亲笔回信，邀请我去读研，起码我那篇搞笑短文没坏事吧！一个无足轻重的人发表自己对艺术的"外行"看法本是好笑有趣的事，没必要引起不止一位好心朋友的关切，当然知道这是为我好，可见即便在异国他乡，说真话（不一定是正确的话）还是得掂量掂量再张嘴的。青菜萝卜各人爱，艺术上更是文人相轻：托尔斯泰不喜欢莎士比亚，屠格涅夫讥讽陀思妥耶夫斯基作品有医院"福尔马林"味，肖邦仅勉强忍受贝多芬，柴可夫斯基小提琴协奏曲被权威音乐评论家汉斯列克批评为发臭（stink）。老鬼不是莎士比亚，写"不读后感"的更不是托尔斯泰，这不是什么"盖棺论定"的决议，只是一个哼哼唧唧的牢骚翁（an old grumpy man）某天吃饱了撑的，忍不住一吐为快，一笑了之，不必太当真！

五、快乐的"哥儿俩"

难得会去听音乐，这两天因自己在利用网上现成钢琴伴奏拉门德尔松小提琴协奏曲玩玩，又去听了小提琴家陈锐的演奏，体会到做一个独奏家多不容易，也悟到了为什么陈锐和郎朗这两位音乐家能"脱颖而出"人气旺：他们快乐，他们向听众传递快乐，他们迫不及待地要与听众分享快乐，即便演奏的是悲歌。相对一脸苦巴巴、如上祭台或刑场、"从容就义"的演奏家，他们是在"杂耍"（art 这个词原本就有"技艺"之意），兴高采烈地，全身心投入地，真心实意地，与观众打成一片地。难怪 Classic FM 挑剔的行家们会宁愿舍弃 Schiff、Kissin 这样的大家，而让郎朗入"选有史以来最伟大的 25 位钢琴大师"。同样，陈锐也是一位多么健康活泼的小提琴家啊，不装深沉不板脸，"浓眉"与"弓子"齐飞，"心灵"共"天籁"一色，我们在尽力让小提琴歌唱，陈锐却能让小提琴说话，而且言之有物，欢天喜地迎面扑来！如果说这是古典音乐向流行音乐靠拢，还不如说是将古典音乐拉下神坛，向音乐早有的传统回归，陈锐和郎朗正是属于帕格尼尼、李斯特型的大众明星派，即便他们是在演奏老柴的《忧郁小夜曲》或肖邦的《葬礼进行曲》。

六、爱恨情仇

在美国你如果再用侮辱性带 N 的词"黑 X"去说黑人，那么定会"全党共诛之，全民共讨之"，说话的如果是公众人物，那么你的前途星运就此"万劫不复"，一脚去了。这是一条万万不能越过的红线。小李子（Leonardo DiCaprio）在电影中扮奴隶主必须说 N 词，他居然有极大的心理障碍，说不出口，可见"风声鹤唳"已到了何种地步。但有一例外：黑人兄弟相互之间可以 N 相称，尤其是在电影中，最常用的是互称"motherfucker"显示亲密、"有数"、俏皮、酷。所以如果"中国人不懂逻辑"由中国人自己说出来，应该非但不是问题，而且是自信，能自我调侃，是幽默的表现。等到哪天对洋人批评也能以平常心对待，或一笑置之的话，那才是大国国民风度，自信"修炼"到家了。黑人与白人的关系其实远强于华人所能想象的，这是几百年的爱恨情仇血泪史，剪不断理还乱。华人总为自己的小康与模范而沾沾自喜，但美国黑人比华人更是美国人，他们除了美国并没有另一个所谓的"祖国"可认同，他们的历史也就是美国的历史。他们与白人的恩怨是血肉交接在一起的，他们是美国名正言顺的一部分，甚至是不可缺的一部分，他们的艺术才能更是美国文化不可缺的一部分。他们的音乐是美国音乐的象征，比如灵歌、切分音节奏、如今的 hip pop、街舞、Michael Jackson、Beyoncé，等等，其影响超过了土生土长的白人的乡村歌曲。我看格什温（Gershwin）的《波吉与贝丝》（*Porky and Bess*）深有感触。我们是没有资格去教训黑人的，更没资格去为白人"出谋划策"如何去"对付"黑人，他们是爱恨交织血浓于水的，不管我们华人认为自己有多么优秀，多么"美国化"。我们梦想一个黑人无足轻重的美国大概只会是白日梦，不管你喜欢不喜欢，这是既成事实（A daydream only, whether you like it or not, it is what it is）。

七、过分解读

小时候看电影，最常问的便是：是好人，还是坏人？即便现在好些国产电视剧情节拖拖沓沓，还怕观众看不懂，每每画蛇添足，加上画外音、旁白，不厌其详地再解释一遍情节，深挖主人公并不复杂的内心动机，暴露了导演对自己的叙事能力非常没有信心，还顺便侮辱了观众的智商。中文版自媒体也未能免俗，不论大事小事，生怕你看不懂，连篇累牍地指引你，启发你，生怕你读偏了，错过了他"独此一家，别无分店"的解读。前一阵自媒体大翻车，也是坏在自作聪明、过分解读上。世界上少有不偏不倚的，但尊重事实是最起码的，否则真是无源之水，无本之木，你骗我，我骗你，生意做不长的。美国主流媒体都以抢报新闻为荣，即"什么"（what），对为什么会发生这样的事，即"为什么"（why），少有过分解读，那是脱口秀的拿手戏，是娱乐宣传，有分工的。好在如今"群众的眼睛"还真"雪亮"着，像那个在法国街头发现中国银行而涕泪纵横的混血姐，原本盘算着能靠"过分解读"带货大赚，没想到被一句"你药量得再加点"怼了回去。的确，凡是读到什么"历史""哲学""史诗般"大规模解读的，只能当笑话，兄弟（姐姐），你想多了，要不，"药量再多加点"？

八、穷人

陀思妥耶夫斯基以处女作《穷人》初露锋芒，赚取了我们不少唏嘘，那是小说，真遇上穷人，你未必会那样富于同情心。我们常觉得，穷苦人不努力，所以活该倒霉，这么想也没大错，但由此得出结论，穷苦人是可牺牲掉的（expendable），对他们可不闻不问，让他们自生自灭，甚至恨不能将"低端人口"逐出地球，乃是专制国家的想法和作为，在欧美民主国家未必行得通。穷苦人是客观存在，你只能与他们和平共处。幸亏有了这些经济不如我们的人的存在，才让我们有了不跌入社会底层的安全阀。你如果缩手旁观，让他们饿死，那就等着他们上门抢劫吧！再说你能肯定，你的小康没有运气成分在其中？世界并非因我们而存在，更不是仅为我们而存在的。为了穷人吃福利而过于耿耿于怀，大可不必，是富翁们在买单，包括好莱坞大明星，以及政治明星们，你顶多就拔了几根毛，不用太自作多情。哪位大富翁不愿买单，可跟俺对换，决无怨言。如果羡慕穷人吃福利，也可以尽视死如归地成为穷人，没人拦你。只恐怕华人瓶瓶罐罐太多，未必真肯两袖清风，咱可没那么"浪漫"！

九、本山大叔与阿Q

非常喜欢赵本山、宋丹丹的《昨天今天明天》及《不差钱》，起码是让底层农民真实地亮相了舞台，老实又狡黠，可气又可爱。赵本山与《金光大道》《梁生宝买稻种》中的农民已有天壤之别，不是真实的农民没有那么"好",而是真实的农民没有那样"假",那样装腔作势,那样满口"革命"。如果说赵本山想当我们的"明天"功亏一篑的话,那么鲁迅的"阿Q"便是赵本山的"昨天"无疑。戴着臭老九眼镜的理论界见了阿Q,就如我们看本山大叔的小品,不知应拍手叫好呢还是打入另册,只能暗自嘀咕:难道农民是这样的吗?问题的症结在于:阿Q是个"落后分子",但他是农民,甚至是贫农。幸亏是鲁迅笔下的,否则还不知会被怎样口诛笔伐呢!什么"丑化贫下中农""难道农民是这样的吗""诬蔑劳动人民",等等。阿Q的形象之意义并非仅在于农民,而是某种普遍的国民性,我们至今还在阿Q身上看到自己的影子,就像今天在赵本山身上也看到了我们自己的影子一般,不管你喜欢不喜欢,也不管是否伤了自视甚高者的自尊心。我们是怎样的"东西"或怎样的"不是东西"已不容自欺欺人了。我们的愤怒就像莎氏名剧《暴风雨》中的怪物Caliban见到了自己在水中的"尊容"一般。其实生活中哪有那么多"板板六十四",谁都忍不住会"原形毕露",管他农民不农民,钢琴家不钢琴家的,一年四季都"端着"可太累了。赵本山让人的本性"原形毕露",台上妙语连珠,包袱四起,引起一波又一波狂笑,比较正统、"高大上"一点的人,会笑得有点勉强,甚至有"负罪感",其实大可不必,正如果戈里《钦差大臣》结尾:"笑什么?笑你们自己!"放心大胆做自己吧,每天新闻报道中丑闻不断,不见尽头。比咱们更"不是东西"的人有的是呢!再说,谁能保证本山大叔不是在"挂狗头卖羊肉"呢!

十、英译中"迟到的正义"

"Justice delayed is justice denied"以及"Never too late for justice"是当下很时髦的两句英语,一直被翻译引用。但中译文虽简明易记,却并不准确。第二句"Never too late for justice"译成"对于正义而

言，永远不能太迟"，不准确，应为"履行正义永不嫌太迟"。比如五十年后才找到纳粹罪犯，是否因超过了法定期限，太迟了而不对九十几岁的罪犯加以惩处？这显然不是英文原句的意思。英文的意思是：即便过了半个多世纪，也要上天入地找到罪犯，并将其绳之以法。第一句"Justice delayed is justice denied"翻译成"迟到的正义是被否定的正义"尚可，但马上转换成"迟到的正义不是正义"是有问题的，因两者不同等。较准确的译文应是"迟到的正义是被剥夺了的正义"，不能说正义因迟到就不是正义了。注意英语用的是"deny"，即"refuse to give or grant（something requested or desired）to（someone）"，译为"拒绝给予或批准某人的要求"，而不是"is not"，或"no"（不是）。如果译成"迟到的正义不是正义"，那英文原文会是"Justice delayed is no justice"显然不是一回事。英文原文的意思可归结为：1）尽可能不要让正义姗姗来迟，2）不论多迟，一定要让正义得到伸张，与中文"迟到的正义不是正义"不是一回事。其实最初的译文"正义会迟到，但不会缺席"反而更有可取之处。改成"迟到的正义是被剥夺了的正义，伸张正义永不嫌晚"或者"未实现的正义便是被剥夺了的正义"……是否更准确一点？不过一旦要求准确，便难以朗朗上口。

十一、墙里开花墙外香

一直有朋友问我弹钢琴谁最牛？其实各位心中早有各自的明星。托尔斯泰说：幸福的家庭都差不多，不幸的则各不相同。照我看来，有名有姓的都很棒，差别只有乐迷行家才有兴趣去探索，只放录音，恐怕猜对的人寥寥无几，可见的确是好的钢琴家都大同小异，唯独郎朗一直被"横挑鼻子竖挑眼"，骂声不绝。出于好奇我倒是在 YouTube 上听了一下，记得是在英国的一室内广场的李斯特专场，站满了流行音乐会的常客，狂热的年轻人，感觉郎朗的确琴艺惊人，虽然表情肌有点太发达，引起同胞们的公愤，不过国外观众还是艺术至上，"重在表现"，对他评价极高，即便有打趣说他的表情犹如"腾云驾雾"（ecstasy），他属于当代顶级钢琴家，早已是业内共识。

"有史以来最伟大的 25 位钢琴大师"，由古典音乐台（Classic FM）经过激烈的讨论而来的名单如下（排名按名字在字母表上的次序）：李夫·安德斯纳（挪威）、阿格里奇、阿劳、阿什肯纳齐、巴伦博伊姆、贝多芬、布伦德尔、肖邦、古尔德、海丝、霍洛维茨、霍夫、郎朗、李斯特、莫扎特、奥格登、佩拉希亚、皮雷斯、波利尼、拉赫玛尼诺夫、里赫特、鲁宾斯坦、克拉拉·舒曼、蒂博岱、内田光子（日本）。大作曲家莫扎特、贝多芬、肖邦、李斯特均在 25 人之中，虽然他们没留下音像资料（名单中听过巴伦博伊姆、布伦德尔、霍洛维茨、鲁宾斯坦，均极佳。最后那位日本人弹莫扎特一流）。名单中居然没有俄罗斯的 Evgeny Kissin 及出生于布达佩斯的 Andras Schiff，有点出人意料。青菜萝卜各有所爱，但郎朗能名列其中，说明了他在国际上的地位。郎朗成功地将被"祭司""考古学家"霸占的古典音乐圣殿变成了青春的园地，不但使之起死回生，还返老还童了，他的演奏将古典音乐带回到了莫扎特、贝多芬年轻的时候，宛若暮气沉沉古典音乐乐坛中的一股清流。墙里开花墙外香，这是中国艺术家的宿命。别看同胞"内行"们平时常指手划脚，目空一切，像是无所不懂，但其实对自己的审美缺少基本的自信，喜欢"轧苗头"看行情，人云亦云。表现之一便是喜欢大捧第二名以抹黑第一名，既显示自己趣味独特，又不至于太出格，贻笑大方。但问题是，在郎朗的例子上，第二名实在是相差远了一点！每次读到所谓评论家煞有介事地痛斥郎朗就只想发笑，郎朗这种水平明摆在那儿，让人望尘莫及，岂是不学无术之辈所能否认的。的确，按各人的莫名其妙的趣味，这儿应慢一点，那儿应快一点，这个音太响了，那个音又太轻了，阿狗阿猫都成了教郎朗弹琴的行家。郎朗的父亲不是学富五车的傅雷，也不与艺术"皇室世家"沾亲带故，八竿子都打不着，这成了郎朗的原罪（难怪当年李斯特神秘兮兮故意让人以为他有贵族血统）。至于"作秀"，哪个艺术家不是showman？李斯特、帕格尼尼，一大串，不但show，还show得观众如痴如醉，小姐太太春心荡漾，激动得昏死过去，show得白银万两滚滚来！最令人"是可忍孰不可忍"的是，弹钢琴在郎朗像玩一样，不但技巧上所向披靡，且童心未泯，兴高采烈，亲民大众，得罪了一大帮自以为已身在象牙塔中的"行家"。郎朗不深刻，不痛苦，不神秘，不哲学，不高深莫测，不求神拜佛，他就是好脾气的邻家男孩，还是国人同胞，但他成了郎朗！

十二、几部迥然不同的美国电影

《窈窕淑女》和《雨中曲》绝对是精品之最，百看不厌。前者是以萧伯纳的本子为基础，对话之精彩立意之高都不是其他音乐剧所能望其项背的。男主角瑞克斯·哈里森（Rex Harrison），角色简直像是为他量身定制的。女主角赫本（Audrey Hepburn），虽因不能亲唱，争议声四起，但绝对是最佳人选，艾丽莎（Eliza Dolittle）是她最成功之作，过目难忘。此剧长处不在音乐，而在于本子、表演、导演、美工。赛马场那场"帽子秀"简直是神了。《雨中曲》金·凯利（Gene Kelly）在雨中独舞那场是经典中的经典，可遇而不可求，每次观看都能将你带回到无忧无虑的童年时光。重头新片《爱尔兰人》是 Netflix 出资救场得以完成的，所以作为 Netflix 的会员我得以先睹为快，结果大失所望。马丁·西柯塞斯（Matin Scorsese）黑帮电影的风格一成不变，非常程序化，演员又多是用旧了的那几个，真所谓"旧瓶装老酒"。那几个七老八十的奥斯卡得主真是垂垂老矣，满脸沧桑，"猪血老粉"都遮不住他们内在的疲倦感，非常可怕。简·方达（Jane Fonda）曾说过，"没人愿意去看两张老脸亲嘴"，如今看来，也没人愿意去看"老百脚"火并，哪怕是大咖，大自然规则不可抗拒，这应该是马丁黑帮电影的"天鹅之歌"吧。投资 1.59 亿美金，票房仅 660 万美金。最近华裔女导演赵婷为电影界带来了不一样的惊喜。《无依之地》中没有枪，没有宗教，有的是极低调的友情亲情，有的是望远镜仰望星球，探讨"光年"，甚至整段背诵了莎士比亚的两首诗。这些无家可归者不是"红脖子"，不是冲击国会的那一帮不言而喻。影片近结尾处女主人公与失去儿子的 Bob 一段对话感人至深，点明了他们失去的不只是房屋，他们失去的是心灵最宝贵的那一部分，以至于再也无法安定下来过"正常的生活"，所以四处漂泊，盼望能在不归路上与丈夫和儿子重逢。整个影片取景皆于寒冷不毛之地，不见阳光灿烂春暖花开，非常灰色、悲观和压抑。在这一点上，与"白茫茫一片大地真干净"宝玉出家的境界不谋而合，又非常不"美国"。

十三、音乐剧《汉密尔顿》

纽约百老汇音乐剧《汉密尔顿》（Hamilton，出身低微的开国元勋之一）好评如潮，逼得我静下心看。因对历史不熟，人名太多，多名开国元勋又都由黑人演员扮演，一开始真有点丈二和尚摸不着头脑，入不了戏，不过一旦引入汉密尔顿的"婚外情"，不知怎么就一切全懂了，"食色，性也"，看来文艺作品擅长的只是"色"（爱情），以"色"带"食"（权力斗争），绝少失手。此剧对两者的描述方式也截然不同：政治斗争（食）以活报剧、漫画形式表现，嬉笑怒骂，咄咄逼人，一个个政客都是以喜剧演员，甚至小丑的面目出现，不管你是总统托马斯·杰斐逊（Thomas Jefferson），还是华盛顿、亚当斯，一概予以肆无忌惮的夸张调侃，毫不留情（最具喜剧天才的是下半场演托马斯·杰斐逊的那位黑人演员 Daveed Diggs，风格接近著名电影演员 Eddy Murphy，及演英皇 George III 的那位白人演员 Jonathan Groff）。而爱情家庭（色）则以正剧、抒情的形式表现，如泣如诉，"恬不知耻"地动用了一切老套手法，铁了心要赚足你的眼泪，两者互补，相得益彰，也充分体现了美国人对家庭和党派斗争孰重孰轻的真实看法。与传统大歌剧不同，此剧想必是借鉴了亨德尔清唱剧及古希腊神话剧、悲剧，重启合唱队，不但简化了时空转换的笨拙累赘，且对舞台上发生的事进行了即时的评论和形象化。不过《汉密尔顿》中的"合唱队"其实更是"伴舞队""杂耍队"，唱念做打，无所不能，无处不在。整个音乐实际上是典型的美国黑人音乐，节奏感强于旋律性，以绕口令见长而摒弃美声唱法，完全吃透了当今美国青少年及"长不大"一族的喜好，为他们量身定做出的"重口味"：莫名其妙地"嗨"个不停，用力生猛过头，节奏上不敢有空隙，不让舞台有一时冷清、耳朵有片刻休息，仿佛生怕没有耐心的小年轻"老小囡"转"频道"。美国特产"音乐剧"（musical）其实是一种如打了兴奋剂、始终处于亢奋状态、对观众的注意力及智商没有信心的表演形式，类似于电脑上打游戏，特别适合患有"注意缺陷多动障碍"（ADHD）的青少年。据说人到中年，仍常不能幸免此恙。美国发病率尤甚，相对于其他国家，美国人生性就是年轻啊！历史剧演毕，"真人秀"登台：盖因不但文艺界，多位政坛老手也去剧院捧场，一不小心，成了"真人秀"演员，不过驾轻就熟，原本就是政坛明星嘛！前总统克林顿伉俪（2016 年 7 月 2 日）来剧场观剧，闪亮登场，受到演员观众热烈欢呼。不久后，新当选但还未上任的副总统彭斯也来凑热闹，却招来观众一片嘘声。演出结束正往外走的彭斯被演员叫住，由在剧中演副总统的演员迪克森（Dixon）

当众宣读"训诫"如下："欢迎您光临！我们是多样的美国人，我们担心您组建的政府不再保护我们，我们的星球，我们的孩子，我们的父母，我们'不可剥夺的追求幸福的权利'。我们衷心希望此剧对您有所启示，以坚守美国的价值观，为人民服务，为所有的人。感谢您与我们共享此剧，这是一个精彩的美国故事，由各种不同种族、肤色、信条、性取向的男女所讲述！"不知道四年之后，彭斯拒绝帮助特朗普颠覆大选时，有无想到汉密尔顿。

十四、陀氏评传

正在读约瑟夫·弗兰克那本九百多页的、被理论界称赞为最佳陀氏评传的《陀思妥耶夫斯基：作家与他的时代》（*Dostoevsky: A Writer in His Time*）英文原著。潜移默化，也不由自主地"深刻起来了"。陀氏那么聪明、易感、刨根问底、灵魂不安分的一个人，在经历了西伯利亚四年苦役后选择了信上帝，才得以在精神上支撑下去一点也不奇怪。但"信"的含义与我们芸芸众生有根本的不同，陀氏信上帝不是一种有组织的仪式，而是非常接近丹麦哲学家克尔凯郭尔（Kierkegaard）对基督教的观点。

克尔凯郭尔认为基督教不是一种需要教授的信条，而是一种生命的活法。他认为很多基督徒完全依赖于外部的证据以证明上帝的存在是舍本求末，忽略了真正基督徒应有的体验，一个你与上帝之间个人关系的体验。对陀氏来说，不信上帝、不信永生就等于被罚活在一个彻底没有意义的宇宙中，这是陀氏难以接受的。信与不信是一个两难选择，但很多智者选择了信，或者对外界宣布说"信"，这是一个聪明、方便的选择，以便活得轻松一点，否则那些太钻牛角尖的可能会无法理直气壮地活下去。弗兰克这洋洋洒洒五卷本《陀氏评传》一而再、再而三强调的论点其实是：陀氏的小说是先有理念，为了阐述他的政治哲学道德理念才写小说，有点"主题先行"的意思。很多中译本读者，甚至中译者本人都没抓住弗兰克的这一主要论点。但陀氏的经历是如此丰富，他的敏感和天才是如此不同凡响，主题先行没有阻碍他写出了生活的真实和活生生的（常是颠狂的）人物。即便他醉翁之意不在酒，写小说的本意或"初心"在于推而广之他的"价值"，阐明他的"普世"，但"初心"又从何而来？不是天降"神谕"，而是地上受苦受难的结果，是陀氏对其苦难历程的解读和总结。以他最重要的小说《卡拉马佐夫兄弟》为例，卡拉马佐夫三兄弟，阿廖沙、伊凡、德米特里分别代表了人性的三个方面：精神、头脑和肉体。阿廖沙代表灵魂，是纯洁真诚的唯灵论者；伊凡代表头脑，无神论知识分子；大哥德米特里代表肉体，激情冲动的享乐主义者。每个人物仅代表了人性的一部分，少了其他两方面都不是完整的人性。兄弟三人各自逐步认识到人性的另外两部分之重要。通过三兄弟作人性的全面分析解读似乎是陀氏写作的宗旨。灵魂、理智和肉体三者不可缺一便是陀氏的"先行主题"。但这三兄弟所代表的灵魂、理智和肉体又何尝不是陀氏自己相互矛盾、又相辅相成的组成部分？他何尝不是在写"自传"，写自己精神肉体挣扎的艰辛历程？似非而是地说，潜意识动机往往因其不自觉反而更为强大。这部小说阴谋、激情、强奸、谋杀、乱伦、弑父，情节剧各要素应有尽有，节奏紧凑，高潮迭起，牢牢把握住读者，非常好看，让你欲罢不能。真是"裹着糖衣的炮弹"，大师出手不凡！相对之下，法国雨果"主题先行"的小说《九三年》，就写成了"人道主义宣言"的通俗本。

十五、可怜天下钢琴家

偶然得知第十八届波兰肖邦钢琴比赛预赛正在华沙如火如荼地进行着，在 YouTube 上稍稍看了一点。正好看到一位名叫沈孟生（Meng Sheng Shen）的选手，年纪似乎不小，相当成熟。当时他正在弹肖邦第四叙事曲，那种投入、专注、撕心裂肺的呻吟显示了做一个钢琴家多不容易，哪是 play 或娱乐，完全是在对自己作痛苦的拷问，奋不顾身地豁出去了，将灵魂一览无余地暴露在光天化日之下（与郎朗的"兴高采烈"正成强烈的对比）。其实艺术家不但是在出卖脑力、汗水，还得出卖灵魂，太悲壮了！哪像小鲜肉们，只需卖弄风骚，哼哼唧唧即可黄金万两。尤其现在的流行歌曲大都是为小鲜肉量"声"定做，音域在一个八度内，歌词俗不可耐，不知所云，再加上一点港台腔，左摇右摆，卖弄风骚，便让妙龄少女心驰神摇，不可自持。可怜的钢琴家们，走的却是一条荆棘之路，让人一掬同情之泪。不过谁让你们曲高和寡，自找苦吃啊！更悲催的是，即便你无保留地出卖"色相"，评判及听众仍可能无动于衷，甚至还嫌太煽情，淘汰了之！后来得知，沈孟生果然惨遭淘汰出局，原由不知，也"莫须有"。会不会是有自己学生参赛的评委，将潜在对手在开场的一片混乱中，扼杀在摇篮里呢？天知道！不过如果没有此起彼伏的各种大赛，还会有人关注古典音乐吗？应该不必太杞人忧天，古典音乐虽一再被预告"将死"，可就是死不掉，因为巴赫、贝多芬、肖邦等大师在智力才能上绝对高人一等，是人类精华。你可以不"感冒"，但你没法否认，替代，铲锄。幸运的是他们都没诞生在"遇才必灭之而后快"的时代及有此"癖好"的民族中，得以一代又一代保存下来了。

十六、仁慈

莎士比亚有一相对不太著名的剧作《朱里斯·凯撒》（*Jules Caesar*），说的是以勃鲁特斯（Brutus）为首的罗马参议员们集体刺杀凯撒之事。凯撒被杀后勃鲁特斯和其对手马克·安东尼（Mark Antony）在罗马大广场上针锋相对地煽动民众的一场戏却极为著名，民众之朝三暮四，分分秒秒翻脸不认账，无理性的盲动被表现得淋漓尽致。我们除了因无可奈何对皇权顶礼膜拜外，对其他一切高于我们的东西必灭之而后快，因为这威胁到我们的自尊心，引起"羡慕妒忌恨"，让人寝食难安。但反过来，如高尔基（或某俄国作家）所说的那种"我们都爱罪人"，有时甚至一把鼻涕一把眼泪地爱的，却轮不到咱们华人，而是悲剧性的俄罗斯民族的专利。我们不在乎罪人能让我们感到道德上高人一等，从而得到精神上的满足，我们在乎的是"再踏上一只脚"，让他们"永世不得翻身"的报复性快感，在乎的是"破字当头"，"到象牙床上去滚他一滚"痛快劲儿。君不见网上走马观灯已多少"俊杰"先红后黑、翻身落马，当然他们都有小辫子，就像我们每个人一样，只不过我们还没有在大庭广众之下，丢人现眼而已，名气不够，没人在意，气死人！贝多芬最为看重的德行"仁慈"，与我们无缘，即便过去有过，也早被"文革"砍伐殆尽。名人的陨落是迟早的事，除非我们重拾被贝多芬等人视之为这一人之最宝贵的品德。想起当年陀思妥也夫斯基也在一夜之间从《穷人》的新秀作者，跌入死囚犯的行列，命悬一线的最后一刻被沙皇"皇恩浩荡"赦免。想必陀氏心怀感激，成名后一直与皇室保持友善关系，谴责一次又一次暗杀沙皇的企图。庆幸陀氏生在还有"皇恩浩荡"的年代，才有今天咱们"白发老翁话陀氏"。不知那些被打入冷宫的艺术家们，还会有陀氏那样的"第二次机会"吗？官方或民众还能"皇恩浩荡"不？

十七、老柴的音乐

说到老柴，最近有一部BBC的老柴传记片拍得不错，但中文翻译错误百出，例如：将"小调"翻译成"次要"，将"无法相守一生"译成相反的意思，等等，有些错到令人啼笑皆非，如老柴的歌剧《黑桃皇后》居然翻译成《spade 王室》，把"spade"（黑桃）当作某王室之名，《黑桃皇后》男主角，年轻军官盖尔曼，"a driving man"（不甘平庸之辈）竟然译成"男司机"，真是太让人无语了。普希金的著名小说《黑桃皇后》总该听说过吧！俄语部分我虽不懂，但仍发现有翻译错误。看来译者缺乏起码的专业知识，外语也相当"搭浆"。影片选材颇佳，可惜翻译太煞风景。译者应是翻译界的"小鲜肉"吧！不过老柴的歌剧除了《奥涅金》《黑桃皇后》，其他都只在俄罗斯本土上演，似乎歌剧非他的强项，而芭蕾舞《天鹅湖》《睡美人》《胡桃夹子》的音乐美得无与伦比，风靡全球，经久不衰。有趣的是歌剧脚本倒是取材于俄国大诗人普希金的诗及俄罗斯题材，而三大芭蕾舞剧的故事均与德国神话故事有关，反而比正宗的俄罗斯歌剧更受世界欢迎。有说《天鹅湖》是俄、德民间故事的混合体，不过王子名叫齐格菲尔德，却是典型的德国名字，也有说老柴是以德国巴伐利亚的国王路德维格二世为王子原型的，传说这位国王与天鹅有不解之缘。小时候读过的《格林童话》和德国作家霍夫曼的《胡桃夹子和老鼠国王》，无疑是另两部舞剧故事的出处。不能想象一个没有老柴音乐的世界，甚至不能想象一个没有老柴《第一钢琴协奏曲》《小提琴协奏曲》的世界。西方音乐大师大多出自德、奥，尤其是鼻祖巴赫奠定了古典音乐坚实的基础，但他写了那么多，免不了雷同，对一般听众而言，什么《英国组曲》《法国组曲》《大提琴组曲》，（《小提琴无伴奏组曲》绝对是精品）听起来分不清哪是哪，即便少了百分之十、百分之二十，都不会有多大缺憾，老柴的就几乎"一个都不能少"。比如我吧，除了巴赫的六首小提琴无伴奏经典是我必练，还如刷牙般天天按顺序弹一组巴赫平均律（上下两册，共48组）以"忆苦思甜"不忘本。不过要我听巴赫，没这个耐心，更不用提那长得一望无尽的《哥德堡变奏曲》了。不管是古尔德，还是朱女士，还是郎朗不郎朗，最多能坚持听上一分钟吧！（"不打自招"，豁出去了！）你永远弹不厌巴赫，因为你永远记不住你昨天弹的是哪一首（实话实说）。老柴的音乐却是不但一听就知道作曲是谁，而且能辨出是哪部作品甚至是哪一段，大概是因为画面感极强吧！老柴音乐独特的可辨别性成了他的"罪过"，旋律太美就像演员外貌太美会让人疑心演技不咋地，太容易"读懂"必不会得诺贝尔奖，如果有诺贝尔音乐奖的话！听了肖邦、老柴的音乐，让人会有学音乐的冲动，而不是听巴赫。建议雄心勃勃的家长千万不要让小孩太早听巴赫，尤其不要过早去瞻仰《哥德堡变奏曲》，放在后半辈子慢慢体验吧！

十八、视死如归

人生下来就被判了死刑。有的人青壮年时即撒手人寰，如今还活着的我们已是中了头彩，看样子上帝还不急着召我们去报到。认为这是上帝眷爱，被亏待了，自然会迫不及待要去天国，死不是问题；认为自己幸运还健在的大可不必如坐针毡，天天在脑中"寻死觅活"，仿佛死一次还不过瘾，要受"二茬罪"，千方百计让自己"痛不欲生"。多少比我们有才、有貌、有身份、有地位的都没能活到我们这个岁数，还有什么可抱怨的，那些先我们而去的大概会在天国里忿忿不平地说："活饱了撑的！"我们都太想知道自己会怎么死了，这是天机，岂可泄漏，即便你的死隆重得像历史上那么多的"万岁爷"，对你来说，有区别吗？自己无法控制改变的事，还是不知为好，省得你愁死，吓死，与死神共舞，死不瞑目。追悼会上再哭得凶，回家的路上哪位不喜笑颜开，翻篇了！或早或迟，死是必然的事，无法避免的事就根本不用多想，即便你一年 365 天，冥思苦想，绞尽脑汁，最终仍是一个土馒头，哪怕你是亿万富翁。比起六十岁就去世的，我们已经万分幸运赚了十多年了，人要知足，把剩下的日子当作中奖的外快，偷着乐还来不及呢！与其为长生不老而操心，结果反而早死于心力交瘁，还不如开开心心，活一天赚一天。总会有一天生活自理能力差了，甚至痴呆了，这是规律，是长寿者的"特权"，也是为你离世作准备，早早入土者想享受都享受不到呢！心平气和过好每一天，而不要"作天作地"，想讨价还价，再占便宜，惹恼了上帝，只会让你早早归队，不会多给你一天的。

十九、魅力大提琴

卡萨尔斯不单是大提琴界，而且是整个音乐界的"传奇"。大提琴是我非常喜欢的乐器，某名人说过，大提琴是一件最伤感的乐器，此话不错。最美的音乐总有伤感成分在其中。不过被卡萨尔斯、马友友及所有有头有脸的大提琴家视为圣经的《巴赫六首无伴奏大提琴曲》，远不是他的最佳。与巴赫的六首小提琴无伴奏相比，相差甚远。为了教学，我曾用中提琴拉过巴赫的大提琴无伴奏，除了那已被拉滥了的第一首，都非常无趣，不过碍于巴赫及自己的名声，这种话专业界无人敢说。记得我一小提琴同事告诉我，马友友有一次到上海开《巴赫六首大提琴无伴奏》音乐会，下面坐满了慕名而来的专业人士，听到后来，也都吃不消了呢！所以就有了最近风靡全球的东欧大提琴两美男，帅极了，酷毙了！乐不够，色来凑，也不失为普及高雅的好手段。只见配着意大利威尼斯背景，两帅哥含情脉脉，与拉小提琴美女眉来眼去，好不赏心悦目。相比小提琴，大提琴更具歌唱性，悠扬而深情，且不用夹在脖子上，让面部痉挛露狰狞。只见帅哥美女一面款款运弓，一面肆无忌惮秀芳容，抛媚眼，正如卡门所唱：要是我爱上了你，你可要当心！拉大提琴时琴是固定在地上的，仅能有限地改变角度。但琴手的头是自由的，可随意摇晃、旋转，大提琴技术相对容易，有颜值的话，可挤眉弄眼，把戏作足。大提琴家有一个头部向右边与运弓同一方向甩出的"标准"动作，看似秀酷，其实是借改变头的位置下意识地得到力的平衡。相对而言，小提琴家虽可自由移动双脚，但头是不自由的，所以不能有多少独立的头的动作，即便有郎朗那么多表情包也白搭。要秀酷必要全身运动，所以小提琴手激动起来少作头部水平运动，而是会前仰后合，甚至"满地找牙"，尤其是美女小提琴家。不过，小提琴一个人发出两个人、三个人，甚至四个人的声音都是可能的，美女一位便可叱咤风云，营造出一"四声部"的完美世界，尤其是演奏著名的巴赫《恰空》。相比之下，大提琴即便动用了两位身强力壮的帅哥，仍只是普通的二重奏，有点"小儿科"，但其如泣如诉的悲伤的歌唱性，却是任何其他乐器所无法比拟的，如果说灵活的小提琴是精细的巴洛克音乐的理想弦乐器，那么大提琴的悠扬似乎备受浪漫派作曲家的青睐。德沃夏克的《大提琴协奏曲》，圣桑的《天鹅》，老柴的《洛可可主题变奏》，都是大提琴大显身手的范例，别忘了还有《梁祝》中的《楼台会》。

二十、古彩戏法

巴赫的《哥德堡变奏曲》（*Goldberg Variations*）最近火爆，成了内行、外行、深刻、浅薄的试金石。无心逆潮流而上，也凑热闹买了一本新版，结结巴巴地视奏了一遍，Oh, my! So boring，失望几近绝望，还有完没完呢？再变他十个八个"奏"，对善变"古彩戏法"的巴赫来说也绝不在话下！只不知道为什么被顶礼膜拜捧上天。从头到尾一个调（G 大调，偶有 G 小调），名副其实的"单调"，比兼顾二十四个调的《平均律钢琴曲集》（*Well-Tempered Clavier*）无趣多了。巴赫擅长在"螺蛳壳里做道场"，变调是"把戏做足"的一大手段，《平均律曲集》中几乎每两个小节就会有临时升降记号，让各大同小异的"动机"不停地在各调间徘徊，游荡，无穷无尽。但《哥德堡》基本上只是惜字如金地用了一些升 C（暗示一下"属调"）及升 D（暗示了一下 G 的关系小调），且还"犹抱琵琶半遮面"，铁了心要保持"单调"，看来巴赫是有意在考验自己不转调而仍能无穷尽变奏的本事，以便让患失眠的 Kaiserling 伯爵在"单调"的琴声中进入梦乡。难怪知名美国钢琴家 Jeremy Denk 写了一篇文章,"控诉"《哥德堡变奏曲》。他说:"此曲演奏长达 80 分钟,且绝大部分在 G 大调上。你先花一分钟想象一下,中间不许上洗手间再想上个 79 分钟,在同一主题上兜来兜去,你就差不离体验了《哥德堡变奏曲》,或者可以说是熬出来了。"很佩服古尔德、朱晓玫,会一个个义无反顾、高深莫测地走火入魔,洗心革面踏上《哥德堡》祭台,不但比耐心,比沉得住气,还比谁更"死心塌地"地找到了生命之"真谛"云云,让凡夫俗子们又惊艳又眼馋。如果将主题比作一个蛋,那么《哥德堡》便是煮蛋"变奏曲":白煮蛋,荷包蛋,酱油蛋,茶叶蛋,卤蛋,炒蛋,炸蛋,水潽蛋,单黄蛋,双黄蛋,皮蛋,酒糟蛋……真难为巴赫动足脑筋蛋上花样翻不尽,光用蛋(主题)做出了三十个菜,加主题一头一尾,四八三十二个菜。我有点纳闷,"排列组合"的能人,换汤不换药的好手,新瓶装旧酒的行家,脾气不算太好的巴赫"爸爸"赚足了金币后,会不会一脸坏笑:好一群笨蛋!还敢失眠不?前赴后继向《哥德堡》进军的钢琴家行列中,最近又加入了郎朗。郎朗年纪轻轻便扫荡了古典浪漫派的全部曲目,意犹未尽,如今年近四十,结婚生子,终于"众望所归"地走向了"成熟",生活上,在有德裔血统、美丽的妻子吉娜的调教下,选择定居魔都上海,学会品尝咖啡,脱胎换骨;专业上,"一举"拿下《哥德堡》,向自己,向评论界,乃至向全世界证明了玩"深沉",比"耐心"也是一把好手,在最近的巴黎音乐会上献艺《哥德堡》,不但"熬出来了",似乎还"熬"得"有声有色",创立了自己的《哥德堡》品牌,再次证明了"全才"的地位,让恶意攻击者闭嘴,也让专攻某一作曲家的钢琴"专业户"听出了一身冷汗。不过八十分钟奏毕,看得出是竭尽全力、筋疲力尽了。近一个半小时,三十段似像非像的变奏,还要一个音都不错，谈何容易，脑袋得多强大，注意力得多集中。弹《哥德堡》与其说是喜爱，不如说是迎接挑战，犹如参赛"马拉松"，不过所有的"迎接挑战"都需在观众的喝彩声中得到见证后，才算完事，所以郎朗吃力，观众更吃力，花了钱作"见证"不算，还得苦熬八十分钟不许咳嗽打喷嚏呢！想起了小时候疼爱我的一位留法钢琴老师带我去市三女中听钢琴音乐会，以提高兴趣，曲目不会是《哥德堡》，因选手们轮番上阵，唯听众仍得"从一而终"，"将听钢琴进行到底"。当时市三礼堂的椅子又硬又不舒服，我却一觉又一觉，痛苦不堪地从头睡到尾，至今记忆犹新，当然记得的仅是"硬板凳"。也真不知为什么，现在居然还每天弹弹钢琴，难道也在"马拉松"着？人有时穷极无聊，是会去"自讨苦吃"的！

二十一、陈白尘

可能知道陈白尘的人不多，但我上小学时他的《升官图》在华东师大家喻户晓，是华师大中文系话剧团的得意之作。我们小孩子看热闹看了一遍又一遍。男女主角均为中文系学生，记得男主角好像是叫吴又雄？女主角徐瑞英。每次演出都要借我母亲结婚时做的两套缎子旗袍，一绣金红，一素雅白，外加一件短毛虎皮大衣，在舞台上非常抢眼。记得第一幕结束时，强盗骗子凑上官太太"吃豆腐"讨 kiss，被徐瑞英一个巴掌打下去，碰巧众人推门而入，徐女士马上随机应变，娇滴滴道："瞧我打死了个好大的蚊子啊！"逗得台下我们这帮看戏的小孩子开心极了，就等着这一句呢！好像还有女二号"马秘书"，与女一号争风吃醋，惹得男大学生们展开了热烈的讨论：哪个更好看（当时还没有"性感"一说，直到引进了美国电影《鸽子号》，华夏大地才首次听到"sexy"这词）。华师大还演出了《雷雨》，效果极佳，以至于先入为主地成了我心目中繁漪、周萍、周冲、四凤、鲁贵的最"正宗"版，后来看专业大明星演出反而觉得味道全不对。演员各系都有，好多是理科生，都没有专业训练，却演得惟妙惟肖，可见当时普遍的艺术水准之高。当然这都是疾风暴雨尚在酝酿，"阶级斗争一抓就灵"之前的事了。说起《雷雨》，不记得看过上海人艺的《雷雨》，但黄佐临执导下的"上海人民艺术剧院"的戏我几乎一个不落地看过，乔奇和白杨两个版本的《日出》，严丽秋的《同甘共苦》，陈奇的《上海战歌》，俞敏贞的《布谷鸟又叫了》，高重实的《悲壮的颂歌》，至今仍历历在目。最令人难忘的是布莱希特的《大胆妈妈和她的孩子们》，大概1959年正逢中德建交十周年，我看的那场演员谢幕时一大群德国外交官员上台祝贺。不知为什么此剧不卖座，遭遇上海观众顽强的抵抗，黄佐临只好无可奈何地承认"失败"。其实不但不是"失败"，反而是上海人艺最成功的一次演出。黄佐临夫人丹妮为主角，其他还有庄则敬（随军牧师），严丽秋（随军妓女），胡思庆（儿子），稽启明（二儿子），俞敏贞（哑女）等。至今还记得哑女爬上房顶击鼓警众、遭枪杀一场戏，大胆妈妈面对女儿尸体，回答士兵质问，强忍悲痛说"不认识"。还记得另一场戏，严丽秋傍着一颤颤巍巍、行将就木的阔老头上场，后来又珠光宝气，以寡妇身份第二次上场。问她嫁的"是那位阔老头吗？""No，是他的哥哥！"布莱希特与俄国的斯坦尼斯拉夫斯基的戏剧理念不同，要求拆去"第四堵墙"，提出"陌生化"和"间离效果"，与斯氏戏剧体系的"全身心投入，与人物化为一体"大相径庭。斯氏要让观众身入其境，忘了是在看戏，而布莱希特则要让观众始终清醒地意识到"我在看戏"，这其实倒是与中国传统戏曲更有相通之处。可惜当年买了票，一心一意来做"看戏的傻子"，甚至备好了擦泪手绢，打算"酣畅淋漓"一番的上海观众，对《大胆妈妈》大失所望。不过有一小学生，不懂条条框框，却因祸得福，别人出戏，他却入戏，看得津津有味，还终生难忘着。

二十二、打击乐器

钢琴从发声原理上讲，其实是件打击乐器，声音是断开的，不像弦乐器声音能持续因而更接近于人声歌唱，即便后来踏板的发明让钢琴也能唱起来，但相比弦乐器，歌唱性终究是它的短板，尤其显现在贝多芬钢琴奏鸣曲应该是歌唱性的慢乐章中，当一个音弹完等下一个音时，那个长长的空当让听众非常不舒服，好像在等"第二只靴子落地"。钢琴家只能将神经绷得紧紧的，用夸张的脸部表情和做作的肢体语言，郑重其事地宣布这是一个长音，让听众大气不敢喘，以造出一个连音（legato）的幻觉，挺累人的。幸好后来有肖邦，真正让钢琴歌唱起来。中国的五声音阶一个调有五音，西方七声音阶，每个调有七个音。其实每个八度内共有十二个半音可供调度，那剩下的五个"调外音"就被肖邦"废物利用"起来，且用得风生水起，将断开的音程都用半音的逐渐过渡及固定音型的反复，天衣无缝地连在了一起，发扬光大了巴赫"爸爸"的作曲技巧。"第二只靴子"随着"一江春水"顺流而下，不用翘首以盼了。其实贝多芬的《月光奏鸣曲》第一乐章右手所弹"中声部"的三连音是比肖邦更早的先驱，后来俄罗斯的拉赫玛尼诺夫沿用了这一手法，他的《第二钢琴协奏曲》第二乐章，更是冰雪消融，春风吹过涅瓦河。顺便说一声，肖邦不喜欢贝多芬，甚至说他的某一首奏鸣曲（Op. 31 No. 3）粗俗。贝多芬的弦乐四重奏就没有连音这个问题，且首首精彩，互不重复。

二十三、英雄是这样炼成的

看了著名指挥家杨松斯的排练视频《英雄是如何炼成的》，颇有感慨。大师杨松斯当然知道自己要什么，同样也毫无疑问，乐队队员起码是碍着他的名气，也尽力去满足他的要求。不过这是我们当初拿起小提琴的目的吗？难道我们"锄禾日当午，汗滴禾下土"，几十年如一日，就是为了能演奏自己都听不清楚的贝多芬《英雄》第三乐章的开头吗？杨松斯在画一幅巨型油画，而小提琴常常只是油画上那不起眼的背景上的一个点。大家都在做本职工作，谁都没错，但可叹的是当初学琴是为了追求美，结果成了一颗"永不生锈的螺丝钉"。做一个乐队队员真不容易，为了一盘大棋，你得任劳任怨，一会儿做群众甲，一会儿做匪兵乙，一会儿拿起乐器，一会儿放下，一会儿考核，一会儿"示众"，碰到名指挥，还得装成一副"兴高采烈"的样子。其实指挥并非上帝，对每一声部也并不都"了如指掌"，视频最后，圆号演奏员明明是照谱演奏没错，杨松斯却能"强词夺理"，自圆其说，因为他有资格。离开乐队已几十年，不会再有机会"重操旧业"，彻彻底底逃出了指挥的魔爪，忍不住一吐为快，为了自己，也为了仍处于"水深火热"之中，一肚子苦水却不敢言的同行们。乐队队员对指挥霸道的不满和对其业务能力的不屑，不仅是出于羡慕、妒忌、恨。交响乐队虽只有百来个人，其实也是一个"社会"，一个麻雀虽小五脏俱全的袖珍"社会"。俗话说，不想当将军的士兵不是好士兵，同样，不想当指挥的演奏员应该也不是好的演奏员，所以很多弹钢琴的、拉琴的都想"弹（拉）而优则指"，像"演而优则导"一样。相对演奏全凭真功夫，指挥则可忽悠，轻松而多金，名利双收，故你争我夺，都想一劳永逸，当乐队的"皇上"。报道过很多所谓"天才"儿童指挥，甚至有唐氏综合征（Down syndrome）的指挥，可见谁都可上台"指手画脚"，观众未必能听出端倪来，反过来你试一试让指挥上台去弹（拉）协奏曲，没有根基，不天天苦练，几十秒便会原形毕露。当然，有真本事的指挥另当别论，但大都是盛名之下，其实难副，你有几斤几两，乐队队员最清楚，皇帝有没有穿衣，骗不了他们，或者说，我们！现在这时代，民主深入人心，各种"高大上"纷纷跌下神坛，越来越少人会为什么抽象的"全人类福祉"，或大大小小的"皇帝"去甘当螺丝钉、煤炭或炮灰了，即便是再没有才能的平庸之人。甚至越是无才之辈，野心越大，越不买账，尤其在美国，当然这种心态也可解读为是一再受骗，系列性上当后看破红尘的一种"反动"吧！是好是坏，是进步还是退步，过个几十年再来评说吧！

二十四、历史画卷

没听说过有什么叫 YLK 的作家，也不知村上春树是谁，不过说老实话，一听到小说家要展开"历史画卷"便马上避之不及。杨贵妃像是团支书，秦始皇鞠躬尽瘁，忧国忧民，康熙皇帝是反腐英雄，甚至将西方某总统想象成"焦裕禄"，恨不能"抬头仰望北斗星"，败选后唱"十送红军"送别，真是时空错位得离谱。距离的确产生美感，但仅是"雾里看花，水中望月"，所有的造神运动，或者用"历史小说造神"，是否是"新发明"不知道，但最终都破产，不知是否因为太假，根本引不起读者兴趣。要说展开"历史画卷"的小说，非《战争与和平》莫属，也是我最喜欢的小说。"文革"前读过多遍，除了第一遍从头到尾，以后"复习"永远只读"和平"部分。没有"战争"作背景，小说就不"伟大"，没有"和平"，小说就会味同嚼蜡。"和平"部分塑造了一个个令人难忘的人物，很多是贵族中的佼佼者，是托尔斯泰"见过"的，栩栩如生，"战争"部分大概是托尔斯泰读史料后编写出来的，有点儿吃力不讨好。幸亏他不用"肩负历史使命"，为歌颂而歌颂，也没有奉旨造神。但即便如此，"战争"与"和平"的两部分的艺术价值还是无法相比的。王安忆说《战争与和平》主要是写安德烈与皮埃尔，这没错，说主要是想阐明"怎样活着才是幸福的"，也没错，然而阐明"世界观""人生哲学"虽是托尔斯泰的初衷，一而再、再而三的企图，但这恰是他最不成功的地方。托尔斯泰常被人诟病是一流小说家，三流说教家，并非全无道理，或者更准确地说，讲哲学大道理从来就不该是小说家的"活儿"。他的《复活》就因为说教太多，是三大小说中最不受喜好的一部。读了《钢铁是怎样炼成的》只记得有一个冬妮娅。曹禺说他写《雷雨》是缘于先有几个人物在脑海中。这是没办法的事，文学的功能是描写活生生的人物，而不是什么"历史画卷"，有了人物也就有了"历史画卷"，起码是历史的横断面，而不是反过来。常常有点儿好奇：如果《红与黑》去掉了于连与两位佳人的风流韵事，《战争与和平》去掉了娜塔莎、安德烈、彼尔及阿纳托尔的"四角恋爱"，《卡拉马佐夫兄弟》去掉了父与子争风吃醋抢情妇，《静静的顿河》去掉了葛利高里、阿克西妮亚、娜塔莉亚的三角恋爱，《红楼梦》去掉了宝黛钗三角，让焦大、刘姥姥、多姑娘、鲍二家的登上历史舞台，"历史画卷"是有了，阶级斗争也推到了近景，还有人会惦记着这些书吗？为什么"深刻反映社会本质""揭露剥削阶级的没落反动"，就非要搭上"男欢女爱"做"作料"呢？对读者而言，这些仅是"作料"吗？雨果的《九三年》倒是好像没有这些"庸俗的垃圾"，结果成了一篇"人道主义宣言"的通俗版。契诃夫早年有一著名话剧《海鸥》，其中主角是一位不得志的作家，他那位想成为演员的女朋友就不懂他的作品，认为应该有点"爱情什么的"，而非抽象说教，他没开窍，最后以自杀了结。文学家还是野心小一点为好，扪心自问，你了解历史吗，你亲身经历过？凭什么读者要对你的"想当然"感兴趣呢？你要得诺贝尔文学奖就有理由让读者被你忽悠吗？请有自知之明，不要老是一上来就"气吞山河"，为了读者，也为了你自己。

二十五、《爱情神话》

在 YouTube 上看了某好心或坏心人用手机偷拍的《爱情神话》，

的确很有意思。照理受捧过多的电影看后会失望，尤其是偷拍效果欠佳，画面颜色稳定性都打折扣的情形下，但看后仍觉得不错，确属难得。听说过六十多年前的"意大利新现实主义"电影，到底理论上是怎么回事并不了解，但看过《偷自行车的人》，知道大概就是贴近生活的真实，普通小百姓日常生活的真实，而不挖空心思去找什么"典型""高大上""光鲜亮丽"吧！经过六十年的变迁，小汽车满街跑，自行车是不用偷了，轮到了"偷情"脱颖而出。栩栩如生的人物仿佛就是左邻右舍、亲戚朋友。"主义"不"主义"不好说，可不要太"现实"了哦！电影能将一打左右的人物性格特点捋得一清二楚，包括苏北口音的交警，可见编导的才能是用在了刀口上。影片一开始，寥寥几分钟，几个镜头，便将老白、李小姐、老乌、亚力山大各自的性格、心思、相互关系，甚至经济状况介绍得明明白白；三个女人首次在老白家中相遇，饭桌上话里有话的你来我去，又有着《红楼梦》式的精致；最后，老乌的梦中情人为什么是索菲亚·罗兰，而不是金婆银婆，好莱坞的"玉婆"呢？看来自觉或不自觉地是奔着"意大利新现实主义"风格去了。过了六七十年，上海1949年的《乌鸦与麻雀》终于非常不"政治"地，不上台面地，只有上海人才懂地，后继有人了，只是不"轧金子"，改"轧姘头"了呢！被横扫半个多世纪后，老克勒的下一代"春风吹又生"，不贪别家的财，不羡当官的权，"荡漾"在咖啡飘香的马路上，顾影自怜"做自己"，精打细算过日子。不过在爱情的战场上，该出手时就出手，谁也不是"缩货"。与老白有一夜或N夜情的三个上海女人初见过招，个个"明是一盆火，暗是一把刀"，心似明镜似的，却好歹不捅破那层纸。唇枪舌剑的对话写得如此精准，出自一位山西女郎邵艺辉笔下，可见真是吃透了上海人，尤其是上海女人，不知是否是嚼大蒜成功转型，恋上了咖啡，还是旁观者清，如虎添翼原本就异常敏锐的观察力。影片的成败最终还得落实到"前台"的演员。倪虹洁漂亮、耀眼，但不太像上海人。对角色拿捏得最准最有味的还是马伊琍，这可能是她从影以来最细腻、最成熟的一次演出。如果说她代表了上海人的理性和矜持，那么老乌就代表了上海人的"海派"，不安定的灵魂，老白则是上海人的善良和实在。老乌的扮演者周野芒的母亲是上海人艺的王频，当年也是台柱，我看过她与乔奇合作的阿根廷话剧《中锋在黎明前死去》，可惜周野芒没有继承她的颜值。不过因祸得福，老乌如果太帅了，老白就没戏了。一块萝卜一块糕，一黑（乌）一白，一反一正，一贾（假）宝玉，一甄（真）宝玉，都搭好了的呢！影片还暗藏玄机，配乐"别有用心"地用了圣桑的名作《死神之舞》，怕不单是为省钱吧。爱神与死神是一枚硬币的正反两面？不过即便编导有心要哲理，上海人也无意玩深刻，"管他呢，明天又是一个新开始"，忙着呢！编导仿佛还生怕上海人会错意，沾上文艺青年的"无病呻吟"，"想入非非"步入琼瑶阿姨的陷阱，特在影片最后让本帮神仙"丧"聚一堂，当场"开奖"，揭穿西洋镜，让费里尼的《爱情神话》滚下神坛。原来译为《爱情神话》的意大利电影原名为《萨蒂里孔》（*Satyricon*），是公元一世纪的一本罗马小说，既非神话，也无爱情，与中译名"浑身不搭界"。横七竖八歪在沙发上的那几个上海人受了十几分钟洋罪，感觉上当，实在坚持不下去了，终于原形毕露，又是传递护肤霜，又是吃零食，又是讨论哪家蝴蝶酥最好。想忽悠上海人？管你是洋的土的，没门！"你不像上海人"，成了最高的夸赞，意思是破格看得起你，不计较你出生地的"卑微"，仍大度地愿意与你"称兄道弟"。但以为《爱情神话》中的那帮上海"小资"会受宠若惊，可是想多了。这是一个"君子之交淡如水"，知分寸，懂人性，AA 制的社会。看似柔弱的外表，难掩"十里洋场"历史的沉淀，以及上海人对"常理"（common sense）下意识的坚持和尊重。上海人似乎是活在另一个时代，另一个世界里。

二十六、间距

吃早点时打开了电视机，极其偶然地看了一会儿 2021 年派拉蒙新片 *The Space Between*，译为《间距》。电视台决不会早上放热门影片，此电影应属名不见经传之类，说的是唱片公司派一黄毛小子去劝说过气流行歌手 Micky Adams 解约，但其中一段台词吸引了我：什么是音乐？音乐是可望而不可得之物，就如西斯廷教堂米开朗琪罗著名的壁画《上帝造人》（*The Creation of Adam*），上帝与亚当互相伸出的手指尖几乎要触碰，但似碰非碰，而音乐就是那"间距"，是白天与黑夜的间距，是信仰和怀疑的间距，是男欢女爱的间距，是黄毛小子与白发苍苍的间距，也是生与死的间距。这几乎是对舒伯特的音乐的完美定义，舒伯特的歌曲《圣母颂》《菩提树》《魔王》《小夜曲》，四重奏《死神与少女》及我最喜欢的《未完成交响曲》，无一不浸透着对生命的渴望和对死亡的预感和恐惧，那种深入骨髓的美丽的忧伤诉尽了人生之无可奈何。如此旷世奇才，仁慈的上帝只给了他三十一年的生命。而影片主角，那位昔日流行歌手巨星，上帝并不急着召他，人还活着，却已看透，难怪"过气了"，看透了也就只好去"悠然见南山"了，间距却没了，激情也便荡然无存。就如吾辈，夕阳无限好，只是近黄昏，感觉上帝的手指已近在毫厘，早已与"激情"无缘。奉上三言两语，也算是抓住生命的尾巴，好歹弄出点动静来。《十日谈》之类的，还是留给"早上八九点钟的太阳"们去"火花四溅"吧！

/《玫瑰》随想曲

一、《玫瑰》之争论

年纪大了，很少看电视剧，凡是古装、打仗、手撕鬼子、仙女鬼怪之类我一律不看。但《我的前半生》之类现代都市生活剧却会看得津津有味，充分暴露了自己的"档次"。这几天《玫瑰之战》闪亮登场，虽然是模仿美剧《傲骨贤妻》（*The Good Wife*），却是外国酒瓶装中国酒，包装挺华丽的，内容也多少取材于现实生活。不知为什么，网上差评如潮，真不知触碰了观众的哪根筋，不只是不喜欢，还恨得他们牙痒痒，口诛笔伐。乍一看，《玫瑰》似乎是因摄影师技术性地熨平了两位女主角脸上的年纪留痕激起了强烈的反弹，尤其是女士们的不满，让她们心理失衡，但更深层的原因恐怕是《玫瑰》不只是美化了女主角，还美化了生活，美化了人世间的争斗，或者更确切地说，美化了"与人奋斗，其乐无穷"的手段：在阴谋诡计、拳打脚踢、造谣污蔑、撒泼打滚等之上，还有法律，尽管不是万能的，而是还不完善的法律，但这何尝不是文明的一大进步。用来作为法治运作的启蒙教科书，应该并非编导的本意，但《玫瑰》还是呈现出的了一个理想化的法治社会，或者说正向理想化迈进的社会，难怪让习惯于丛林法则的"广大群众"严重不适，"难道现实是这样的吗？"当然不是，或者说目前还不是，但万事总有开始，尽管是不完美的开始，何不给法律一个机会，也给自己一个机会？这可能正是隐藏在深处，连自己都没觉察到的审美观念上与《玫瑰》严重脱节的深层原因，其实更是《傲骨贤妻》与《玫瑰之战》的脱节，是"老吃老做"版与"青春靓丽"版的脱节，是不同国情的脱节。是《玫瑰》的错，也是观众的悲剧。

二、《玫瑰》之选择

刚刚看完《玫瑰之战》最后一集，果然没有失望，因为意犹未尽，还想看下去，一部都市电视剧能做到让观众（或者说享有"肥皂剧"口味的观众）欲罢不能，还有什么比这更高的成功呢？尤其越到结尾越精彩，几乎让人喘不过气来，犹如音乐上的"加紧"（stretto），接着又戛然而止，又如贝多芬的拿手好戏：渐强（crescendo）后突然一个轻奏 piano，让人回味无穷。不可否认，此剧借鉴了不少美剧《傲骨贤妻》的手法，或者根本就是创造性的移植（一如韩版日版），有问题吗？风行文明世界的律师制度原本就来自西欧，就如《资本论》等，拿来主义没什么可难为情的，同样，遍布世界各地的武术功夫、中国餐馆、中医中药、国粹"麻将"不也"骑马不挎枪走天下"了吗？《玫瑰之战》最莫名其妙之处是零零后"作女"沈沁横空出世，"霸王硬上弓"倒追丰盛（黄晓明），想来点"三角"增加情趣，可惜男女演员之间气场完全不对，缺少"化学反应"，连剧中保安都看不下去，一言蔽之道："土得掉渣。"相比之下，最"洋"之处是结尾，套用了美剧风行的片尾画外音手法，没有"大团圆"，也没有"不成功便成仁"，留下的是男女主角感情生活的缺憾，但生活依然故我，"没心没肺"地行进着，淡淡雅雅的，有点美丽，有点伤感，有点顾影自怜，有点"小资"。不过果真是"缺憾"吗？人生无常，何尝不是避免了不久的将来又一场离婚官司？生活中充满矛盾与意外，各人有各人的利益追求，律师制度让人与人之间的冲突限制在"打嘴仗"的范围内，相比起横尸遍野，恐怕这是现代文明最好的选择了！

三、《玫瑰》之隐喻

英语 Wars of the Roses（1455 年—1485 年），也译作蔷薇战争，是英王爱德华三世（1327 年—1377 年在位）的两支后裔——兰开斯特家族和约克家族的支持者，为了争夺英格兰王位而发生的断续内战。"玫瑰战争"一名当时并未出现，而是十六世纪莎士比亚在历史剧《亨利六世》中以两朵玫瑰被拔，标志战争的开始后才成为普遍用语。此名称源于两个家族所选的家徽，兰开斯特的红玫瑰和约克的白玫瑰。1989 年美国出了一部颇有影响力的黑色讽刺电影《玫瑰之战》，正是我留学抵达美国中西部的那一年，记得录像店里此剧赫然放在显著位置，迈克尔·道格拉斯及女主角凯瑟琳·特纳剧照随处可见，这对当红明星前脚还在《尼罗河宝石》中热恋，后脚便在《玫瑰之战》中闹离婚，为争房产大打出手，你死我活。不记得我是否租看过此片，但他俩最后垂挂在巨型水晶吊灯上厮打的镜头仍历历在目。此片取名《玫瑰之战》，因"玫瑰"（Rose）是他们的姓，当然更是寓意历史上的"玫瑰之战"，王室"窝里斗"，争权夺利的"内战"。此片当时大卖，尤其在德国，从此 Der Rosenkrieg（玫瑰之战）在德国甚至成了高调离婚案的代名词。这些天热播的《玫瑰之战》也跟进这一"传统"，沿用了以"玫瑰"代表离婚之斗，始于顾念与宋嘉辰，终于谷明非与孙薇薇，还有其他好几对离婚案，以及还没有领证的分分合合，最被看好的顾念与丰盛也过不了物质利益的坎，在"合伙人"争斗面前以分手告终。"玫瑰，玫瑰，我爱你！"陈歌辛在二十世纪四十年代写的流行歌曲仍时不时在耳边响起，"天长地久"着呢！

四、《玫瑰》之节奏

此电视剧编导、演员、摄影、美工非常专业的努力可圈可点，被部分观众骂惨的编导尤其值得称赞，节奏明快，不拖泥带水，"打一枪换一个地方"，顺应了当今时代的快节奏。当年《傲骨贤妻》为顾及美国观众无法长时间专注的毛病，以及 CBS 公共电视台必须时不时播广告的要求，只能采用"片段化"章法。《玫瑰》虽并无"限时"若干分钟的要求，但借鉴了带广告电视剧的特点，推出了"短平快"，在众多电视剧以"慢板"（lento）为主打、低估观众智商、不厌其烦过度解释、靠集数多卖钱的风气中，以"快板"（allegro）脱颖而出：即在相对短的时段中目标明确地说清一个细节，然后毫不"恋战"切换至下一个细节，聚沙成塔，整个事件就由这些万花筒般的细节片段组成，来龙去脉，一清二楚，干脆利落，水到渠成，讲故事节奏上的新风尚，让人耳目一新！

五、《玫瑰》之遗憾

《玫瑰之战》吊足胃口，每天只播两集，我这边穷追不舍刚看毕，那厢网友已在口诛笔伐"骂山门"了，看来他们骂尽管骂，却不舍拂袖而去，还是从一而终看到了底。"忠实"的观众不是在骂广告商拖拖拉拉诡计多端，而是在吐槽《玫瑰》非玫瑰色的结局：顾念的顾念与丰盛的丰盛在经历了风风雨雨，四十集每集 45 分钟后，仍未能走到一起。看样子看戏的的确是"傻子"，还真关心起顾念丰盛的福祉来着，刻薄管刻薄，入戏已太深。顾念与丰盛好事多磨，在扫除了一切障碍，眼看就要"花好月圆"的最后关头，杀出了"顾念不能也成律所合伙人"这一程咬金，没能"有情人终成眷属"，分手是遗憾，但有其必然性，理由如下。1）王志飞脱胎换骨精彩演绎的李律师首先跳出来反对顾念入股，理由是不能让律师所变成顾念和丰盛的夫妻老婆店。这不是李律师一人之见，律师所所有其他合伙人股东们都心照不宣，其实也包括俞飞鸿的令仪，尽管她权衡利弊举手投了顾念的票。夫妻老婆店是职场大忌，也是民主的大忌。2）从事业上讲，离开仪盛和律师所是顾念想在律师界大展身手的必然选择。3）丰盛一再表示自己可退出成全顾念，但这是不可能的，首先顾念是断断不会接受的。4）顾念可选择忍气吞声，为了丰盛留在律师所，甚至回归家庭，成全爱情，但她刚刚走完一段与前夫宋嘉辰为爱情家庭牺牲自己事业的十年路程，她是不会重蹈覆辙、好马再吃回头草的。5）一旦顾念事业上另起炉灶，丰盛完全可以与顾念继续平等的恋爱关系，但丰盛觉得自己有恩于顾念，不能接受顾念的"背叛"，可见嘴上说得好听，骨子里仍是大男子主义，顾念的离去是过来人的明智。6）顾念借女儿的口道出了心声：我不要爸爸（宋嘉辰）给我的，我要自己挣。《玫瑰之战》不完美的完美结尾显示了编导对时代感的把握。

从鲁迅发妻朱安三从四德悲惨的一生，到阮玲玉羞于出庭离婚案而自杀，从简·奥斯丁的女主角们为财富与爱情两全而奋斗，到夏洛蒂·勃朗特的简·爱视平等为爱情的前提，妇女争取平等投票权、离婚权、财产权、就职权、不受职场性骚扰权、子女抚养权，走过了一条漫长的路，今日美国的妇女仍在为生育自主权而奋斗，阿富汗的女孩子甚至为争取最基本的受教育权出生入死。她们奋争的成果不仅属于女性，而是有益于全社会。一个压迫妇女的社会是什么样的，有塔利班统治下的暗无天日为参照。《玫瑰》的结尾顺便也让袁泉和黄晓明的演技发挥到极致，尤其是一向不温不火的黄晓明最后声泪俱下的爆发让丰盛的性格更立体更完整，"老好人"奋力一搏终于有血有肉让人刮目相看。别忘了，"玫瑰"意指男女离婚之争，公正法律下平等地终止婚姻关系更是文明社会特有的一项人权。再说律师也得有饭吃，如果你们"不玫瑰"，全都《牡丹亭》杜丽娘、柳梦梅去了，可不就是坏了李大为律师的生意，砸了他们的饭碗吗？当然，开放性结尾也为续集埋下了伏笔，如果续集中顾、丰终结百年之好，如愿以偿，符合观众的期待，但封闭式审美观显得老套，俗了；如果仍无事生非，若即若离，则又有点欲擒故纵，矫揉造作，就看编导出什么新招了。原版《傲骨贤妻》中，丰盛的洋原型命丧法庭枪击，盖因男演员 Josh Charles 演满五季后求去，不知他是想见好就收，还是另攀高枝，演而优则导去了。总之，翘首以待玫瑰花开二度吧！

2022 年 9 月 25 日

/ 三言两语（续）

一、奥斯卡趣谈

不出所料，第 94 届（2022）奥斯卡将最佳外语片奖颁给了日本影片《驾驶我的车》。有观众留言说："我没能看到底，此片太差了。对话莫名其妙，节奏拖沓，情节笨拙。一点好玩的地方都没有，却不知为何有几处引起了观众的讪笑声。其实一看到此片长达三小时，我早就该知难而退了。"另一位道："奥斯卡奖？评委疯了吗？"还有人评道："好一部浅薄得深入骨髓的电影。"我倒是不屈不挠，坚持了三个小时，翘首以盼柳暗花明，等待奇迹出现，结果是等待戈多一场空。最莫名其妙的是此片中心"事件"就是用各国语言，日语、韩语、中文、哑语，正经八百地上演契诃夫的《万尼亚舅舅》（俄语话剧，不是歌剧），真成了圣经中说的"通天塔"（Babel），厉害就厉害在大家还都能对话。观众也无怨言，像是精通多国语言，或已看过此剧上百遍，都能倒背如流。也难怪男主角一直在车上背台词，得跟上观众的步伐呢！那个女司机绷着一张毫无表情的大脸，可既没有内在的人格魅力又无外在的形象美，学高仓健谈何容易，蒙娜丽莎还挂着一丝微笑呢！以前觉得中国演员太舞台剧化，可在这部电影中唯那位中国女演员还有"一线生机"。"老爷车"得最佳其实也没什么可奇怪的，回首看去，电影史上经得起时间考验的经典往往不是奥斯卡得主，而相当一部分最佳现在看来平庸无奇，甚至"惨不忍睹"，比如前些年那部最佳《拆弹兵》当时就看不下去。这次奥斯卡参赛片《健听女孩》（*Children of Deaf Adults* "聋哑人之孩"之意，与音乐术语无关）连中三元最佳也莫名其妙，这种青春励志、俗套到不能再俗的片子得最佳影片奖，可见青少年口味东风压倒西风，《健听女孩》获最佳男配角的"大叔"型聋哑演员表演就太"青春"过火。如果说日本《驾驶我的车》开的是八旬老爷车，那么美国人拍片就像拍儿童电影。另一部片《国王理查德》（*King Richard*）最佳男主角威廉·史密斯（William Smith）倒是不错，不过大概真以为冠称为"王"（King）便可为所欲为，冲上台对准主持人克里斯·洛克（Chris Rock）挥手一巴掌，却将自己打进了十八层地狱，影响极坏。有评论分析说他那"牝鸡司晨"的老婆公开身体力行 open marriage，William 内心深处备感羞辱，才会老婆大人一皱眉，老公接旨便出手，在奥斯卡全球直播现场公然施暴，"重振雄风"，以求得心理平衡；也有说老婆曾与被扇者 Chris Rock 一起拍电影时眉来眼去，史密斯醋心大发，借题发挥。怎奈美国法律不允许暴力，一巴掌后警方马上到场，只要受害人谐星 Chris Rock 提出指控，立刻可将 William Smith 逮捕归案。作为公众人物，被调笑是你作为名人的一揽子买卖，连总统都无法幸免，更何况是靠娱乐为生的艺人，还是在奥斯卡这样一个场合。某新闻主播一言点破："请用你的言辞，而非用暴力"。Chris 事后处理大方得当，因祸得福，巡演脱口秀异常火爆，"影帝"的一巴掌打出了 Chris 票房告罄，票价被炒到一千美金。首场亮相时全场观众高呼，被 Chris 得体地制止。反观 William Smith 图一时痛快，耍大牌为所欲为，换来好人形象毁于一旦，还不说吸金大缩水，后悔莫及。这次最佳影片和最佳外语片都有聋哑人角色似乎是纯属巧合。问题在于两部片子都有大段手势哑语，不懂哑语者得同时接受消化三重信息：表情、手势、字幕。电影最拿手的是细致的脸部表情，过多的手语让"非电影"的、与表情没有必然联系的夸张的哑语手势喧宾夺主。青菜萝卜各有所爱，谁也不必去说服谁，艺术毕竟不是数学，最多只能说"这不是俺的菜"（not my cup of tea）。为在"不咋地"片子上浪费了余下不多的生命，心有不甘，一吐为快！

二、《阿甘正传》

我吐槽日本影片《驾驶我的车》，老同学中此影片的粉丝大不以为然，要与我网上展开辩论。天哪，我这里是纯属闲得无聊交换一下观感，可没做好被拉出来"游街示众"的心理准备。又不是政客拉票，得争个你死我活。再说我也并非有头有脸之辈，战胜我是带不来多少快感和荣耀的。据分析在下不能欣赏《驾驶我的车》皆因"没有生活"之故。的确，比起旁人来，我生活中所经受的磨难不值一提，更无可歌可泣的经历引以自傲，属于在"激情燃烧的岁月"中冷眼旁观的一族，没资格也没勇气去为真理而奋斗。所以"有生活"的人写回忆录，写小说，"没有生活"的人作壁上观，写评论，顺理成章，各得其所。不过说不定正因为"不在庐山中"也有发表意见的价值。有《驾驶我的车》粉丝提起了另一部奥斯卡电影《阿甘正传》欲与之作对比。《阿甘正传》正是我最喜欢的一部电影，在我看来与《驾驶我的车》完全是两股道上跑的车，不在一个空间里。阿甘因智商低下，反而"人之初，性本善"，对所谓"正常人"所作所为提供了一个无声的参照，一面镜子，照出了一个"运动就是一切，目的是没有的"人间喜剧世界。难怪有美国朋友告诉我不喜欢此片，因当年曾一本正经、意气风发参加这场人间喜剧而觉得自己被嘲弄了，可见老美也有他们的"青春无悔"情结呢！《阿甘正传》中有两个片段让人印象深刻，忍俊不禁。一是在总统接见作为英雄的阿甘的庄严时刻，"本能"来召唤（nature calls），阿甘不识时务地要尿尿。另一处是阿甘某天突然想长跑了，没什么特别的理由，也许也是 nature calls，阿甘踏上了万里征途，结果上了媒体，引来了一帮粉丝助跑，打出了各种旗号，找出了各种崇高的象征，为正义，为理想，以阿甘为精神领袖马首是瞻，跑个不亦乐乎。结果悲剧了，大概又是 nature calls，某天阿甘不想跑了，"自说自话"就停了下来，留下一帮跟屁虫傻了眼，找不着北了。就像曾经或现在的俺们一样，"抬头仰望北斗星"习惯成自然（nature），不知人间还有像阿甘那样跟着自个儿 nature 的活法。阿甘"弱智"吗？Or, isn't he？你说呢？

三、编辑的功德

退休后有了闲，与老同学们一个个联系上了。一开始不知如何用 WeChat，只能继续做假洋鬼子，写洋泾浜英文作交流。但到底不是母语，隔了一层总觉不便。幸亏老同学沙鸥教会我在 WeChat 上用中文，随后试着写写，虽生疏了二十多年没写中文，但发现仍记得好些中文成语，惊喜之余，打开了话匣子，胡言乱语，越说越多。但这几年来，只顾自己做"顾八奶奶"痛快，还真以为"忽然变聪明起来，什么话都能说，都会说了"，不想却给《老上中人期刊》的编辑添了不少麻烦：盖因我生性懒惰，凡事不求甚解，读书一目十行，知道个大概，写字更是龙飞凤舞，自己都认不出来，白字连篇，病句一箩筐，苦了审稿人。难怪《孩子王》作者阿城会说，他从不看自己的文章，因为不愿意看自己拉出的屎。他不看，责任编辑却非看不可，还得将他的屎苦中作乐细端详。除了自恋狂人，是不会有人愿意自己蓬头垢面在众人面前亮相的，编辑做的便是尊重读者，先替你洗脸刷牙弄干净，让你以最好的状态露真容，即便算不上国色天香，也能清水出芙蓉，天然去"污垢"。多亏了编辑任劳任怨，披星戴月，审稿统稿，做着吃力不讨好的幕后英雄，才有了我们雁过留声的记录。如果有一点照料不周，或被改了错字病句伤了你的自尊心，便对编辑组横加指责，确实会让纯粹尽义务、花了多少时间和心血的老同学心寒。再说大部分文章皆为随笔，既不会流芳百世，也不会遗臭万年，稍有差错，也应该无关紧要，不在那个"字字珠玑"的级别上吧，编辑也不是在考古出土文物，动不得你的奶酪。说实话，别人肯读我的文章已经感激不尽了，还花时间心血救死扶伤，更是喜出望外。是否有一天会写出传世经典，甚至改变历史进程的雄文，老虎或小猫屁股摸不得，一字都不能改？不好说。不过在我这个年纪上，时间应该是不多了！一直坐享其成，确实感激不尽，照美国人亲热粗俗的说法，"Thank you for taking my shit!"我想这也会是所有撰稿人共同的心声吧！

四、迟到的加州

地点，地点，地点（location, location, location）！这是地产经纪人的口头禅，"地点决定一切论"。二三十年前踏上美国土地时如果能在旧金山等地买上两套房，中等价位即可，从此便可高枕无忧（live happily ever after），你不用苦读寒窗，什么硕士、博士的，坐吃山不空，这是懒人的最佳方案。可惜当年房价便宜得令人发指，兜里却没钱。在美国中西部住了一辈子，卖房只赚了几万，而在如今的加州，四年里房价涨了20多万，恨不得像宝哥哥般痛心疾首大喊：林妹妹，我来迟了！抱歉，说错了，应为：万恶的加州，我来迟了！加州的英语口音太杂，还流利得一塌糊涂，不过也可能是最近听觉退化，理解力出现问题。我每每得向对方复述一遍，以求理解无误，尤其是打电话给顾客服务处（Customer Service）时，对方甚至远在天边，什么菲律宾、马来西亚、南美洲，凡是想得到的，随你说错不离，You name it。偶尔对方来自我的"家乡"，中西部，那清晰纯正、笃悠悠的英语几乎让我喜极而泣。真所谓：老乡遇老乡，两眼泪汪汪！

五、伊朗"戈多"

偶然看了2020年影片《无邪》（There Is No Evil），一开始都不知道是哪国影片，虽影片中一面花花绿绿的国旗觉得眼熟，却记不起到底是土耳其还是伊朗的。Google了一下，方知是伊朗影片，非常吃惊编导传递信息的大胆。影片由四段故事组成，人物互不相干，但全奔一个主题。第一个故事有点《驾驶我的车》的味道，平平淡淡，琐琐碎碎，不厌其烦地"流水账"一样记录一家人的日常生活，不知为什么观众要对此感兴趣，但凭直觉感到这次不会再重温上次看日本奥斯卡得奖片等不来"戈多"的遭遇。果不其然，伊朗的"戈多"虽"姗姗"，到底还是来了，虽然谜底最后揭晓只用了一个镜头，但一长一短，一繁一简，唠叨后的"惊鸿一瞥"正是导演"处心积虑"所追求的效果。影片以独特的视角展现了职业刽子手们所作出的人生选择，或者说是无可奈何的"被"选择。影片偷带出伊朗后获柏林电影节金熊奖。但导演却无缘领奖，因身陷囹圄，被伊朗政府禁止出国。

六、有眼不识"金镶玉"

二十几年前，老同学Meng请我去纽约开眼界，我们俩穿着随便，夹着两把破伞，步行问路时，觉得好心的纽约华人眼里充满同情，大概是有眼不识"金镶玉"，误认为我俩是才下船（just off the boat）的难民之辈（Meng可是功成名就，有头有脸的大博士），热情地告诉我们如何最省钱地到达目的地。我俩饿了，进了一家美式快餐店，又贵又难吃，面包发硬难以下咽。后来随便看到路边一家破旧中国小餐馆就饥不择食坐了过去，叫了好像是盖浇饭，Oh, my! 从未吃过这么好吃的，价钱还便宜得吓人！最喜欢一家吃饱自助餐（all you can eat）点心店，好像叫"东王朝"之类，二十元尽吃，当时算贵的，可东西实在好，都是我最爱吃的。想必如今早已人去楼空了。

七、郎朗英伦秀

2011年在著名的伦敦圆形大厅，郎朗开了场李斯特作品音乐会。

此剧场如今主要是各种流行歌手的献艺热点，郎朗能在此吸引大批年轻人是为古典音乐的普及做出了贡献。老古董们一定会对烟火、幻灯、人造云雾看不顺眼，但郎朗的演奏技巧惊人，极具歌唱性，与观众打成一片，还能苛求更多吗？我们是见不得人好的一群，对与众不同的，必灭之而后快，从古至今，一脉相传，早已"习惯成自然"了。读一下油管（YouTube）上面洋人观众留言，看看人家是怎么怀着感激和欣喜聆听郎朗的："李斯特，帕格尼尼本身就是光彩夺目的作秀人，不论他们是为钱，为名，为观众，为美，为爱情，还是为艺术而艺术。我们何等三生有幸亲眼目睹了又一璀璨明星钢琴家郎朗现场秀。"另一位名叫尼克·路希（Nick Roosh）的，在欣赏郎朗弹李斯特改编自"魔鬼"小提琴家帕格尼尼的《钟》时赞叹道："瞧，不论弹什么，他总是这样冷静、放松。不论曲子有多难，他从不紧张。看他脸上的表情，似乎在说：'老实说，我也不知自己到底在干啥，可就是挺好听，不是吗？'从未见过钢琴家有如此放松的脸部表情，天哪，他可是在弹李斯特呢！"扪心自问，我们真有艺术鉴赏力吗？还是一见到美丽的花朵，尤其是同胞花，便气不打一处来，必吐一口痰方罢，以求得心理平衡？艺术家其实都是极其敏感的，否则成不了艺术家，所以又大多是极其脆弱的，知道自己盛名之下其实难副。别看他们表面光鲜亮丽，私底下极缺乏安全感，所以或喜欢拒人千里之外，以免被人看穿，或又生出许多怪癖，以应付巨大的精神压力。那位"钢琴女祭司"阿格里奇常临阵取消音乐会，甚至在最后一分钟；苏联最伟大的钢琴家里赫特也受不了预先安排的演出，常临阵退缩，甚至不管好些乐迷已飞过来现场。他在美国的首场音乐会万分紧张，让他终身抱憾。里赫特每次演出还一定带上日本雅马哈调音师，且得精细测量钢琴摆放是否绝对水平；霍洛维茨甚至非他本人的那架斯坦威不弹，不惜工本，飞机运送。这些恼人的习性，在追星族中反成了迷人的神秘，以侥幸能出席没有被临时取消的音乐会为荣，究竟听到了什么已不重要，反正是铁了心要证明自己是识货的内行，记下人生中这一庄严的时刻（You are determined to be overwhelmed and overjoyed）。相比之下，郎朗是不是"不识时务"，太"正常"了一点？作为世界级炙手可热的钢琴家，他不"作天作地"难伺候，也不无理取闹耍大牌，连同被人诟病的戏剧性的表情，及夸张的肢体动作，无一不是他在钢琴上已进入"自由王国"的体现。此乃旷世奇才，可遇而不可求，且并非藏在"灯火阑珊处"，也没有老是取消音乐会。可叹好多人有眼不识，尤其是他同胞中的"佼佼者"们，品味高雅一族，正憋着劲要超凡脱俗一番，不想遇上生趣盎然的郎朗，播撒的是青春与欢乐，将祭坛还原成舞台。奇迹就发生在眼前，可太容易，太随便，太缺乏仪式感，也太"来者不拒"，难怪扫了"懂行"们的兴，越看越不顺眼呢！

八、神童满天飞

孤陋寡闻，不知此琴童是何方神仙，也没兴趣去了解。弹得好的其实都差不多，比弹得不好的也仅相差那么一点儿：快了一点或慢了一点，响了一点或轻了一点，热情了一点或冷静了一点，一如幸福的家庭，非常无趣，倒是弹得不好的才千奇百怪。现在比谁资格老，姜是谁的辣不过瘾，比谁更年轻大行其道，音乐神童满天飞，比谁更小巧（cute），更嫩，你幼儿园，我托儿所，恨不得还在襁褓之中。尤其是小提琴女神童们以曾经的"神仙姐姐"莎拉·张（Sarah Chan）为榜样，一举一动都是"盗版"，连甩马尾辫的节奏都如出一辙，一副"喝令三山五岳开道，我来了"的架势，令人生厌。其实一只鸡再怎么个烧法，都还是鸡，只要吃起来不是鱼就成了。百米赛跑冠军比咱仅快了几秒，为了这几秒练了一生，舍弃了生活中更有趣的事，创造个只有秒表才在乎的纪录，让无关痛痒的看客啧啧称奇一番，值吗？这便是运动员的营生，也是"艺术家的生涯"！

九、酒神

五年一次的维尼亚夫斯基国际小提琴比赛（2022）落下帷幕，日本 20 岁女选手前田妃奈夺得第一。决赛时觉得她音准不太好，但考虑到比赛紧张失误，情有可原。刚才又随意点开了获奖音乐会视频，仅一分钟便听到她一连串不准的八度音，让人记起了决赛时她在拉勃拉姆斯时还将降 E 拉成了还原 E（或倒过来），可见此小姐不拘小节，"嗨"过头是一贯作风。全靠年轻气盛，激情澎湃，姿态夸张，载歌载舞来掩饰修养技巧上的不足，音准更是首当其冲，奋不顾身地"壮烈"了。艺术上素有太阳神阿波罗和酒神狄俄尼索斯（Apollonian and Dionysian）两派，看来此小姐是将 D 派做到极致，无酒醉醺醺了。想必评委推出新人前田妃奈也是为了显示自己独特的品牌，谁也不喜欢做"跟屁虫"，再炒一遍其他比赛获奖者的"冷饭"。第三名翁卿矞更偏向 A 派，与前田妃奈小姐成了两极，但过分小心的控制，再加上用的琴似乎比小姐姐们的差了许多，让技术上无懈可击的演绎少了些光彩和激动人心的时刻。倒是那位第二名梅洛尔特·卡梅洛娃（Meruert Karmenova 哈萨克斯坦），姜是"老"（奔 30）的辣，很好地把握住了真情与节制"美学"上的平衡。笑起来血盆大口，肆无忌惮，哭起来呼天抢地，鼻涕眼泪，常能哗众取宠一时，但都不是经得起时间考验的艺术表现。不过比赛就是一时之事，没有绝对的公平，得看天时地利人和、裁判们当日的心情和喜好了。

十、《田园》

我也喜欢贝多芬的《田园》。《田园》《春天奏鸣曲》《F 大调浪漫曲》抒情优美，展现了贝多芬"采菊东篱下，悠然见南山"的那一面，与《英雄》《命运》的沉重大不相同，斗士也有累了的时候，也会儿女情长，也有返璞归真、回归真正自我的意愿。赞美大自然的曲子均选择了 F 大调并非巧合，调性是有色彩的，在贝多芬眼中，F 大调应该是绿色的吧！常读到什么十大交响乐、二十首交响曲排行榜等，多由世界级著名指挥家评出。他们评出的最佳其实是指挥起来过瘾的，而非听众听起来最受用的。有一次他们将贝多芬的降 E 大调第三交响曲《英雄》排在榜首。不过此交响曲相当晦暗沉重，气氛压抑，对非指挥来说，有点儿不见阳光，让人透不过气来的感觉。当然不应怪罪于调性，莫扎特的室内乐三重奏《嬉游曲》（*The Divertimento in Eb major K. 563*）及《小提琴与中提琴协奏曲》（*Sinfonia Concertante for Violin, Viola and Orchestra*）均为降 E 大调，就都是极其美丽动听的杰作，不过相对于其他明亮的调性，降 E 大调的确有点儿内敛，有点儿深沉，有点儿庄严，有点儿神秘，当然也包括莫扎特的作品。除了《田园交响曲》，贝多芬还有一首《Waldstein 钢琴奏鸣曲》，意大利人称之为《黎明》的，也是一首大自然的颂歌，或者说是钢琴版的《田园交响曲》，与《英雄交响曲》及《热情钢琴奏鸣曲》同属于贝多芬艺术上"英雄时期"的杰作。第一第三乐章用的是 C 大调，钢琴上的"白键调"，第二乐章为仅有一个黑键的 F 大调，短短 27 小节，作为第三乐章的"引子"，并没展现 F 大调"郁郁葱葱"，而是调性非常不稳定，充满了不协和音程，似乎是黎明前的昏暗在酝酿着破晓，日出前的混沌在寻找着光明。也有人称《黎明》为"白色"交响曲，当然不仅是因为白键，第三乐章开头那质朴的民歌带来那种清晨雾气渐散、波光粼粼、金色的阳光穿过云层、万物复苏的景象，非"白色"不能道其神奇美丽，因为白色即一切光谱颜色之总和。记得小时有一转盘玩具，转盘上排列着赤橙黄绿青蓝紫，一旦飞快转起来，就变成了耀眼的白色，普照大地的万丈光芒。

十一、如果我只能选择一位老师

几乎没有人在意朱雅芬这个名字，近日以 94 岁高龄离世的钢琴老师。1954 年毕业于上音的朱雅芬的不平凡处在于她是郎朗的启蒙老师，要知道在郎朗这棵"无背景，无来头"的幼苗上她倾注了多少爱和心血，只须引用郎朗的一句话："如果我只能选择一位老师的话，那就是朱老师！"华人小孩天资聪颖，刻苦耐劳，涌现了一支国际大赛得奖的可观的队伍，个个"简"历不简单，少不了师从这个大师，跟随那个权威，几乎都是有头有脸的洋人，少有提到自己"卑微"的（humble）黑发启蒙老师，甚至避之不及，生怕被人小看。人往高处走，要拣高枝攀情有可原，相比之下，郎朗对朱老师的悼念更显珍贵，情真意切，令人感动。小提琴"一哥"帕尔曼说过："什么'大师课'，都是在演戏，并不解决多少问题。"全靠幼年的启蒙老师耕地，播种，浇水，施肥，修枝，搭棚，年复一年，才有了琴童登堂入室的可能。其实演奏家未必是育人圣贤，大多不是。克莱斯勒曾自嘲："我也教过一两个学生，必须承认，他们开始跟我学时拉得不怎么样，但学了一阵子后，拉得更糟了。"演奏大师之所以"一师难求"，皆因名人效应吸引了"天下俊才"蜂拥而至，"家常"老师"为他人作嫁衣裳"做得到家，大师们坐享其成，便可点石成金，只需挂上名牌，在蛋糕上加糖霜点蜡烛，便包装成功，可推出卖高价了。即便是外国专业名师，他们接手的都是早已被千锤百炼、百里挑一的优质产品了。洋教头最主要的功能其实更是作产品鉴定，优胜劣汰成伯乐，为真正的天才打开国际市场牵线搭桥，有浓重的商业性。当然郎朗今日功成名就，已无可争议，他不用为了在国际上争一席之地而言不由衷、拍大佬的马屁。但郎朗能倾诉发自肺腑的感恩之言，实属罕见，将启蒙老师放在第一位，更是绝无仅有。这不只是对朱老师的赞扬，也显示了郎朗的善良本性。不忘自己从何而来，即便在锦上添花的日子里，仍记得当年恩师的雪里送炭，他就是邻家大男孩。值得庆幸的是，这个好孩子至今仍未养成与之才能相"匹配"的乖戾脾气，Not yet。

十二、女王的画像

大名鼎鼎心理学家弗洛伊德之孙，著名英国画家路西安·弗洛伊德从不接受画像定制，但也有例外，如果他对某人感兴趣的话。为英国女王画肖像即一例。女王并没有低三下四求弗洛伊德为她画像，更不可能"72顾茅庐"，这些故事当然是中文自媒体之功劳，一贯的煽情风格，编得有鼻子有眼，像是真的一样，不得不服作者的想象力，就差没让女王下跪求画了。即便写小说，也得有分寸感。事实是，画家弗洛伊德自己向女王提出请求，出乎意料的是，女王竟然同意了。在长达19个月中女王倒是多次为画家坐摆，对女王来说是并不愉快的经历，辛苦的结果是小尺寸画像一幅，非但没有奉承女王之意，而且根本不像，不知女王有无"肠子都悔青了"。英语媒体如此报道"送凤冠"：弗洛伊德亲自将画像递交给了女王。女王并没有对画像本身作评论，不过显得很高兴，感谢画家道："看着你调配各色颜料挺让我开心的。"尽显女王一贯的大度慈爱。但中文媒体觉得不过瘾，在《折射真本色》一文中对同一事件的描述"文情并茂"，女王对画像喜爱至极，毕恭毕敬地说："弗洛伊德是当代最伟大的艺术家，他的艺术风格独一无二，他的每一笔、每一点，都是高贵的艺术结晶，在我眼里，它绽放出神圣和高贵的光芒，我只能深深地敬畏和崇拜，任何轻慢和不屑，都是对神圣艺术的亵渎。""6年72次，我终于让弗洛伊德给我画了一幅画，我是多么幸福啊！"完美演绎了"巧媳妇"是如何做"无米之炊"，踏着年迈女王的肩膀，将弗洛伊德捧上了天。对此画像英伦朝野意见产生分歧。一派不吝溢美之词，另一派认为丑化了女王，应该送画家去坐牢。有媒体甚至认为这是画家弗洛伊德在艺术上一次最大的失败。这也并不奇怪，因为艺术家往往躲不开自恋，弗洛伊德永远在画他自己，他的肉体，他的灵魂。不过女王的画像和弗洛伊德的自画像毕竟还是"内外有别"的，他对女王殿下的"刚正不阿"和对自己的"手下留情"，再次印证了他祖父闻名的"下意识"理论。

十三、怪圈（回忆父亲钱谷融）

中国有句俗话说，有其父必有其子，不过屠格涅夫的名著《父与子》写的却是两代人的矛盾，或者说"子对父"在观念上的"背叛"。其实我与父亲的关系两方面皆有，年轻时是后者，年纪大了，又回到前者，难怪说人生就是一个怪圈，迟早会回到原点。

从小到大，父母对我彻底放养，从未过问我学习之事，但可能是身教重于言教吧，他们静静伏案工作的印象让我以为这便是天经地义的人生。父母对我的彻底"放养"或"放纵"在我看来是理所当然，但在我发小中却享有盛名，他们后来告诉我凡是要玩"大闹天宫"级别的游戏，到我家是首选，父母是出了名地"宝贝"我，不会多加责怪。小的时候母亲带着我住复旦，那时父亲在华师大工作，仅周六回来一次，我却不顾他疲劳，缠着他讲故事，一个又一个，有次他连讲了七个，讲得他唇焦口燥，还记得其中一个是小人书上的蒙古族的"三座山的故事"。有一次我实在太捣蛋了，被父亲打了几下，天崩地裂，不得了了！结果过后父亲又讲了好几个故事，说这是他的"道歉"。可见那时我们小孩子能无法无天，其实是因为父母亲不同寻常的民主作风。这些六七十年前的事至今仍然栩栩如生，见证了父母给我的幸福童年。

年少时不知天高地厚，对文学、戏剧、数学、物理、音乐、外语都先后有过兴趣，当然大都是为形势所逼，非心血来潮，肆意妄为。不过父亲对我一会儿学理科、一会儿学音乐从来不说什么，既不反对，也从未有过一言半语的鼓励。但我家里有几张旧的进口快转唱片，倒是父亲特地去旧货店为我淘来的，记得有舒伯特的《未完成交响曲》，圣桑的《死之舞》，勃拉姆斯的《小提琴协奏曲》（西盖蒂）等，的确都是精品。当时买唱片之前可在店里试听，可见这些作品"有幸"得到了对古典音乐外行的父亲的认可。后来我学习勃拉姆斯小提琴协奏曲时觉得相对容易，有似曾相识之感，大概就是懵懵懂懂年幼时种下的种子开花结果了吧！其实不单是对学音乐，父亲对我所做的其他一切也都不置可否，唯独对我写的文章，总称赞有加。记得小学时写过一篇作文，因跑题了，吃了个 2 分，父亲读后，大加赞赏。《论奥斯丁》原来是我的一篇英语论文，试着译成中文，读读好像尚可，并不太小儿科，父亲看了，也很欣赏。现在回想起来，他似乎内心深处还是希望我能写写弄弄，但因自己吃了写作的亏，所以也不便说什么。

奇怪的是，在家，我和父亲几乎从未讨论过引起轩然大波的《文学是人学》一文，只记得在我上中学的年纪，有一次我把某杂志上一篇越南同志写的批判"人道主义"的文章给父亲看，我觉得不错，父亲看后只一句话"像是中学生的文章"便给打发了。即便是我颇为天真，思想更"进步"的母亲，也从未觉得《文学是人学》有什么错。回想起再小的时候，大概是 1957、1958 年，每当大学生们知道我是"钱谷融"先生的儿子，总喜笑颜开，露出颇感兴趣的表情，当时不知为什么，现在回想起来，可能是人心的本能仍知好歹，《文学是人学》批而不臭，尽管表面文章得做得轰轰烈烈。

"文革"时，父母受冲击是不可避免的，但没什么像样罪名的外语系的母亲受罪更大，她因为见家庭困难的学生唐某冬季衣衫单薄，便送了件新棉衣给他，结果被冠以"拉拢腐蚀"的罪名，恩将仇报的唐某后来被他的同学们斥为"不是人"。相对而言，中文系学生除了个别的，对父亲还是手下留情的，至少父亲是想给我们子女这样一个印象。但记得有一晚，一群中文系学生涌入我家，翻箱倒柜，要挖金银财宝，还将我们一家四口相互隔开问讯，希望找到突破口，不过我们家一向吃光用光，让这帮抄家者空手而归了。被昨日的学生六亲不认地折腾了数小时后，疲惫不堪的父亲对我们子女却是一脸的歉意，似乎为连累我们而感到羞愧。但亲眼目睹一方的穷凶极恶和上了年纪父母的逆来顺受，反而让事情变简单了。黑白从未如此分明，善恶从未如此清晰，我也从未感到与父母如此亲近、如此爱过他们，恐怕这不只是亲情占了上风，而是在心灵最深处向人性回归，无需"理由"，再无"歉意"！

从 1963 年去上海中学寄宿上高中起，便与父母接触越来越少，"文革"中因演出，也不住在家里，接着是上山下乡，后来出国留学，更是多年才见一面，即便在上影乐团工作的十五年中，也是父母与我，文学与音乐，各忙各的。有一年父母来美看望，一老同学开车带我们一家去圣·路易斯拱门游玩，到了吃饭时间，想找某一家好一点的中餐馆，结果开来开去就是找不到，最后总算碰上了麦当劳，"熊掌"不得，买了鱼肉汉堡包，父母吃罢大称好吃，父亲真心实意地赞道："从未吃过这么好吃的！"大概的确是饿坏了，至今这已成为我与这位老同学之间的"经典"笑谈。

2011 年母亲去世时，在华师大二村的房子已破旧不堪，急需装修，父亲毫无留恋，将所有书籍送的送，卖的卖，全部清空，他看了一辈子书，该读的都读了，该记下的都记下了，从来也没争过什么地位名分，撒手红尘是最容易不过的了。

最后一次见到父亲是在华东医院，他虚岁 99 生日的前五天，之前他对我一表姐说："彭彭（我小名）怎么好久没回国了。"仍是他一贯的暗示而不明说的作风。虽然我妹妹已先飞回上海，说这次住院"应不碍事"，我仍有不好的预感，一下飞机就直奔病房了，握着父亲苍白的几乎透明的手，觉得是那么柔软和温暖。几天后，在父亲阴历99岁生日那天，他便永远离我们而去了。

一转眼，我也退休了。在老同学们的鼓励下，突然七十岁学吹打，开始了我父亲一直暗示于我的写写弄弄的"生涯"。幸亏，干其他都是要有真本事的，唯写文章是所有不得意人的最后机会或归宿。或不堪回首，将自己的不幸撕开给别人看，或说些疯话，将自己的啼笑皆非与别人分享。庆幸的是，总算没中头彩，被"天降大任于斯人"也，没有过于惨痛的经历，死里逃生，当然也不是一帆风顺，功成名就，而是不起眼的普普通通，既不会被人幸灾乐祸地踏上一只脚，也不会引起眼红非要置我于死地而后快，对心平气和、能随遇而安者来说，平平安安就是福啊，这可能就是我从父亲那儿继承下来的最宝贵的财富吧！至于"文学是人学"这一信念早已不言而喻，不但是我评判作品的准绳，而且已日益成为常识，即便我们曾"兽性"大发过，但终究要回归"人性"，这应该是我父亲留给文坛的遗产吧！

十四、肖邦大赛

在刚结束的波兰肖邦大赛中，加拿大的刘晓禹（Bruce Liu）荣获桂冠。傅聪说中国人（华裔）特别适合弹肖邦，又一次得到印证。刘晓禹的肖邦如清澈的山泉，每个音都玲珑剔透，所谓"大珠小珠落玉盘"。更有听众形容道，肖邦协奏曲的第三乐章在刘晓禹手下，音符如戏水鱼儿，在水面"上蹿下跳"，生趣盎然。如果说听觉和视觉有"通感"的话，那么刘的演奏不会是印象派画作，"焦距"不准，朦朦胧胧，也不似油画的浓妆艳抹，雍容华贵，而是一幅水墨画，简洁而典雅。刘晓禹选择色彩明亮清脆的意大利法奇奥里（Fazioli）而非老牌的、音色更淳厚的斯坦威（Steinway）作比赛用琴，显示了他的脾性和趣味。虽然他现在的老师是 1980 年肖邦大奖得主，曾在莫斯科留学的越南钢琴家邓泰山，但刘晓禹的演奏并无罗宋奶油浓汤的重口味，而是有一种东方人特有的清秀和诗意，乐而不淫，哀而不伤，与肖邦的美学理念不谋而合。肖邦《E 小调第一钢琴协奏曲》创作于 1830 年，肖邦仅 20 岁，比刘晓禹还年轻，正是"少年不知愁滋味，为赋新词强说愁"的年纪。相对于 C 小调的"命运"，F 小调的"悲剧"感，E 小调显得华丽且温柔，即便有点儿"顾影自怜"，也难挡春风拂面、花开遍野的青春之美丽。虽说是协奏曲，钢琴却独领风骚，乐队除了演奏"过门"，完全处于可有可无的地位。刘晓禹的演奏立体透明，线条清晰，作为基石的左手声部刚劲果断，牢牢把握着乐曲的节奏和走向，右手声部则"上天入地"，时而"抒情"，时而"戏剧"，时而"花腔"，主旋律一通到底，从不缺席，从不含糊。这似乎也是顶级钢琴家们共同的特征，"主旋律"异常突出，毫不客气，甚至完全不顾轻奏（piano）的表情记号。欧洲著名四重奏团也常是第一提琴非常强势，如德国的"阿伦·伯格四重奏"（Alan Berg Quartet）及后起新秀，法国的"艾伯纳四重奏"（Ebene Quartet），都是第一小提琴占"霸主"地位，而非眉毛胡子一把抓。相比之下，美国最负盛名的"爱默生四重奏"（Emerson Quartet）及"瓜奈利四重奏"（Guarneri Quartet）就非常"民主"，口味比较精致而耐人寻味（subtle）。要知道，四重奏成员几十年如一日，"抬头不见低头见"，要想不相互讨厌，保持"相看两不厌"是多么不易。一山难容四虎，各有各的脾气，谁也不买谁的账，唯有此起彼伏，"轮流坐庄"，各人都露一手，才能红花绿叶相安无事。如今除了年纪较轻、思路新颖、涉猎广泛、风格"直截了当"

的"艾伯纳四重奏"还在"蒸蒸日上",其他三组都已是明日黄花,此地空余"影视频"了。

十五、李斯特金曲两首

如果说肖邦是郁郁寡欢的李后主,那么李斯特便是风流倜傥的李白了。除了半个世纪前老师教过的、备受欢迎的《塔兰泰拉》(Tarantella),以及弹烂了的《爱之梦》,另一首我能弹下来的李斯特便是著名的《降D大调音乐会练习曲》,又称《叹息》,是在退休的年纪,阔别了正经八百弹钢琴三十年后,自己摸索着弹的,没想到竟然也弹下来了。难怪说,世上无难事,只怕有心人。当然是以慢镜头速度弹奏,不急不忙,悠哉悠哉,纯属让自己开心,绝无破吉尼斯纪录的野心。虽然上不了台面,倒也细嚼慢咽,别有滋味。"飞流直下三千尺"固然能图个痛快,囫囵吞枣却会错过许多引人入胜的细节。尤其是如果将"情绵绵意切切"弹得太快,岂不是"一声叹息"又成了"野蜂飞舞"?之所以会"宠幸"这首《叹息》,完全是出于非功利的兴趣(labor of love)。几十年前,在专放内部电影的"新光剧场",看过一部好莱坞经典片《一个陌生女人的来信》,讲的是琼·芳登扮演的小姑娘暗恋一邻居几十年的故事。那位只知逢场作戏的帅哥碰巧会弹琴,更确切地说,是位钢琴家,再精准一点说,是一位在近两小时电影中只弹一首曲子的专职钢琴家。而这首扰动了少女芳心、一遍又一遍重复演奏的曲子便是这首《叹息》,被众多钢琴家评为最美丽曲子中的一首,也是李斯特自己永远的保留曲目,直至他生命的尽头,可想这首曲子有多迷人了。五声音阶上短短两小节朴实无华的主题,一旦经过李斯特之手,便翻云覆雨,既有了魂牵梦萦的相思,又不缺翻江倒海的气势,显示了作为作曲家的李斯特的非凡才华。另一首李斯特"招牌"曲便是改编自帕格尼尼小提琴协奏曲的《钟》,是郎朗等几乎所有钢琴家的"看家"曲目,"段位"摆在那儿,不是业余钢琴手可随便"染指"的,所以本不在我的视程内。但人算不如天算,偶然看到抖音上一段两分钟视频,一位钢琴家提供了练习《钟》开头右手大跳的窍门,好奇心让我上钢琴一试,不想就此上了贼船,被铆上了。要让听众惊叹"Wow",觉得钱没白花,职业钢琴家必须秀肌肉,尽力达到"快,准,狠"的生理极限,绞尽脑汁翻花样,伺候挑肥拣瘦的"饕餮客";业余琴手的顾客只有好说话的自己,尽可不必自找苦吃,再说还远没到那个层次,上那个台阶呢!一开始弹不快,甚至弹不下来,与其说是肌肉不发达,还不如说是记性不好。往往是"拔剑四顾心茫然",不知道下个音是什么,其实一旦能背,也就差不多能弹了。比起弦乐器来,钢琴相对"友善",甭管好坏,弄出点声响来应该不是什么难事。学东西最忌死记硬背,如果能知晓作曲家的思路,看穿作曲家的"鬼把戏",就像有了 GPS 导航仪,背谱就会容易得多,可靠得多,也有趣得多。幸运的是,李斯特不是巴赫,会有兴趣和你玩"藏头露尾",变着法儿让你找不着北,而是豪放洒脱,语不惊人死不休,绝无"欲说还休,天凉好个秋"的圆滑。《钟》钢琴版虽然天马行空,光彩夺目,却远非下笔千言,离题万里,而是非常忠实于帕格尼尼原曲,聪明地只选取了它的开头两段,共十六小节的 A、B 两段旋律为素材,在不伤筋动骨的前提下,倾其钢琴所能,将"装饰性"变奏发挥到极致。如果说巴赫是"排列组合"大师,画地为牢,莲花碎步,千回百转,"山穷水复疑无路",那么钢琴版《钟》则展现了李斯特鬼斧神工的"装潢"绝技,浓墨重彩,极尽奢华,大手笔挥洒出"柳暗花明又一村"。虽然锦上添花无所不用其极,但原曲的旋律及和声框架始终不变,并没肆意妄为夹带太多"私货"。不同于贝多芬的《C 小调三十二变奏》,勃拉姆斯的《海顿主题变奏曲》,或巴赫的《歌德堡变奏曲》,

那些因率性或乐思汹涌澎湃、时不时变它个"面目全非"的变奏曲，李斯特纯钢琴技巧聚宝盆里用来"装潢"的玩意儿太多了，其他变奏手段根本排不上号。难怪《钟》会是主角一花独秀，集万千宠爱于一身，只是换上了各式各样华丽的服装和头饰，"回旋"（Rondo）亮相。好在帕格尼尼的主题既活泼俏皮，又规整典雅，任是奇装异服也掩盖不了"天生丽质难自弃"，步步"惊艳"。不过李斯特大秀钢琴华丽技巧，为效果而效果，也引来同时代的杰出女钢琴家，舒曼夫人克拉拉（Clara Schumann）的恶评："太可怕了，让我活受罪。除了震耳欲聋，一无是处。和声进行也是一片混乱，不知所云。"不过克拉拉吐槽的是李斯特献给舒曼的"原创"作品《B小调钢琴奏鸣曲》，一曲纯"私货"，或者说满满的一车"干货"，由与李斯特相互很不"对付"的勃拉姆斯在舒曼家"献演"（definitely not a labor of love），而不是李斯特二度创作、"装潢"得富丽堂皇雅俗共赏的《钟》。其实，《钟》是李斯特的一组六首大练习曲之三，《钟》乃后人所起的昵称，意大利原文为 *La Campanella*，是"小铃铛"之意。小巧玲珑，明亮清脆，贯穿曲中的右手大跳反复触碰的升D音更像是"铃儿响叮当"，与敲钟无涉。相比之下，长达30分钟、重量级的《B小调奏鸣曲》倒可比作伦敦西敏寺塔楼上的"大笨钟"。虽然一开始被音乐界骂得狗血淋头，奥地利评论权威汉斯立克（Hanslick）甚至说："谁要是觉得此曲优美，那简直是不可救药了。"但免不了时过境迁，口味演变，以至于今日《B小调奏鸣曲》已成了李斯特的代表作，越来越频繁地在音乐厅亮相。乐思新颖，分量依旧，而且一点儿都不"笨"呢！

十六、置于死地而后生

小提琴天才"满山遍野"的今日，38岁的奥古斯丁-哈德利希（Augustine Hadelich）可说是出类拔萃地处在更高的一个档次。奥古斯丁是出生于意大利的德国人，他的两个哥哥一个拉大提琴，一个弹钢琴，他也就"名正言顺"地在 5 岁时开始跟父亲（从事农业的业余大提琴手）学小提琴，相比其他神童，他并无太正规的学琴经历。1999 年当他 15 岁时，他父亲意大利的农庄发生了一场大火，奥古斯丁生命垂危，幸亏有空降飞机将其送至德国抢救才得以生还，但也在他脸上留下了明显的疤痕。火灾虽毁了他的面容，却毁不了他的天才。不靠挤眉弄眼、摇首弄姿，诠释了什么是力量之美，一扫脂粉气，展现了小提琴可能的大气与阳刚。他的音色华丽，层次丰富，细腻又强势，穿透力极强，充满了整个大厅，有一种"君临天下"的贵族气质，与二十世纪的犹太裔小提琴大师们接上了轨。他还是一个不俗的钢琴手，网上很多视频是他既拉琴又作钢琴伴奏，我试过，要相互兼顾，难度比想象的大多了，他却做到了珠联璧合，天衣无缝。1999 年那场灾难性大火让奥古斯丁有一年多不能演奏，他说："很可能正是这场经历，我不知能否再演奏，让我更珍惜生活给予我的一切，我更享受生命的每一天，我更意识到了音乐对我是多么重要。"上帝关上了一扇门，却又打开了一扇窗，置于死地而后生，不一样的艺术生命从此开始。

十七、飘摇的油灯

"想起回到我的草屋里，有一本书正在飘摇的油灯下等着我，我就可以活下去。"偶然读到别人引用诗人、散文家赵丽宏的这一句，一下子打开了记忆的闸门。"草屋""飘摇""油灯"，写的是景，"一本书""等着我""活下去"，写的是情，字字句句都像是在写我，或者说"我们"这一代的经历。唯一"美中不足"的是，分到农场的我们是上下铺，挤挤八人一屋，日光灯虽暗却强于油灯，少了"孤灯残影"的画面感，也少了"诗意"。我并不认识赵，但我父亲在华东医院去世的晚上，赶来的人中除华东师大中文系领导等人外，好像也有赵丽宏。大概是因为他出名时我已求学在国外，不曾有机会读过他的诗或散文。除了能背三五首唐诗外，我对新诗几乎一无所知，散文倒是语文课的基本功。记得高中时每次要写作文，同学们都必读刘白羽等人的散文集，背成语找灵感不亦乐乎，以至于如今见到嗓门高八度的抒情散文，早已有了心生厌恶的后遗症。其实凡是"真正"上山下乡"脱胎换骨"过，而非打个花胡哨来"镀金"的，都没胃口再来这一套，不只是看破红尘，也非死脑筋抱着"真善美"不放，而是身心疲惫，确实累了。在农场"漫长"的五六年，也幸亏有书等着我们"风雪夜归人"，才让自己有了活下去的理由。劳累了一天后，我们上海中学的一帮同学有读黑格尔的，有研究马克思的，有读哲学的，唯有我"旁门左道"，看的是英语原版，抄家时漏网的小说，有简·奥斯丁、狄更斯、哈代、萨克雷、菲尔丁等英国古典名著，也有英文版的托尔斯泰、陀思妥耶夫斯基等俄罗斯作品，得以"躲进小楼成一统，管他冬夏与春秋"，换来片刻的安宁。其实读书并非有远见，只是一种舍不得生命白白流失、"病急乱投医"的本能。多年后踏上太平洋彼岸，老美得知我有读过二三百本英文经典小说原著的"伟绩"，都很吃惊，他们好些中学生，甚至他们自己，连《傲慢与偏见》这样的"雅俗共赏"都未读过。这下是轮到我吃惊了，看来"摇晃的油灯"还真"成就"了我们。腹有诗书气自华，这是无法掩盖的底蕴，有深厚文学底子的英国影视作品明显比美国的要成熟得多，人物性格也立体多面，有内涵得多（sophisticated），不像美国作品那样"打打杀杀"，那样"小儿科"。记得当年有过一本原版英国小说 Rebecca，是农场同寝室上中同学"狐狸"借给我的。小说启首那著名的第一句，"昨晚，我又梦见了回到曼德莱庄园（Last night, I dreamt I went to Manderley again）"，有点雾里看花。朦朦胧胧的矫情，与严峻的现实相差太远了，几乎让我无心消受而掩卷。那位借书给我的同学却神秘一笑，说你往下看，果然没让我后悔。像美国小说《飘》一般，中译为《蝴蝶梦》的 *Rebecca* 也为女作家所著，在男士占统治地位的文学理论界评价也不高，也深受广大读者青睐，也经久不衰，重版不断，也如《飘》一样被成功改编为电影。《蝴蝶梦》还有多个电影版本，包括悬念大师希区柯克 1940 年的经典。在"面朝黄土背朝天"的农场做"蝴蝶梦"，还是英文版的，有多么小资，多么可笑，多么不合时宜，多么带有讽刺意味，不过也确实给千篇一律的日子带来了一点儿喘息。半个多世纪过去了，尽管也曾是荆棘铺道，一路坎坷，却从未动过将经历"加油添酱"写成小说的念头，天生就非吟诗作赋的料，就更别提"小说"了，再说，谁会有雅兴去噩梦重温呢？不过万一发了痴，不自量力起来，我说的是"万一"，"处女作"小说"诗情画意"的开卷句倒是有现成的："昨晚，我又梦见了回到奉贤五四农场……"与"曼德莱庄园"不同的是，"农场"是真的，"又梦见"也是真的。

十八、《上海人在纽约》

这两天视频《上海人在纽约》点击量火爆，老实说我不知演员孙思瀚是谁，也不知他那"有板有眼"、时髦的作家"老妈"是谁，所以并不太感冒，仪式性的矫揉造作也不是我的菜。但记得几十年前看过同样火爆的电视剧《北京人在纽约》。纽约还是纽约，唯闯荡纽约的上海与北京"英雄"们所见"大不同"，恐怕骨子里根本就是两路人吧。曾有戏语说，北京人"爱国"，上海人"出国"。北京人倒是真爱国，到了纽约，照样叱咤风云，天下是俺们的天下。上海人是真出国，到了纽约，韬光养晦，而今迈步从头越，他们在纽约营造出"上海神话"。纽约与北京有天壤之别，却恰恰是美国最"上海"之处。奇怪的是，从不觉得上海很"纽约"，倒是确确实实觉得纽约很"上海"，这也并不意外，据"专家们"正经八百的考证，连英语都起源于中文，何况"区区"一市。当你漫步在熙熙攘攘纽约街头时，那五花八门、接踵比肩的店铺与上海确有一比，更别说法拉盛唐人街了，那与其说是上海之今日，还不如说是上海的昨天都被"以假乱真"了呢！

十九、《演艺船》①

有机会看了美国音乐剧《演艺船》。正如《美国音乐史》导师柏兹博士（Dr. Budds）所言，古典、流行、民间音乐之间并无高下之分。与其说《演艺船》"尽管"属于流行音乐范畴，但仍是杰作，还不如更确切地说，"正由于"它是流行音乐剧，才使之赢得美国音乐史上举足轻重的地位，而且无论从艺术角度哪方面看，都可说是当之无愧。展现在我们眼前的是一个多愁善感的故事，既没有过分戏剧化（如威尔第）而显得虚假，又错落有致趣味盎然。剧中并无真正的坏蛋（唯一够格的坏蛋只道具性地露了一下脸便不见踪影），也无圣人。每个人物都既有缺陷又有优点，让观众能够理解而不至于过分勉强，易于认同而不至于高攀不上。音乐也如此，旋律优美抒情，又不过于阳春白雪，而是易学易记，朗朗上口。剧中反复出现的歌曲《为何我爱你》及主题歌《老人河》极有亲和力，观众反应热烈。这两首歌在剧中不同地点、不同场合反复出现，以至于他们犹如"立体"般可触可摸，而非呆板的平面。剧中也有道德警训，但并不过分严厉让人难以下咽，也有对体制不公之鞭笞，但又不过于激进有造反之嫌。主题是爱情，友谊，家庭，正义……一言以蔽之：人性之遗憾和人性之美丽，是美式音乐剧得以成功的永恒主题。《演艺船》又是一幅昨日美国社会风情

---

① 这是我 1990 年在密苏里大学音乐系求学时的一篇作业，原文为英语。

画。伤感的故事本可顺理成章地演绎成悲剧，但悲剧不合美国人的胃口，《演艺船》带着泪花的温馨结尾正迎合了美国人的喜好。真正有价值的是"在人间"的细节真实以及性格迥异的你我他，而非呼天抢地哗众取宠。能在柴米油盐的平凡生活中找到闪光点才是艺术上的高手。悲剧是辉煌的，但也会太过矫情，用力过猛而不自然，能视悲剧性的人生为"人间喜剧"不但是在向真理靠拢，而且也标志着艺术上的成熟。《演艺船》的成功得益于好几个因素：情节，人物，舞美，服装，音乐。最令人难忘的是永远的主题歌《老人河》。很多人会以为这是一首民歌，一首世代相传的黑人歌曲，其实它是作曲家杰拉米·昆所作，也正是一曲《老人河》将《演艺船》提升到新高度。很难分析为什么某一首歌会是传世佳作，但你会一听便认出，因为它触动了包括你在内的所有人的心灵。杰拉米·昆即便一生只写了这一首歌，也会芳名永垂。

/ 茶余饭后

一、《心居》

相比于看欧美剧，国产剧看得不多，但某天偶尔看到一个特写镜头，大概仅几秒，我立马就说："一位好演员。"老天在上，可不是说谎，且有证人在场，并非事后诸葛亮。过后才得知此乃如今"狂飙"得不要不要的张颂文。"伯乐"了一下的我，着实得意了一番。这些天电视上铺天盖地皆是张颂文的励志故事，"灰姑娘"一旦嫁入豪门便人见人爱，正如黄渤所言：一下子"满眼都是好人"了。如果说"太阳底下无新事"，那么"满眼好人"变成满眼"声讨者"是迟早的事。物极必反，名人就是用来吐槽被骂的，捧也罢损也罢，皆因观众的"水性杨花"，总会某天一觉醒来，忽然觉得太抬举你了。

张颂文在《狂飙》中的精彩片段被抖音"倾囊相授"，弄得我没有了观此全剧的胃口。拔出萝卜带出泥，人一红挡都挡不住，张颂文另一作品《心居》也因此进入了观众的视野。尽管据说不咋地，我还是舍《狂飙》不看而看了《心居》。大概是厌倦了大题材，大教诲，大是大非那些让人累心的"大活儿"，不过更可能是对上海市井生活、小笼包子的"乡愁"做出的下意识的选择吧。不抱希望也就不会失望，权将《心居》当作用餐时的开胃果吧。

如果说《狂飙》有点《水浒》的味道，那么《心居》便是《红楼梦》一类的家长里短。都是现实中"人性"的体现。当然社会阶层不同，角度也会不同。《心居》是今日中产阶层顾姓一大家子的故事，《红楼梦》是过去上层贾姓一大家子的故事，但毕竟不是"阶级分析"

教科书，吸引读者观众的还是人物，尤其是人物的爱情故事。《红楼梦》靠的是宝黛钗三角，《心居》则是顾清俞、施源、冯晓琴、展翔的四角错综复杂。尽管海报的演员表排列是冯（海清）、顾（童瑶）、展（张颂文）、施（冯绍峰），但此剧的核心不是排在首位的外来妹冯晓琴，或其暗恋对象、炒房暴富的展翔，而是女二号，上海本地"白骨精"顾清俞和她"下嫁"的怀才不遇的妈宝男施源。如果少了后一对"冤家"，那么整个剧就成了鸡零狗碎，会溃不成军。顾清俞和施源离婚前的激烈戏剧冲突无论是剧本台词还是演员表演，分寸和节奏都掌握得极好，也是《心居》的亮点和高潮，其后冯晓琴和展翔办养老院那一大段，剧作者处心积虑想赋予他们理想、人生观，以拔高《心居》的精神档次，却反而显得拖沓，苍白，力不从心。而且张颂文在此剧的表演属于小品漫画式，让他改行"专找人物的优点"去演，太难为他了。在细节安排上，此剧有多处"哪壶不开提哪壶"，让人物在最不该的时间地点说最不该说的话，做最不该做的事，似乎是铆着劲儿要被抓个正着，人为地制造冲突来推动故事发展。不禁想起了弗洛伊德心理学一颇具争议的观点：有些罪犯作案时处处留痕，似乎是下意识地想被逮个现行，很可能是他们心底深处的负罪感在作祟，尽管自己并不察觉。

　　这是我第一次"亲眼目睹"童瑶和冯绍峰，以前只是名字有点耳熟，从未见过真容，大概也因此能不带先入为主的偏见。观众将他俩骂得狗血淋头，言过了，期望值超低反而让我觉得他俩起码很称职，一胖一瘦，一宽一窄，形象也互补登对。相对于被竭力歌颂的草根女冯晓琴，和夸张搞笑、主打"心地善良"牌的展翔，顾清俞和施源反而是更有趣、更有典型意义，也是人性被挖掘得更深的一对。正是有这么特殊的一对才使《心居》不同于其他家庭伦理剧，也才有了在大千影视剧世界安身立命的根本。

从《蜗居》到《心居》，虽想在观念上更上一层楼，怎奈房价居高不下，任何说教只能是站着说话不腰疼的"心灵鸡汤"。房价永远是"屋里的大象"（the elephant in the room），不但左右着我们动机、行为、聪明、才智，左右着我们的心，还当仁不让地"夺冠"成了当今文艺作品"永恒的主题"，什么爱情、亲情、友情，大概也只能等落户在女王的王冠上后，才会有钻石发光的底气吧！

二、又至奥斯卡

杨紫琼为自己拉票奥斯卡最佳女演员奖，本无可厚非，但媒体评论说，以"族裔"或者"划时代"为理由站不住脚。与她竞争的最强对手是澳大利亚的布兰切特，奥斯卡双料影后，她在新片《塔尔》中演技极佳，无可挑剔。冲着杨紫琼是首位华裔提名最佳，兴致勃勃观剧《瞬息全宇宙》，但只看了个头，便逃之夭夭。行家预测说，虽然布兰切特应该获奖，但杨紫琼会抱得奖杯归。获得最佳影片提名的《伊尼舍林的报丧女妖》颇值得关注，这是 2022 年爱尔兰、英国和美国合拍的黑色讽刺电影，讲述爱尔兰内战期间一座小镇的两位好友突然结束了彼此间的友谊，导致发生冲突，断的不只是友谊，还有手指，小提琴手的手指。这是一部奇怪至极的电影，倒不是情节曲折怪异，而是简单却令人震撼，不知是否有影射当时爱尔兰内战。因不知历史，也无兴趣去补课，只能说电影既血腥又美丽，既暴力又温馨，人物既极端又多情，既可气又可爱，是此届奥斯卡最佳影片提名中最与众不同、令人回味无穷的一部，有点艾米莉·勃朗特的小说《呼啸山庄》的味道：一样的地点与世隔绝，一样的时间停滞，一样的人物疯狂、行为怪异，但对人性似乎有着更深层的剖析。其他什么《猫王》（Elvis）看后一点印象都没有，斯皮尔伯格的《造梦之家》（The

Fablemans）耐着性子看了十分钟，也败下阵来。对好莱坞投票人品味不敢恭维，影片但凡差到看不下去，就有得奖的可能。果不其然，奥斯卡颁奖会上，不但杨紫琼成了奥斯卡新科影后，而且《瞬息全宇宙》囊括了包括最佳影片在内的七项大奖，真可谓是拿奖拿到手软。由此重睹"芳容"再探究竟成了义不容辞的任务，上次是两分钟，这次硬着头皮再看《瞬息全宇宙》，足足坚持了30分钟后，还是彻底放弃。尽管是华裔演员作主角，还有不少华语，可一点都看不懂。这已不是最佳不最佳的问题，而是有评为最差影片的"资质"。别看片名唬人，但毕竟不是爱因斯坦"相对论"，虽然又是时间"瞬息"，又是空间"全宇宙"，看不懂不在于内容高深，而是文理不通，不知所云。像是中学生编剧在异想天开，想一出是一出。与其听赞美者硬扯上《红楼梦》的"水中月，镜中花"，还不如说此乃"大世界哈哈镜"在"还魂"。托尔斯泰说，艺术的本质是将自己所体验到的情感传达给别人。想必《瞬息全宇宙》的作者也有所体验，一种"半成品"式的混沌，还在未能"自圆其说"时便迫不及待地抛了出来，成功地演绎出"痴人说梦"的境界，让过了"年富力强（prime）"岁数的华裔观众眼花目眩。据悉有相当一部分"老浜瓜"吃不了兜着走，败下阵来。演戏的是疯子，看戏的是傻子，这回可真是彻彻底底傻了眼。不知闭门反思后，老态龙钟们能不能消化这封据说是"亚二代写给父母的情书"。其实将 *Everything Everywhere All at Once* 译成《瞬息全宇宙》完全是在迎合沉湎于打游戏一代人的口味，相当误导。如果照字面老老实实翻译，应是"一切事物，一切地方，全撞在一起了"，可不就是《乱作一团》吗？小年轻们尽可乐在其中，年事已高、行进在"老年痴呆"大道上的一族，还是不来凑这个热闹为好吧！我们本应该也有能力作更好的呈现，如果这便是世界对华裔或亚裔的定义和期盼，那就太侮

辱人了！

三、现代派之烦恼

好的旋律全被写完了，好的画作全被画完了，好的故事全被讲完了，但音乐作曲、画家、小说家也得有饭吃，也得有存在的理由，于是开辟出新战场，什么无调性、现代派、荒诞派，加上经纪人疯狂炒作，赚个 commission fee，顾客就成了待宰的羔羊。当然其中也有真正的天才艺术家。无奈人生有限，欣赏古典艺术还来不及，即便活到七八十岁的，也不会有再去"逐臭"的紧迫感，更无必要吃力不讨好，去与我们天生的 DNA 作对。无调性音乐会让人头痛欲裂，神经衰弱，即便大名鼎鼎如毕加索的画挂在卧室中，也会让你噩梦连连，对大多数人来说，江山易改本性难移，是没必要为"赶时髦"而跟自己过不去的。

四、老帅哥新传

英国浪漫喜剧片一哥休·格兰特（Hugh Grant）芳龄六十有二，虽有点"年老色衰"，但"帅"心不改，转而在讽刺喜剧片中频繁出镜，可圈可点。在本届奥斯卡红（白）毯走秀接受采访时，冷言冷语，英式幽默一展无遗，引起了网上一片声讨，让一本正经准备体验奥斯卡辉煌的美国网民们不干了！ABC 名模，采访者 Ashley Graham 以"送分题"开问："什么是奥斯卡最受你青睐之处？"老帅哥："人类的喜怒哀乐聚集于此，名利场尽现。"这位名模还以为帅哥指的是奥斯卡颁奖后的"名利场酒会"，但网民们疑心帅哥"用心险恶"，是指"轻浮炫耀之场景"，即"名利场"的正规定义。当被问道"你支持哪位提名者"，帅哥不屑一顾道："并无特别中意者。"时尚一向是奥斯卡组成部分，名模又问："你穿的是什么（品牌）？"帅哥装佯道："我的西装。"经过追问后，才供出裁缝名姓。名模没话找话，又提到帅哥最近的一部片子《玻璃洋葱》，帅哥觉得不值一提："我只现身三秒钟，几乎没参拍。"问："演得开心吗？""聊胜于无吧！"网民们对老帅哥的不合作开始不爽了，"难道 Hugh Grant 一向就是这么混蛋的吗？""他对 Ashley 太粗鲁，还翻白眼，他如果看不上奥斯卡庆典，尽可待在家里嘛！""采访者 Ashley 太倒霉了，庆典还未开始，Hugh Grant 就摆出一副受够了的样子。""你以为你是谁啊？大混球一个！"接下来，颁奖开始，老帅哥和安迪·麦克道威尔（Andie MacDowell），当年在火爆的浪漫喜剧片《四场婚礼与一场葬礼》中的一对搭档上台颁奖，帅哥又插科打诨道："我俩在此有两项使命，其一，宣传护肤润湿剂，过去的 29 年中，Andie 天天用，今天仍貌美如花，我呢，从来不用，基本上就成了这副皱巴巴的模样。"休·格兰特的"润湿剂"笑话在奥斯卡"乘风破浪"后，余兴未尽，又上了妇女访谈节目《观点》，面对兴趣盎然的"大婶大娘"们娓娓道来："当时我非常紧张，我写的那个笑话让我忐忑不安，幸好有惊无险过了关。西格尼·韦弗（Sigourney Weaver，曾经的大牌女星）告诉我，她可喜欢这个梗了，还安慰我，可让我松了一口气。"《观点》的王牌主持人，奥斯卡得主黑人谐星乌比·戈德堡（Whoopi Goldberg）也所见略同："你那个梗笑死人了！"当场送了一瓶润湿剂给格兰特，毫不含糊地接茬英伦老不正经。如此这般，"有色"笑梗大出风头后，圆满收官！其实遭美国网民炮轰的倒不是格兰特的"润湿剂"或其"不甚高雅之处"，而是他在红（白）毯接受采访时摆臭脸不合作。这回是多年前浪漫喜剧片女搭档，甜姐儿茱尔·芭莉摩出来"美救英雄"了。她说："别看格兰特这副死相，其实是在示爱，你们受宠若惊还来不及呢，太不识货了。他只是太逗了，完全没有传播负能量的企图，他的潜台词其实是：别搞错哦，我爱你，我就是想爱你，你干吗不让我爱你？我一开始与他搭档时也吓坏了，但日久见人心呢，我现在会回应道：我也爱你无疑，我爱那个真正的你，貌似高冷后面那个真实的你。他太好玩了，而且为人特好。"格兰特和芭莉摩当年合作的电影是《K歌情人》，格兰特在后来电视采访时竟然又嘴无遮拦，说芭莉摩歌唱得太吓人了（horrendous），比狗叫还难听。芭莉摩不服气，风情万种开唱讨公道，不想现场观众认为格兰特说的并没太离谱。格兰特虽最后也承认经过调教，芭莉摩唱功大有进步，但那时自己已唱得与朱莉·安德鲁（《音乐之声》）不相上下了，云云。英伦的风格常让美国吃不消。英国名嘴皮尔斯·摩根（Piers Morgan）在CNN的节目惨遭下课，也因"政治不美国"。

五、每日一弹

二十岁在农场"战天斗地"时便想着退休，难怪过了而立之年，我会一边在电影乐团拉小提琴，一边又找了专业老师助我重拾钢琴，未雨绸缪地计划着遥远的某一天，能舒舒服服地坐下来，与世无争地与钢琴相伴，安度晚年（live happily ever after）。小提琴真是一件"残酷"的乐器，大师帕尔曼说，拉小提琴在生理上是最不自然的，你得将琴扛在肩上，下巴夹住，左臂抬起反向扭转，右手横向左手竖向朝不同方向运动，为揉弦左手还得像抽风似的前后摇晃，等千辛万苦把音拉准，你已七十岁了。的确，拉小提琴更像是耍杂技，惊心动魄，差不得一毫半厘，走钢丝，翻跟斗，比快比灵活，等着别人啧啧惊叹。十几首协奏曲翻来覆去，精益求精，练音准一丝不苟，吹毛求疵，永无止境。可惜不论多么完美，终究只是"孤掌独鸣"，缺了其他声部，或者说缺了四重奏中的第二小提琴、中提琴、大提琴，音乐"是不完整的"。付出了大好年华，得到的永远只是无可奈何的缺憾。相比之下，钢琴则更像是一个独立王国，或者说"瞬息全宇宙"，几乎能满足你对音乐的一切幻想。即便独当一面，也会有千军万马就在"纤纤"十指下。对疏于交际者，弹钢琴也可以是非常个人的事，你避开喧嚣，离群索居，一头扎进书本堆里，博览群"谱"，游弋于浩瀚的音乐海洋，与大师交朋友，向高人提问讨教，释疑解惑，收获精神上的成长与富足，与他人无关。原本就不打扑克，不会搓麻将，从没上网打过游戏，也不属于高尔夫高端阶层的我，在夕阳红的人生阶段，还是锁定了适合自己的"大玩具"，在童年时会玩一点儿的钢琴上，煞有介事地弹起了巴赫的48首《平均律曲集》和《肖邦24首练习曲》，外加几首李斯特名曲"锦上添花"，不知算是"如愿以偿"还是"现世报"，小时候死不肯练琴，钢琴老师见我头痛的场景仍历历在目，仿佛就在昨天。弹巴赫是为了"还债"和给自己"定规矩"，弹肖邦是为了"喜欢"，弹李斯特是为了"痛快"。巴赫是"排列组合"的巧匠，又是似转非转的"转调"大师，尤其在著名的《六首无伴奏小提琴奏鸣曲和组曲》中，每逢单一音型的古典舞曲乐章，这两种手法表现得更加醒目：或是每每"模进"三五次后，便节外生枝，调整音序，小换花样，颠来倒去苦折腾，貌似小打小闹，却是偷梁换柱，暗度陈仓；或是临时升降号层出不穷，在不同调性之间牵线搭桥，让它们眉来眼去，暗通款曲，却又游离于任何一调之外，若即若离，行进在"遗传与变异"、好事多磨的路上。至于为何在作茧自缚的"袖珍"世界中如此"作天作地"，想必部分原因还在于小提琴这一以单声部为主的乐器的局限性，只能苦心经营，把戏做足。不过在考验着自己"螺蛳壳里做道场"的能耐时，巴赫总能另辟蹊径，非但化险为夷，还常有别出心裁的意外斩获。他的《键盘平均律曲集》，原本是为证明"平均律"能带来全方位的转调自由，却有意无意地成了器乐作曲的百科全书，其内容之原创性和丰富多彩成了后辈取之不尽的宝藏，包括奉巴赫为音乐源头的肖邦。肖邦除了有异常敏锐的听觉外，更有对"美"天生的感悟。表现力更强的现代钢琴的出现，已让他无需留意巴赫稍嫌枯燥的"排列组合"之类，这些本来就与肖邦的浪漫气质不合。而巴赫特有的"调性游离不定"的灵活性，或者说"模糊性"，在肖邦手中则迎来了"华丽大转身"，蝶化出了色彩斑斓的诗篇：每进入一个新段落，不再含糊其辞，而是"更上一层楼"，"柳暗花明又一村"地立足于某"确定无疑"的新调性上，屏气凝神地等着肖邦美妙的旋律，或者说他心中的 Diva，天后女高音的"闪亮登场"，肖邦的四首叙事曲便是最好的实例。说到底，肖邦是意大利歌剧迷，对肖邦而言，歌剧才是艺术的最高境界，他同时代的歌剧作曲家贝利尼、唐尼采蒂、罗西尼对他的影响大于贝多芬、李斯特或者舒曼。调性分明、声情并茂的"咏叹调"才是肖邦心目中的"芳草绿地"和重心所在，而非巴赫那种偏重于器乐性的"循序渐进"，偏重于"过程"本身而踌躇在"宣叙调"上的流连忘返。易受伤害的极度敏感，又让肖邦的音乐触及了心灵之最深处，纵然曾被批评为"病态"，却绝对是内容与形式，或者说"灵与肉"的完美结合。相对于巴赫辨不出哪是哪的什么阿勒芒德舞曲、库朗特舞曲、吉格舞曲等古典舞曲样式，肖邦的马祖卡、圆舞曲、波兰舞曲，更是显得轮廓清晰，性格鲜明，甚至还有《降 A 大调英雄波兰舞曲》那样的石破天惊。总之，既继承又破茧，既理智又浪漫，从中世纪走向了现代，从宗教走向了人性，从矜持走向了奔放，直至被誉为"鲜花丛中的大炮"。肖邦的音乐打开的又是一扇通向"象牙之塔"的大门，相比之下，其他大师们的作品都略嫌粗糙，连贝多芬都显得"强词夺理"，更不用提什么震耳欲聋的流行音乐了。结果很"悲剧"，当然都是肖邦之过："只因多听了他的一曲"，你可能就"再也回不去"了。

六、乐圣与贵族（1）

抖音上偶遇某人取笑贝多芬，称其为"混入贵族圈失败的典型"，原话如下："钢琴在传统欧洲社会中，属于贵族的一个附属品，甚至说是一个奢侈品，但凡能来学的，地位都比你高，但凡能来学的，你都不敢怎么着，所以贝多芬那么多怒火呢。贝多芬本身，他的一生的梦想，其实就是想混入贵族圈的，哈哈哈哈哈，但他是混入贵族圈失败的典型。"哈哈哈地声情并茂，笑得挺痛快的，只怕脾气火暴的贝多芬会"破棺而出"。什么时候贝多芬成了小丑，成了法国剧作家莫里哀剧中的"贵人迷"了？幸好贝多芬不懂中文，暂且毛遂自荐，来翻翻贝多芬与贵族的恩怨史吧！

在古典主义时代及之前，成功的音乐家必须要有教会或王公贵族作靠山，即所谓的赞助人制度。巴赫、海顿、莫扎特均有贵族雇主，但莫扎特追求的是创作自由而不是像海顿那样奉命而作。不听话的莫扎特最终被萨尔斯堡大主教解雇，怀才不遇，命运多舛，尽管有着首屈一指的智商（据说150—155）。贝多芬运气则好得多，或者说时代在进步，1800年贵族金主们担保每年给贝多芬600荷兰币做"过渡"，直到他找到一个"正式"职位。但贝多芬从未获得过任何"正式"职位，所以一直"过渡"着，自1792他初到维也纳直至他于1827年去世，几乎一生都接受着贵族的赞助。他是维也纳新贵，也是唯一享有特权的作曲家：不用赶日期，不接受定制，想写才写，没心情就不写，是金主们付钱请他赏光在维也纳生活与创作，换句话说，贝多芬在贵族出钱的资助下，实现了莫扎特的梦想，成了既不缺钱又不缺自主权的自由作曲家。当然拿了人家手软，贝多芬也会屈尊去迎合听众及赞助者的兴趣，写些应景之作，但他的主要大型作品毫不妥协地坚持了艺术家的正直，最后总是他说了算。这种我行我素在晚年弦乐四重奏作品中实施得更为彻底。

音乐界及音乐史真该谢谢这些赞助人，他们是一群独具慧眼的伯乐，多少预见到了贝多芬在音乐史上举足轻重的地位，押对了宝，因赏识贝多芬的天才，心甘情愿地忍受着贝多芬难相处的性格，出了名的坏脾气以及他政治上的反贵族体制的立场。原本献给拿破仑的《第三交响曲》（英雄）因其称帝而告吹，皇帝从来非"英雄"，贝多芬坚定的"共和"信念毋庸置疑。不同于某些暴发户，贝多芬的贵族金主中很多人本身就是颇有水平的音乐家，比如鲁道夫大公（奥地利皇帝小儿子），本身就是钢琴手，一直是贝多芬的学生，还在贝多芬指导下作过曲；拉祖莫夫斯基伯爵，是乌克兰贵族，俄国驻维也纳大使，本人是优秀的小提琴手，还会弹乌克兰低音鲁特琴；伯爵的姻亲马克西米连，也是小提琴手；亲王李希诺夫斯基，本人既是钢琴手又是作曲家。不管是为了什么，这些赞助者不但慷慨解囊，而且对贝多芬崇拜得几近五体投地。亲王李希诺夫斯基是贝多芬早期的主要金主，他甚至邀贝多芬来府同住，地位像家人一样，对比萨尔茨堡大主教将莫扎特视为仆人，真是天差地别。投桃报李，贝多芬的《第二交响曲》《悲怆奏鸣曲》等均题献给李亲王。但贝多芬的报恩并非无底线，1806年因被要求为亲王的客人法国军官演奏，贝多芬大发雷霆，操起椅子砸了过去，引起轩然大波，回家后仍怒气未消，又砸了李亲王的半身塑像。但亲王事后竟然不计前嫌，偷偷摸到贝多芬在维也纳的寓居门外，静听贝多芬在钢琴上即兴弹奏，可见贝多芬在亲王眼中的位置。

贝多芬同情当时的革命，又不能与贵族金主闹翻，但即便如此，关系到自己的尊严，贝多芬仍出语惊人："你成为你是仰仗于偶然性的出身，我成为我，全凭自身的奋斗，皇亲国戚现在有，将来还会成千上万地有，但贝多芬就只有我一个。"这是艺术家面对权势与贵族的

"独立宣言"，流传千古。究竟贝多芬是"贵人迷"，还是贵族中的佼佼者是"贝多芬迷"，不言而喻。多亏了贝多芬，这些贵族金主也有名有姓地流芳百世了。

七、乐圣与贵族（2）

年代稍早的莫扎特，又一旷世奇才，天分只会在贝多芬之上，却"遇人不淑"，运气差得多，我们对莫扎特的了解也并不准确。记得儿时读过匈牙利剧本《安魂曲》（原为《莫扎特》），毕竟已过去六七十年，印象模糊，但仍记得催人泪下的剧终：莫扎特贫病交迫，在昏暗的油灯下，死在爱妻康斯坦斯怀中。父亲说 1942 年在重庆中大时，看过曹禺、张瑞芳的《安魂曲》，演出极为轰动。但我们所熟知的莫扎特形象却被 1986 年的奥斯卡最佳影片《莫扎特传》彻底颠覆。影片可能更接近历史真实，展示出了一个完全不同的莫扎特：永远处于长不大的青春期，不易相处，树敌过多却又是无与伦比的音乐天才。不幸的是：莫扎特受雇于萨尔茨堡大主教希罗尼姆斯·冯·科洛雷多（Hieronymus von Colloredo），大主教视他为仆人，请客时莫扎特只能与厨房下手一同用餐，还不允许他在皇帝面前演奏，以至于无缘获取相当于他在萨尔茨堡年薪的一半的演出报酬，难怪莫扎特对他的家乡萨尔茨堡从未有过好话。萨尔茨堡大主教还新官上任三把火，不得人心地在当地实施节制，提倡简朴，限制教堂音乐的长度，让擅长歌剧的莫扎特很不是滋味，莫扎特自由散漫的性格更是与大主教的道德束缚格格不入。莫扎特的姐姐（昵称 Nannerl）这样说自己的弟弟："他在早年就充分发展成最高水平的艺术家，在其他所有方面都仍是个孩子，直到生命的尽头，他都没有学会成人最基本的对自己的约束。"美国音乐学家梅纳德·所罗门（Maynard Solomon）令人信服地指出了莫扎特的两面性：一面是不屈从于世俗行为规范的叛逆性，另一面则是作为音乐天才的神性。他引用小提琴家卡尔·霍兹（Karl Holz）于1825年所说："除了音乐天才之外，莫扎特在其他任何方面都为零。"二十世纪历史学家 W·希尔德斯海姆（Wolfgang Hildesheimer）说："莫扎特对世俗理性和人际关系一无所知，他像孩子一般仅追随一时一刻的当下目标。"这些第一手的信息和评价应该也解释了为何莫扎特对两性关系的自由随便，对权势的不买账，崇尚波西米亚风格的生活态度和对共济会理念的认同。

后人还对莫扎特作了很多医学及心理学方面的研究，各种假设及医学论文层出不穷。从各项研究看来，莫扎特似乎是苦于"重性抑郁症"（Major Depressive Disorder），至于是否同时患有"双极性病谱疾患"（Bipolar Spectrum Disorder），则不太肯定，不过莫扎特的情绪变化起伏极大，做事冲动，疑似有"分裂型人格障碍"（Schizotypal Personality Disorder，简称STPD），还有人认为莫扎特患有"抽动综合征"（Tourette Syndrome）云云，均为医学术语，此处不再一一道来。当然也有反驳道：莫扎特虽易走极端，但他奇特的行为也可能是被夸大了的，与其说是精神病症，还不如说是他的性格特征，尤其考虑到莫扎特幼儿时便被父亲带往各国以神童示人，缺失了少儿阶段正常教育这一环。

不过不论莫扎特如何不谙世事，或者说正是由于他太不懂人情世故，他的音乐才更像是来自天国，有一种超凡脱俗的天然美。一如爱因斯坦所说："莫扎特的音乐是如此之纯真与美丽，在我看来这反映出了宇宙的内在之美。"大名"Amadeus"，是"上帝之爱"之意，上帝派他人间走一遭只有35年，没能遇上惺惺惜惜惺惺，却碰上了趾高气扬的萨尔茨堡大主教之流，短短的一生因恃才傲物并不如意。1781年莫扎特在给父亲的信中写道："如果他们不再需要我，没问题。……但大主教让他的管家，伯爵阿克（Karl Joseph Maria Felix）将我摔出门外，还在我后背踢了一脚。简而言之，从今以后对我来说，萨尔茨堡不复存在。"历史记住了这一天：从此，萨尔茨堡宫廷少了位奇才，音乐史上多了个恶棍 Archbishop Hieronymus von Colloredo，莫扎特的音乐千秋万代，大主教的教诲早已灰飞烟灭，不论公平与否，大主教只能万劫不复了。谁才是人世间真正的贵族，时间给出了最终答案。

八、一骑绝尘

常刷到钢琴演奏视频片段，明明是熟悉的曲目，好些自己还"染指"过，或正"染指"着，却居然辨认不出，其实说穿了也很简单，他们弹得太快了，或者说太囫囵吞枣了，什么味道都来不及品，就已经下肚了，甚至"出恭"了也未可知。且先不论"风驰电掣"秀肌肉侮辱性极强，因"不屑于"弹快常常只是"不能"的托词，但你手指尽可一骑绝尘，五官接受信息却是有一定的速度限制的，演员台词说得太快就会不知所云，音乐如果速度太快便成了一堆乱麻。其实测试一下可忍受的速度极限不难，手机电脑上都有加速播放功能，只是明明是林荫大道上的漫步，鸟语花香，情话绵绵，加速便成了百米赛的跑道，本为玉液琼浆，山珍海味，却成了压缩饼干。也难怪，什么乐感、趣味均无可量化，青菜萝卜各人爱，唯秒表是不容置疑的。能碾压对手的"终极"冠军，非快手莫得，奥林匹克精神无处不在。其实在音频视频随手可得的今天，我们仍然去听音乐会是为了见证"奇迹"，见证人类各种能力的极限，比如拉小提琴时翻个跟头，或钢琴上跳个踢踏舞，诸如此类。但"极限运动"的观众最好也配有"特异功能"，否则弹得再快也是"对牛弹琴"，恐怕你无福消受。自忖绝非此料，因平生最不爱看杂技，虽然不会是假门假事慈悲为怀，但的确非常为杂技演员的生命安全担惊受怕，想可怜的他们若非为了生计，何苦要去命悬一线。弹琴拼速度比功夫，与杂耍大同小异，大咖小咖们的"野蜂飞舞"在网上前仆后继，没有最快只有更快。钢琴家们虽无性命之忧，却不厌其烦，为区区几秒之差，一个动作能重复千百次，真有点"周幽王烽火戏诸侯，只为博红颜一笑"的味道，献出了多少宝贵的生命，才引来外行们一声叫好。每每音乐家脸色凝重地登台，总有一种上刑场的悲壮之感（郎朗除外，"奇迹"已是"招之即来"），虽然下面的看客已非当年北京"菜市口"的那拨，不过盼你出洋相的人性一如既往，换汤不换药。记得小提琴大师梅纽因说过，他有时因太紧张演奏得非常不理想，可活受罪了，作为精神上的补偿，音乐会票房他拿得心安理得。只是心肠柔软之我辈，因腰包欠鼓，谢绝买票"陪"受罪，也不失明智吧！

九、汉英对照

不知是因来日无多，还是见多不怪，读文章越来越没耐心，所有铺垫、引言均不客气地跳过，只看关键句，甚至只几个字，便八九不离十知道有几多"干货"，新鲜食材必不可少，如何烹饪则不劳作者操心。英语报道倒是有个好习惯，素喜"先果后因"，开门见山"热点"当头，正合"老朽们"的口味。他那厢无意故弄玄虚，你这边也就省去了味同嚼蜡买路钱。发生了"什么"（What）是最根本的，"为什么"（Why）则大多是马后炮，耍小聪明，虽然正反都可大做文章，但有时间性，过眼云烟，纯属消遣。一目十行尤其适合阅读中文，汉字排字紧凑，惊鸿一瞥，尽收眼底，且没有附加词尾来标记一个字的词性，动词、名词、形容词、副词等各种词类均无"光明的尾巴"，画蛇不用添足，能简则简，释文辨意全靠上下文及无所不在的 common sense，甚至"不言而喻"，省却了多少洋文（尤其是俄语类）语法上的繁文缛节。当然也会有弊端：多种解读，易引歧义，甚至无法读懂。

记得有位老美律师曾兴致勃勃给我一本无标点古文书卷，好像上有钟馗插图，满怀期待地让我解释，我看了半天，可抱了歉，字似乎都认识，但仍不知所云，老外失望可想而知，更要命的是她还知道我父亲是中文系的，说不定都要怀疑起我华人血统的纯洁性来了。古文之难不仅在于没标点，当今白话文即便引进了标点，仍与西洋文字有一熟视无睹的重大区别，即书面汉语字与字之间没有空格，而对英语来说，字间空格是生死存亡之必需。比如回应父母最简单一句："我也爱你!"中文字间不用空格，但是英语"I love you too"如去掉空隙便成"Iloveyoutoo"，真成了天书。不过中文无空格也会有自己的问题：一个字既可以与之前的字组合，又可与后面的字组合，又可单字金鸡独立，而且可以是两个字的组合，又可以是三个字或四个字的组合，选项未免太多，对错全凭经验。英文字形圆滑，貌似随和，但每个字前后都有间距，壁垒分明；汉字看似方块，铜墙铁壁，却是来者不拒的"百搭"。比方说"才"字，仅两字词组便可以搭成"才能""才气""才干""才女""有才""无才""人才""不才""庸才""蠢才""奴才""秀才""惜才""妒才""刚才""方才"，等等。如果说英文是"赤橙黄绿青蓝紫"，那么汉字则更为简炼，仅黄红蓝三原色，便可混搭出五光十色，灵活机动，让洋文望尘莫及。但优点也同时会是缺点，中文常有"不可言传，只能意会"的尴尬：这两天在抖音上热播的小孩问爸爸"大败敌军"还是"大胜敌军"，便是汉语中一例"悟性"对"理性"的胜利，当然也可说"悟性"大败"理性"，或者"悟性"大胜"理性"。汉语之博大精深可见一斑。童言无忌，后生可畏，"皇帝新装"后又下一城。中文不喜欢长句子，是否也是自觉或不自觉地在扬长避短，减少误读可能？汉语特有的四字成语更是言简意赅，生动形象，"指鹿为马"之类的成语甚至还谈古论今讲故事，但何尝不也同时在"隔前断后"，起到特立独行、弹眼落睛的效果？缺了四字成语还真不是地道的中文。回看自己，写东西不但喜欢搜肠刮肚找成语，还每每用很多引号，大概是受英语的影响，既是强调，也是下意识地在"阻断"吧！颇为有趣的是：英语字与字分离，行文造句反而更强调"组合""联系"，句中句，句套句，一表三千里。英国著名作家亨利·詹姆斯（Henry James），小说《贵妇画像》《华盛顿广场》的作者，以长句著称，近二十行的段落仅为一句。美国著名作家威廉·福克纳，于1983年在其小说《押沙龙，押沙龙！》写出了带有1,288个字的句子，打破吉尼斯纪录，荣获"文学类最长句子"奖。汉字比肩接踵，抱团取暖，不免会过分拥挤，透不过气来，喜好"短句"，来个"断舍离"，也没错。当年侯宝林有个逗趣山东人的相声：室友间起夜对话："谁？""俺！""咋？""尿！"简短到极致。当然，也必须提一下以短句著称的海明威，不知他祖上是否有大汉基因。总之，八仙过海，各显神通吧！

十、《漫长的季节》

最近看了导演新秀辛爽的两部电视剧《隐秘的角落》和《漫长的季节》，我被惊艳到了，尤其是《漫长的季节》。两片均可归为凶杀悬疑片，不同的是《隐秘》一开首便是凶手（秦昊）将一对老年夫妻推下悬崖，谁是凶手已非悬念，而《漫长》则是不急不忙，东家长西家短，"家家都有一本难念的经"地娓娓道来，草蛇灰线，直到最后两集才急流直下地揭秘。《隐秘》发生在南方蔚蓝色海边的一个暑期，而《漫长》的"现在时"则是在东北玉米地正绿油油的秋季，都是阳光灿烂的日子，一反悬疑片"月黑杀人夜，风高放火天"的老套头，编导演员也有相当的重叠，像是前后姐妹篇。不禁想起之前火爆的美剧《绝命毒师》（Breaking Bad）和其衍生剧《有事找索尔》（Better to

Call Saul）。巧的是后者一如《漫长》，也拿到了 9.4 的高分，专业评论更是不吝赞美之词，认为《有事找索尔》演化成了比它的前身《绝命毒师》更深刻更棒的电视剧集。作为犯罪惊悚片《毒师》以情节快速展开而叫绝，让人透不过气来，《索尔》则是以慢节奏展现人物性格、深挖人性（黑色喜剧）而见长。同样巧的是，这样的评比套在《隐秘》与《漫长》上也几乎一样靠谱，不知编导是否有意无意地借鉴了这两部美剧。不过《漫长》不但是在深挖人性上入木三分，在展现特殊的时代背景及东北特有的地域风貌、风土人情上也令人叫绝，尤其身为东北人的范伟、秦昊及北京演员陈明昊所饰演的三位人物的遭遇，与当时东北大企业下岗潮紧密相连，他们的一举一动无不打上时代的烙印，反过来，时代也定格在他们的身上，而这种凝重的历史感是那两部美剧所没有的。

看得出《隐秘》和《漫长》都力求真实，《隐秘》将夏季暑期的气氛营造得非常逼真，唤醒了我们对童年的回忆，但在人物刻画上有无法回避的硬伤，一切由此而起的情节大前提相当牵强附会：三个孩子借了一台照相机，在某一天，某一两分钟，正好暂停拍照，改拍视频，也正好在这一分钟内拍到了远远对面山峰上秦昊的一个一秒钟动作，常识告诉我们这样远距离根本不可能看清，更不要说是老式照相机录的视频了，正好三孩子中的两位是从孤儿院出走的男孩严良和女孩普普，异想天开要弄到三十万给女孩身处外地被领养的弟弟治病，正好有秦昊撞上枪口，成了被勒索对象。难怪卷入故事的另一小男生朱朝阳在最后总结道：他最后悔的一件事，便是那天给敲家门的两个逃离福利院的小孩开了门。因为从某种意义上来说，正是这个普普导致了额外的四个人的死亡，包括朱朝阳父亲新组的一家三口。这是一个仅八九岁的小女孩的"不能承受之重"啊！演员都称职，尤其是刘琳演的朝阳母亲，但因为情节经不起推敲，常导致演员的尴尬，尤其是朝阳父子生死诀别的一场戏太假，当凶手仍近在咫尺时，朝阳居然不顾场合，又哭又喊大诉衷肠起来，本应是父子情深，生离死别，观众却入不了戏。看戏的虽是傻子，也并非那么好骗，细节不真实，味儿不对，你再呼天抢地，也未必能赚取眼泪。

相比于《隐秘》，《漫长》在细节上更考究：例如第一集中有位省吃俭用的退休老太，素有翻扒公共垃圾箱寻寻觅觅的"爱好"，每个小塑料包都打开来检看一下，可正准备打开碎尸包时，一只空罐头突然叮叮咚咚地滚到她脚前，分散了她的注意力，结果未打开那"致命"凶包，便推着一小车战利品满载而归，屋里她的爱犬正在翘首以盼。这个空罐头细节后面又有呼应，狗狗的存在又解释了为何老太会将疑似装肉食的塑料袋带回家。这种细节合理性的"匠心"在《漫长》中处处可见。对现实生活敏锐的观察，对人物行为的心理动机，尤其是对日常行为来龙去脉的关注是《漫长》的一大特色，难怪此剧看第二遍时会有不少"水落石出"的新发现，可见编导思路缜密，滴水不漏，引得相当多的"索引派"开始像考证《红楼梦》似的考证起《漫长》来了。

《漫长的季节》中还可以看到美剧《两侦探》（*Two Detectives*）的痕迹：两剧均有陈年老案一直萦绕在心头、挥之不去的情节。秦昊所饰演的龚彪发觉自己中了彩票却出了车祸，在慢镜头腾飞半空的出租车内"含笑而亡"又似乎是受到了美剧《地下六英尺》（*Six Feet Under*）非常棒的结尾的启发。《漫长》开车在"广阔天地"时用了懒洋洋的英语歌曲为背景，颇有美剧中西部半睡半醒的小镇故事的味道，夜晚开车配上婉转的萨克斯又有《出租车司机》的影子。古典音乐用了德彪西的《月光》、肖邦的前奏曲《雨滴》，展现女主角沈墨求而不得的纯洁与梦幻，《蓝色多瑙河》配上惊心动魄的抛扔碎尸，又有《教父》中教堂洗礼与仇杀宿敌画面来回切换强烈对比的影子。有趣的是，这种东北大蒜和西洋咖啡和平共处，非但一点也没违和感，反而是相得益彰。时代变了，口味也在变，且这些对美剧的借鉴仅是"拿来主义"，取其新颖的手法，《漫长》的内容却是地道的东北味儿，而且每一段都既是对演员演技，又是对他们生活功底的考验，并非仅是交代情节。相比之下，重要情节线索反而常是惊鸿一瞥，波澜不惊地埋下伏笔，静待后续，而凸现在眼前的尽是人物间的小摩擦、小冲突、小戏剧，不厌其详，极尽铺陈，道尽人间小百姓的悲欢离合。也不奇怪，戏剧的实质本来就是矛盾冲突，无关大小或地位。仅以开首第一集来说，几乎所有重要人物均悉数亮相，而且全是在互相挤怼，互相埋汰，互相挖苦打趣，日常生活的小打小闹中显示出他们的性格，他们的过去和现在，他们之间的亲情、朋友关系，真所谓"不以善小而不为"，或者说，越是善小越为之，把戏做足，有了精雕细刻的局部，便就有了令人信服的整体。身经百战的"姐夫"范伟与大大咧咧的秦昊两人一出场便相互揭短打嘴仗，舍不得说对方一句好话；范伟买东西故意找店员的麻烦，结果两人一出店门，范伟却莞尔一笑，原来店员是他万分疼爱的养子，找茬是为了一起出店有事商量；范伟为避下岗，想立功自保，自告奋勇介入调查碎尸案，结果是死要面子活受罪，握了马队长的验尸手后，大吐特吐，还要打肿脸充胖子，说是吃多了；小人得志的刑建春身为保卫科长，一向趾高气扬，关键时刻居然大言不惭自称"晕血"，拒绝进屋验尸，后来又冤家路窄，在与结下梁子的范伟打斗中，露出了挂在身上的尿袋，等等，虽均为平凡小事，但因细节真实，意料之外，情理之中，这些生活中的"喜剧"或"黑色喜剧"，牢牢"共情"了观众。再随便举一例："老司机"范伟，大学生秦昊，退休警官马德胜"三剑客"想私自破案，找到嫌疑人家敲门，无人应声，便大声叫门，佯装是装修工，不巧被隔壁老太逮了个正着，硬拉他们进自己屋修马桶，无奈范伟只能将错就错，假戏真做，不想任凭他那认真劲儿，仍然弄得水流一地，逼得懒散的秦昊也"加盟入围"，一边"千不情万不愿"地用毛巾吸地，一边骂骂咧咧，大发牢骚，可更不巧的来了，正宗的装修工在错误的时间登上了这个错误的地点，如此一场"抓骗子"的拉扯大战开锣了，这可不就是充满笑料的春晚小品吗？范伟可是驾轻就熟啊！想当年身材富态的范伟也曾"风流倜傥"，圆圆的脑袋上裹了条丝巾，"一嗒嗒，二嗒嗒"，迈着妖娆的狐步，领着一帮佳丽走T台，风情万种。如今"时过境不迁"，仍欲罢不能，虽已是"小老头"一个，却是越活越精彩，从喜剧的轻松荣升到了悲剧的深刻，多年的媳妇熬成婆。《漫长》便是由这些表演出神入化、能独立存在的精彩段子聚沙成塔。更别提台词有多损多毒、多么接地气，什么"打呼磨牙放屁，一条龙服务"这样的粗俗，让人忍俊不禁；守株待兔，马德胜不许秦昊去解手，自己却憋不住，扯了小饭馆一大把餐巾纸要上厕所，秦昊不乐意了，两人干嘴仗："咋的？""办事！""多大屁股，用那么多纸啊？""耽误你擦嘴了？"这种出口成章的流利，已是"史诗级"的，太佩服了！

如果说《茶馆》是北京遗老遗少的"德性"，《爱情神话》是上海小资的自恋，那么《漫长的季节》便是东北老爷们的"嘚瑟"了。逆境中的"嘚瑟"，一醉方休的"嘚瑟"，纵然"漫长"，仍然是"天凉好个秋"，一鸣惊人了！

/ 三驾车

一、侦探的故事

父母都是文科，父亲中文系，母亲外语系教英文，自然而然家中会有几大书橱的小说，理工类却一本都没有。当然我也就近水楼台，将小说读了个遍，尤其是翻译小说。记得有一阵特喜欢托尔斯泰的《战争与和平》及霍桑的《红字》，在我的感觉中，前者是蓝银色，冰雪般的清澈，后者是暗红色，深邃而阴郁，两佳作正处于色彩光谱的两个极端。

母亲好友陆慧英，单身未婚，是数学系老师，觉得我"尚可救药"，想尽办法让我离开文科是非之地，"弃暗投明"，学好数理化，走遍天下都不怕。可我不知好歹"搭架子"，死缠硬磨就是不从，觉得数学太枯燥。再说学数学也得有好的基因啊，父亲这边好像还理性"尚存"，我母亲却是情绪的化身，还常回忆说她上中学时最怕数学老师，但一到早上十点钟的数学课，便昏昏欲睡，越怕越发困，无可救药，也不知最后是怎么混过关的。

不过陆阿姨的"策反"还是有潜在效果的，进了华师大二附中遇到了数学老师李绍宗，让我彻底改弦更张，迷上了数学。李老师是位极佳的数学老师，尤其是他逻辑性极强，讲起课来势如破竹，一气呵成，条理分明，无懈可击，顿时让我辈"臣服"了。让李老师满意，似乎成了大家的共同潜意识。我记得李老师给我推荐了《正定理和逆定理》一书，让我得益匪浅。

其实李老师最得意的门生是另一班的女同学金成，绝对的数学头脑，且文理双全，常常指出"高观点"的重要性，比如代数即是在更高观点上对算术的审视和发展，可说是醍醐灌顶。不过阴差阳错，在唯一的一次初中数学竞赛中，居然让我夺魁。其实竞赛的最后一题，超出了我的知识范围，但不知咋的，硬是让我连蒙带猜，做了出来，大概是会点乐器的"小聪明"在紧要关头，开了一下我的"脑洞"。不过老天爷是公平的，不会总让你走运抽上上签的，果然此后一直不太顺，虽说高中考了上海中学，却在1966年成了最后一届"全须全尾"的高三毕业生。然后，然后就没有了，或者说，一脚去了！

日转星移，一晃"换了人间"。"人面不知何处去，桃花依旧笑春风"，虽然发小们大多劫后余生，不过春风不得意，笑不出来了，倒是常自哀自怜，叹道"生不逢时，可惜了"，都以为原本是会有所建树的。当然对我"沦为"小提琴老师，尤觉吃惊。不过我却丝毫也不觉得"怀才不遇"，反而是暗自庆幸，没有"春蚕到死丝方尽"地献身于科学，陈景润大冷天龟缩在六平方米的小屋中苦思冥想的画面，怎么也让人羡慕不起来。更何况缺了谁地球不照样滴溜溜地转，何必自作多情去做个苦行者？再说我有搞科学的才能吗？是这块料吗？严重怀疑。一门心思搞钻研也会一时兴起，但依我一身懒骨，在最后临门一脚前保不定会"突然失去兴趣"，哲人般地怀疑起人生来了。记得我的罗马尼亚小提琴教授就曾这样一针见血地评价我的一次演奏会。

虽然最终与"天时地利人和"一概无缘，逼得我告别数理化，"浪子回头"了，但中学六年对科学的兴趣还是打下了烙印，对我来说，什么数学定理、物理公式、化学元素表、早已扔到爪哇国去了，但有一件东西却是多年来一直潜意识地如影随形，那便是"侦探的故事"，讲这个故事的不仅是柯南·道尔，更有史诗级的爱因斯坦。

柯南·道尔的福尔摩斯认为：人的大脑就像是个小阁楼，无用的东西装多了，有用的东西便装不下了。这个聪明的信条，正中下怀，成了我心安理得"摆烂"的座右铭。福尔摩斯的大脑袋尚且"寸土寸金"，何况我们的小阁楼？人得有自知之明啊！比如我是绝不会去观看电视知识竞赛，更不用说死记秦始皇年表去玩票参赛了。相比虚构的福尔摩斯，爱因斯坦更是我们中学生心中的偶像，当然，"文革"中有同学口出狂言，说什么"爱因斯坦为什么不能批判"，只能当作笑料，此乃横扫一切的"流行性精神病"，与正常人类无关。爱因斯坦语出惊人，开创了人类智慧的新纪元：什么"时间是相对的""时空会扭曲的"，这种观点实在是太震撼了，一如抓起自己的头发想离开地球，完全超出了"高观点"的范畴，常人是打死都想象不出的！难怪说世界上只有十个人能读懂相对论，能作为潜在读懂的第十一人加入"相对论俱乐部"已成了我们的雄心壮志，或者更确切地说，"痴心妄想"。

爱因斯坦似乎也能"体恤民心"，知道你们赤脚也赶不上、望尘莫及"光速"只能干瞪眼的苦衷，便与另一作者合写了一本不厚的册子，专让尔等尝尝味道，虾兵蟹将入入门。开卷便说明此小册子尽可能不用数学公式，以免吓退玩票者。不过即便如此亲民，我还是看得一头雾水，大概只看了一半便疑问多多，"戛然而止"，不知是否是文科出身的翻译不懂物理，中文版词不达意，像是译错了很多地方。半个多世纪过去了，已记不清这本册子的题目是什么了，上网查询也一无结果，仿佛这本书根本就不存在，或者人间蒸发了一般。不过应该不是我在痴人说梦，至少凭记忆我还能说出这本天书之一二来。

此书的精髓，或者说我能读懂之处，便是爱因斯坦形象地将科学家比作刑侦探员：科学家探索的是藏在外表后面的宇宙规律，侦探查找的是作案凶手犯罪真相，两者虽目的不同，但手段相似，思路一致。侦探办案离不开线索，然后根据线索还原出连接这些蛛丝马迹的真相。

随着线索的增加，还必须不断修正对真相的认知。比方说，原本有三条线索，指向张三是凶手，但忽然出现了一条新的线索，张三有牢靠的不在场证据，如此这般，张三不可能是凶手，所以必须有新的判断，甚至完全推翻先前的假设，重起炉灶，调查李四，这可不就是爱因斯坦探索宇宙奥秘的方法吗？一个不断寻找新线索、不断以新发现否定自己、不断开辟新天地、完善自己的假设和理论的过程，一条科学家守得住寂寞、与自己较劲永无止境的道路。没有成功的保证，前方也不总是鲜花美酒诺贝尔奖，即便是爱因斯坦，也壮志未酬，至死都未能建立起"广义相对论"。

虽然最后弃理从文，但爱因斯坦"侦探的故事"一直是我面对世界的帮手，下意识地左右着我理性生活，即便在拉小提琴这样的艺术领域，遵循侦探的步骤仍给了我不少的帮助（譬如寻找最佳运弓方法等），勇于接受新事物，对自己否定再否定已成了习惯，才得以不断有所扩展收获，以找到最适合自己的途径，诉说出属于自己的故事。艺术上的真理更是难以捉摸，这个艺术上侦探的故事恐怕永远也不会有"终极版"，所以我们也还在吹拉弹唱，"隔江犹唱后庭花"地活着。

退休后，看电视成了每日功课，初心不变，偏爱悬疑、侦探影视剧，但看多了，口味就越来越刁，有时对编剧的无能、故作玄虚非常愤怒，往往是故事不佳全靠手法上装神弄鬼，在无关大局的细节上不厌其烦，啰里啰嗦，在关键点上却惜墨如金，生怕机关被看破而搞得支离破碎。相比之下，真实案件的节目货真价实，更引人入胜，有什么比真实更宝贵的呢？最近网上的"大老K奇谈"和"M2档案"，便是其中佼佼者，前者活泼生动，干脆利落，后者慢条斯理，风趣幽默。尤其大老K微胖的身体"百叶包肉"似的裹在紧紧的衣衫中，每次结束时，还总不忘友好地向你挥挥短胖小手臂说"拜拜"，暖心着呢！

就在寻寻觅觅爱因斯坦这本神秘小册子的当儿，华师大附小的发小及上海中学的同届校友郭景德（生化博士）发微信告诉我说，这本天书确实存在，书名为《物理学的进化》，在科技界相当有名，并非冷门。的确，一旦你找对了侦探，尤其是不会拉小提琴的"理科生"，难题便迎刃而解。不过文章已写，就懒得改了，以保留一点侦探故事的神秘性、大老 K 们讲故事的技巧性，以及理科对文科对牛弹钢琴的喜剧性。不过绝对没有想到一本如此有趣的书，竟然会有这样一个苍白无聊的书名，有点儿说不过去，更何况爱因斯坦还挺会拉小提琴的呢！

二、英语神句

抖音上刷到一英语神句"Before was was was, was was is"，求翻译。小青年们各抒己见，说得有板有眼，但似乎都不在点子上。如果仅照字面上理解，这句拗口的"神句"似乎是在追溯英语发展史上的一个事实：在发明用 was 这个字来表示"是"的"过去时"之前，"是"的过去时也是用"is"来表示的。但上网一查，史上似乎并无英语 be 的"现在时"及"过去时"通用 is 一说，至少并没查到。所以翻译为"任何过去都有过它的当下"，是差不离的。不过相比于英文原文的就事论事，中文太过生动，译文难免就带了语气，或者说"感情色彩"，所以也就打开了"浮想联翩"之大门，中文拿手的"诗情画意"扑面而来。

要比"画面感"，"大妈们"当仁不让：任何"过去"都有过它的"当下"，任何"当下"也迟早会成"过去"，至于是"当下"还是"过去"，全凭个人好恶。君不见今日大妈们"小燕子，穿花衣"，摆姿势，舞广场，风起云涌，不亦乐乎，就是事在人为，人定胜天，将早已翻过了的一页再毫不客气地翻回去，"过去"权作"当下"，补偿错过了的青春。反观老头子们就没这份兴致。

其实管它中文英文，好多神句一旦"说人话"，便是大实话，毫无神奇可言，甚至可批量生产，一造一大把。比如：在死人没死之前，曾经是活人，等等。抖音上一位"后起之秀"却反其道而行之，将这一英语大实话译成文绉绉的："悟已往之不谏，知来者之可追"，真是风雅过人，不过也超出了我的水平，上网一查，反而挺失落的，可不就是"吃一堑长一智"吗？挺"俗"的呢！不过也神不知鬼不觉地赋予了英文原句所没有的华人千年的智慧。洋人不懂中文之奥妙，否则一定会对 made in China 的"化腐朽为神奇"竟折腰了！

自己古文太差，好多字不认识，一步步养成了很多阅读坏习惯：先是一看到古诗古文便跳过，后来是一看到华丽的白话文抒情也跳过，再后来看到恨不能从"开天辟地"讲起的铺垫也跳过，一篇文章只看有几多事实，作者"醍醐灌顶"的分析也跳过，因为夏虫朝菌，有效期太短。其实文人也不易，不管有话无话，写文章是须"起承转合"、凑成一定的长度的，故而凡是属于作者"例行公事"、妙笔生花的部分均跳过，倒是"转"这部分会有点意思。真可谓"人命诚可贵，光阴价更高，只为真实故，何苦枉辛劳"，到了现在这把年纪，"被忽悠"的代价太高，已消费不起了！

三、哲学和宗教

从没读过黑格尔，没到那个水平，也没兴趣，或者说也不相信自己有潜力能达到那个水平。其实人生是无解的，生命的意义或者说生命本身就是无解的，生命的"存在"与你根本"没商量"。哲学家拼命想找答案，但只能是自己一厢情愿的假设，要想形成一个说得通的"系统"或"学科"是不可能的，但要建立自己的"体系"又是成为哲学家的必需，于是乎哲学家开启了"忽悠"模式，开始讲一些模棱两可、似是而非或是似非而是的聪明话，看似是答案，其实是自己都无法回答的疑问，让你捉不出毛病，因为他们几乎什么都没说，又像是什么都说了。由此芸芸众生们绞尽脑汁，越俎代庖，前赴后继地为哲学家"自圆其说"，真是皇帝不急太监急。有没有想过，哲学家也不知答案是什么，根本不可能知道，因为根本不存在，他们只是装得煞有介事而已。反倒是研究 DNA 的科学家知道得更多，而且越来越多。哲学家的功夫就在于能将最不靠谱的话说得"语惊四座"，让你觉得自己不懂就是傻子。相比之下，尼采是哲学家中最有趣的一位，因为他一直行走在否定自己的路上，不惜将自己撕扯得血淋淋，也不去营造什么"尼采店"。他被人们记住的更是那些风格独特，颠覆传统的警句。他最著名的一句只有短短几字"上帝死了"，却引起了哲学界海啸般的反馈，各路神仙纷纷长篇大论，诠释其含意，不过兜来兜去，反倒是越说越糊涂，仿佛舌头打了结，一个接一个，尼采恐怕连在一旁冷笑都不屑，因为他早已翻篇，寻找更锋利的灵魂解剖刀去了。

说是上帝造的人，但你能解释上帝天堂日子过得好好的，为什么要无事生非造人？既然又是照上帝的模样，可为什么尽造些"天生"的"罪人"？总不至于是因为在天堂感觉百般无聊吧？宗教给予我们的是感情上的慰藉，以面对逃不过的死亡，哲学则给予智性的食粮，让我们找到活着的理由，都是人为的奢侈品，让"存在"丰满一点，而非终极真理，因为它根本不存在，或者说非凡人所及。

/ 追剧《繁花》

一、汪小姐

《繁花》还不错，追剧到了第八九集，一直还算讨喜的汪小姐突然开始让人受不了了，倒不是演员的问题，而是编导的刻意安排。大概觉得爱情篇该启动了，所以讴歌起汪小姐来，但让她装天真过了头：戴上一副丑陋无比的白框大眼镜，小下巴上露着一口大牙齿又哭又闹装"嫩"，六亲不认乱怼人，举止粗鲁蛮不讲理，大概是想学欧美爱情片永恒的"灰姑娘"的套路，先丑后美，欲擒故纵，不是冤家不聚头，可观众看到的却是一个十三点兮兮的"人来疯"，尤其是她"美人救英雄"后在宝总面前"嘤嘤嘤"地哭个不停，似乎是想看阿宝"感动了没有"。且不说演员"哭功"如何，过分"自然主义"有悖视觉艺术规律，德国启蒙运动代表性作家莱辛在《拉奥孔：论绘画与诗歌的局限性》（中文译本：《拉奥孔》，朱光潜译）中对雕像"拉奥孔"和维吉尔诗篇作了比较，论证了视觉与文字艺术的区别。他认为视觉艺术在描述苦难时仍需保持美感而非照搬真实。所以汪小姐尽可撒娇耍泼，但最好不要太肆意妄为，把肉麻当有趣，惹人生厌。希望下面来一出"驯悍记"，及时将汪小姐打回原形，改邪归正，挽回原本还相当过得去的颜面。

二、玲子

《繁花》第十三集很精彩，几位当事人吵得天翻地覆，人物的关系、矛盾一展无遗，每个人的内心活动、行为动机顺理成章，编导无可挑剔，加上房客钢琴老师孔祥东、画家陈逸鸣、京剧演员史依弘在狭小低矮的空间中悉数亮相，宛如上海滑稽戏《七十二家房客》再现，虽说是现代镀金版，档次高了不少，上海拥挤吵闹的腔调仍然如故。几个天天见面的"老友"为一对不值钱的耳环互相揭发，洁身自保，谁料越描越黑，粪坑越捣越臭，最后大打出手，直至珠宝店女老板挥刀上阵，险出人命，却让人忍俊不禁，笑出眼泪。闺男闺女为自证清白而死抠"细节"之"较真"劲儿让人想起果戈里的喜剧《钦差大臣》最后一幕读信，假钦差在信中逐个打趣被骗官员，包括形容某官员是"一只戴着小帽的猪"。"为什么是戴着小帽"，那口"猪"对细节也非常较真，可不乐意了。看来编导对上海滑稽戏并不陌生，范老板的"南腔北调"，陶陶的"外面横，屋里怂"，雌老虎卢美琳（二房东再世），都是典型的滑稽戏作料，《繁花》应该是一部喜剧无疑，"深棕色"的喜剧，或者说是"浓油赤酱"的喜剧，"红烧肉"的喜剧，笑着细说过去那泪汪汪的故事。上海人太世俗也太有分寸感了，见好就收，还不至于自讨没趣，"不识相"地步入"黑色喜剧"的殿堂。

此集中，汪小姐又戴上白框大眼镜，继续卖萌，声称不会写检讨书，让爷叔干着急。这种情绪不稳、痴头怪脑的"小姑娘"怎么混到对生意人有生杀大权的位置，真是碰到"赤佬"了，明明是该去卖茶叶蛋的料。爷叔"熟门熟路"代笔写检讨书倒是"字字血，声声泪"，背后有多少不堪回首，当年要对付的说不定就是本该去卖茶叶蛋的那帮子"货色"。相对于"十三点"汪小姐，马伊琍的玲子是本集重点。这个里里外外一把手"拎得清"的熟女，与阿宝的关系像是老夫老妻，平日里相互间除了怼，没一句好话。其实玲子内心深处早已将自己定位于阿宝"成功男人背后的女人"：你阿宝尽可以在外面花花草草，但"大老婆"是我。在这场耳环风波中却被身边好友一语点醒：年纪不小了！多么残酷的现实，挥之不去之痛，却又无可救药，青春一去不返，时间不在玲子这边，"夜东京"老板娘只能黯然离场，不辞而别以保留最后一点尊严。汪小姐被编导简单化成了一个"符号"，一个"没亲头"的十三点，犹如狄更斯笔下漫画式人物，尤其戴上那副白框大眼镜后，丑陋不堪，有点吃她不消。不知是否患有双重人格综合征，每当戴上白框大眼镜便吹响了"我要'十三点兮兮'了"的号角。马伊琍则多层次地演出了一个真实的"做女人难"，一个《欲望号街车》里类似费斐丽的那个角色，有意思得多，可信度也高得多。马伊琍让人关注始于《我的前半生》，想必是文章的出轨让马伊琍开了窍，情场失意，职场得意，一夜之间，马伊琍成了一个更好的演员。

三、三段情

赞了第十三集后，又看了下面四集，方知第十三集是高潮，后面几集改弦更张，节奏慢了下来，走抒情路线，细数阿宝的两段情，不，三段情，哪里都少不了汪小姐。似乎编导对汪小姐情有独钟，十三点最会惹事，借她正好重上高速公路。阿宝香港有个哥哥，所以阿宝应排行老二，宝二爷是也。第一段情是与雪芝，不能说花容月貌，小家碧玉也还算清秀，美工及拍摄角度可圈可点，故事也不错，有情理之中，也有意料之外，仿佛是前面第一乐章激动的快板后的行板，稍事歇息。第二段情是宝二爷与玲子在日本东京的邂逅，太落俗套，情节人为痕迹过于明显，味道也不对，一下子拉低了整剧的"段位"。然后汪小姐又叽叽喳喳出来救场，故事是她被罚，下放到工地干粗活。总说劳动最光荣，卑贱者最聪明，但不知咋的，只要你犯了错，总是罚你去"最光荣"，而且得粗活、重活、脏活，也没见过将拾粪倒马桶当作奖品的。接下来便是俗到不能再俗的老花头，千娇百媚的汪小姐如何戴上那副神奇的大白框眼镜，摇身一变，成了劳动模范，还降服范厂长，从一个娇滴滴的小姐，变成了个女汉子，脱胎换骨，与劳动人民打成一片，还清了原先养尊处优的"阶级"债，为她重返铜臭之地积累了道德上的资本，临了还不忘发一下"嗲"，装腔作势表示不想回外贸部门，可把戏做足了。好个"天将降大任于汪小姐"，却是全剧至此最缺乏想象力，最不"王家卫"之处。这四集戏的高潮是阿宝代汪小姐吃了雌老虎卢美琳的一记杀杀搏搏的耳光，如此这般，还清了宝二爷欠下晴雯的感情债，《繁花》重上正轨。

四、等

俗话说，成功的男人背后都有一个女人。男主外，是显性，女主内，是隐性，文艺作品却是反过来，女人显性，男人隐性。《金瓶梅》西门庆是潘金莲、李瓶儿、庞春梅的后台，三个女人一台戏，《繁花》宝二爷是汪小姐、玲子、李李来回折腾的潜意识动机，三个女人"三"台戏。

显性第一名汪小姐。先是剃头担子一头热，让爷叔传话，在排骨年糕店苦"等"宝总讨承诺，没想望穿秋水，宝二爷就是不显灵，排骨还是排骨，年糕还是年糕。接着"摆平"了劳动人民范厂长们后，拜拜了您哪，又往高枝上飞了，这次可是东山再起，豪情万丈，居然辞去了27号外贸科，要自己干了。尽管爷叔、师傅金花一再告诫：离了27号，你啥也不是。十三点却置若罔闻，以为自己魅力无穷。不过谢天谢地的是，她终于摘掉了白边大眼镜，忽闪忽闪的大眼睛左顾右盼，高跟鞋长大衣一步三摇，让人多少原谅了她的"无厘头"。可终究还是敌不过金钱的力量。第一仗"至真园"大办招商会，摆足架势准备门庭若市，结果惨不忍睹几无应者，谁也没"等"到，只有越来越可爱的范总念旧，于心不忍来凑数，外加魏总乘虚而入，醉翁之意不在酒。此乃第一"等"。汪小姐的第二仗，又是"等"，魏总大办宴席，汪小姐"被等"，真是鸨儿爱钞，姐儿爱俏，汪小姐心中仍是宝二爷，百转柔肠，下不了决心。最终心不甘情不愿地暂时将就于魏总，好在宝二爷太"懂经"了，能用钱解决的事根本就不是事儿，大张旗鼓送豪车，既让汪小姐下了台阶，又让她表演了一场"富贵不能淫"的好戏，满足了她"永不认输"的好胜心。

另外两个女人也没闲着，不过关键点还是"等"：宝二爷在火锅店急等李李股票信息。李李人狠话不多，神秘又危险，冰美人的外表下隐藏着多少故事，多少失落和绝望，内心早已半死，活着似乎只是为完成某种义务，王家卫的审美品味在李李的服饰造型上一展无遗，极尽奢华。李李思前顾后，不能两全，最终还是放了宝总鸽子。玲子呢，先是人家"等"她出现，以决定"夜东京"是否关门，结果是时钟敲响十二点，灰姑娘，不，玲子现身了。第二次是铃子"夜东京"推倒重来，首日开门营业，生意前景未卜，心怀忐忑地"等"顾客上门。都是些生死攸关的时刻。"等"的场景还多次出现，比如开始几集，宝总会不会去至真园亮相，便是"等"的大悬念。其实人生就是"等"，等转机，等救星，等更好的明天。在文学戏剧中，"等"制造悬念，制造时间上的紧迫性，让你喘不过气来，欲罢不能。陀思妥耶夫斯基就特别喜欢这个手法，在《卡拉马佐夫兄弟》中，父子兼情敌坐等风情万种的妮头，《白夜》中天真的纳斯金卡夜夜去桥上等有过承诺的革命者爱人，其他如《白痴》等都在最戏剧性的关头有"等"人的情节。To be or not to be, that is the question. 存还是亡，是个问题，对《繁花》来说，"来还是不来"，可是个大问题。

五、夜未央

王家卫的"等"大都拍摄在深夜，他最美的画面都是在深夜，他的艺术离不开夜，不是"夜深沉"的黑暗，而是华灯璀璨之辉煌。夜色就如剧场或影院中正片开始前的一刻。夜色滤去了环境的不洁，滤去了柴米油盐的琐碎，滤去了三心二意，滤去了偶然性，让灯光制造出艺术化的人生，梦幻之浪漫。别人的画布是白纸一张，重现自然，王家卫却是以夜色打底，烹调出一场灯光的盛宴，那是他对作品的理解，他慧眼独具的真实，他的"借题发挥"。王家卫老戴着墨镜，似乎也并非偶然，他就是透过墨镜来观察和提炼生活素材的。有人说电影便是特写的艺术，王家卫的灯光运用将人物脸部特写强调到了极致，不但让你看，而且规定了你看哪个部分，从哪个角度看，在哪种光线下看，难怪成了电影中的电影。

因看电视剧《繁花》，翻看了小说《繁花》的开头几行，感觉语言文字与《金瓶梅》有相通之处。《金瓶梅》的风格一如中国传统国画《清明上河图》的"白描"，大平光，平铺直叙，横向展开历史画卷，无阴影，无透视，强调纵横，不注重深度，与西洋全盛期油画的三维有明显的不同，尤其是国画中几乎没有夜晚，而最著名的西方油画之一，便是伦勃朗的《夜巡》。画家丰子恺评价说："在这幅画中，伦勃朗采用强烈的明暗对比手法，用光线塑造形体，使画面层次丰富，富有戏剧性。……更多地关注人物的内心活动。"这应该也是对王家卫艺术的评价吧！

六、咸鱼翻身

说实话，《繁花》后面几集，专业名词层出不穷，没有炒股票经验的，很难看懂。但一般观众只是看个大概，不求甚解，不就是消遣吗？酒足饭饱的没必要去操心菜谱吧。但有些细节的不靠谱却是硬伤。最不合理的便是汪小姐二次发飙乱折腾，有条件要上，没条件创造条件也要上，可面对宝总放低身段免费提供帮助，小姐还要发嗲"争口气"，哪来的"三千宠爱在一身"的自信？尤其还戴着那副毁容的白框大眼镜呢！看样子宝总为十三点挨了雌老虎一记耳光还余兴未尽，打定主意，要不屈不挠地再去热面孔贴汪小姐的冷屁股。可两人既没有"私定终身后花园"，又没有"始乱终弃"，还一直打着"革命友谊"的旗号，怎么阿宝老像是有还不完的阎王债？还是为了"道德自我完成"？爷叔倒是一针见血，"我领你进黄浦江，你却偏要蹚苏州河"。最匪夷所思的是，汪小姐作天作地，对范总的苦口婆心油盐不进，搅得天翻地覆，女霸王硬上弓，可还居然成功了，你以为的小孩子过家家呢。在强总与宝总最后刺刀见红时，让人忍不住要站在强总一边，倒不是认可强总，而是觉得阿宝太狂妄自大，随心所欲，辜负爷叔，视做生意为儿戏，理应承担必要的后果。

　　无奈熟门熟路，《繁花》还是照抄好莱坞偏爱的青春励志、咸鱼翻身的老套头，反转反转再反转，"不惜一切代价"，丑小鸭终于变天鹅，让白框大眼镜笑到了最后。至此方知为什么不离不弃，老是围着汪小姐的"胡作非为"打转：一切皆由汪小姐引起，又由汪小姐结束，原来宝二爷与汪小姐的感情纠葛乃是《繁花》早就"处心积虑"安排好了的主线，这不但是好莱坞式的"政治正确"，也是《繁花》的"正能量"保护色。为了迎合了消费者的口味，把戏做足，还借鉴1957年的好莱坞最受欢迎的浪漫片之一《金玉盟》（*An Affair to Remember*，格兰特和蔻儿主演），让宝二爷与汪小姐在最后一集相约而错过。于是乎余音袅袅，留下了许多美丽的遗憾和湿润的眼眶。明珠小姐的最后一个镜头是独上高楼，东方明珠，居高临下，回眸一笑百媚生；黄浦江对岸，阿宝混迹浦西芸芸众生，仰望长空，繁花似锦，解甲归田，淡泊宁静空叹息。如此这般，风水轮流转，一个上海二十世纪九十年代平常的故事。

七、回首当年

　　繁花，繁花，终究昙花一现。二十世纪九十年代的上海在历史长河中就是一刹那，但回首当年，仍觉痛快。有人痛，有人快。王家卫的《繁花》有一个夕阳无限好的温馨的结局，但细数人物的命运，令人唏嘘者不在少数。李李的至爱A先生葬身湖海，作风凌厉的大佬强先生银铛入狱，洞察人性的爷叔黯然退场，李李先坐牢后出家，告别红尘。宝二爷似乎是离了"苍蝇争穴肮脏地"，散尽家产，解甲归田。其他如金老板跳楼，卢美琳净身出户，小江西们的不幸遭遇，炒股失败的阿根寻短见，不一而足。"快者"却寥寥，"东方不败"的汪小姐，兴师动众勉强保本，依然昂首挺立，笑傲着江湖，可算一例，玲子开店火爆，还要去香港发展，也不错，可爱的范总强颜欢笑，退休养花，也属善终。其他呢？其他好像就没了。但不管是赚还是亏，不论输赢，二十世纪九十年代在上海人回忆中仍是色彩斑斓的"传奇"，毕竟痛痛快快地活了一回，即尼采所谓的从任劳任怨"我应该"的骆驼，上升到了奋力拼搏"我要"的狮子。不过这世上永远是狼多肉少，哪能容下人人是狮子，就如那个陶陶，一直叨念着要自由，要飞离他那强悍的老婆，可最终还是被老婆大人芳妹强有力的胳膊搂了回去，一脸知足地"幸福"下去了。不过眼界一旦打开，就再也回不去了，所以才有《繁花》，才有了《繁花》大火，才有街头巷尾争说《繁花》的盛况。《双城记》开首："那是最好的时代也是最坏的时代，那是充满智慧的时代也是最愚蠢的时代，那是信仰的时代也是怀疑的时代。"上海人只关心每句的上半段，这是我们的福气和DNA，像王熙凤一般不信来世，我们只有眼前这一次机会，悲剧永远不是上海人的首选。

/ 梦露的前夫

——读《阿瑟·米勒自传》

说起玛丽莲·梦露无人不晓，一张照片便可倾国倾城，也难怪"一举"拿下总统肯尼迪兄弟。她前夫之一，阿瑟·米勒，虽然在流行文化界知名度差了一大截，但还不至于沦落到仅为"梦露先生"（Mr. Monroe）的尴尬境地，他是美国文学史上举足轻重的剧作家，郎才女貌，与梦露是妥妥的一对，怎奈也没能天长地久。米勒最有名的剧本是《推销员之死》，在中国也并不陌生。1983 年米勒来北京，还亲自导演了此剧，由英若诚翻译兼领衔。想象不出一个两鬓苍苍、神神叨叨的老头在话剧舞台上推销自己之生死，会有什么趣味，所以从未一睹芳容享受过北京人艺的那场"豪华"阵容，倒是看在梦露前夫的份上，从我居住之地 Elk Grove 市图书馆，借了米勒先生广受赞赏的自传《Timebends: A Life》，准备苦读一下，也算是知恩图报，毕竟去图书馆一趟省了我 25 元大洋，借条上如是说。读英文原版并不轻松，作家名气一响，更会变着法儿让你不痛快，"肆意妄为"的长句子不少，历史性的人名地名又太多。读书其实是一项投资，即便借书省了钱，投进去的却是眼力、精力、脑力、心力，还有到期得还的责任感，风险不小。往往是一旦开了头，便骑虎难下，只能一条路走到黑，被套牢了。哈姆雷特阴魂不散：读还是不读，这可是个问题！To read or not to read, that is the question.

兢兢业业，生字查了一个又一个，孜孜不倦，每天或多或少几十分钟，仍不见佳人现身，米勒先生不紧不慢地荡漾在二三十年代的

"大苹果"纽约市里，一五一十地叙述他的童年、少年、他的亲戚朋友、1929年股票崩溃、黑色星期一的那段家族挣扎史，吊着你们想看梦露情史的胃口，长篇累牍地夹带上原本没人会在意的干货或私货。不过毕竟是大作家，将貌似偶然的、不相干的生活的"浪花"，连点成线，连线成篇，看似不经意，却勾画出了我们一向追求的所谓"历史画卷"，让我等既意外地了解了纽约昏暗的昨天，又受到了文字的熏陶，不过此"历史画卷"迥异于我们理想中的那种"画卷"，值得借鉴处不少。米勒的自传是"以人为本"，一直在分析或者说追踪他剧本中人物的原型。高堂父母（米勒一再提到父亲不识字）、兄弟姐妹、伯伯、伯母、舅舅、舅妈、堂表兄妹等"凡"人的轶事，来龙去脉，都成了他创作的源头。性格高于动作，"人"重于"事"。

我们习惯于平铺直叙，某甲某乙某月某日做了什么，非常功利，一如名画《清明上河图》、小说《金瓶梅》，平面的，两维的，至于甲方乙方情绪如何，那更是言简意赅，记得《水浒》《三国》中好像只有"大喜""大怒"之分。直到《红楼梦》才有了"动机"，有了九转愁肠的"潜台词""潜意识"，当然不是弗洛伊德牌的，却有相通之处。洋人素喜"由表及里""由浅入深"，死钻牛角尖，非要挖出行动后面的动机，拷问出真诚背后的虚伪、慈善后面的罪恶，因为不论是犹太教还是基督教，前提便是在上帝面前，"人生而有罪"。动机还有表层的、深层的、有意识的、下意识的，其中"下意识的"尤为重要，因为人物不但是现时的，还是历史的，而下意识正来源于历史的沉淀、阶层的沉淀、种族的沉淀、生物的沉淀，也难怪米勒会在《推销员之死》中尝试着运用了人物时空穿越的手法。在他看来，现在与过去不可分，过去中有现在，现在中有过去，你中有我，我中有你，父母中有我们，我们中有父母，因果互换。当然大背景永远是古希腊智者们启始的对

"我是谁""我到底要什么"的穷追不舍。反观我们自己,好像就少有这样"自讨没趣"的矫情,君君臣臣父父子子,"我是谁"早已定好了,至于"我要什么",更是毋庸置疑,升官发财,荣宗耀祖,乃天经地义!"吃饱了撑的"从来就不多,再说,总得先吃饱了吧!

但是《推销员之死》未必能推销进中国百姓的视野中,国情太不同了,加之不好看。出于好奇心,或者说懂点儿英文,在外国文学中也摸爬滚打过,硬着头皮看完了英若诚版的《推销员之死》,非常失望。感觉剧作者在人为制造"压抑感"。比起曹禺《日出》中拼命向上爬的李石清与顶头上司经理潘月亭的斗智斗勇,直至两败俱伤,及被欺压的小职员黄省三的悲惨遭遇,推销员威利·洛曼那点事根本就不是事,只不过是抗不住自然规律,一江春水东流去,人老珠黄,事过境迁,却还沉浸在过去的所谓推销员"辉煌"的过往中。老朋友愿意借钱给他,他却还能拒绝以保持自欺欺人的脸面,可见并非山穷水尽,而是心理上不能或不愿接受现实,与其说是"美国梦"的破碎,还不如说是一厢情愿地活在过去的"梦幻"中,不能自拔。

有趣的是,1983年曹禺在北京接待过亚瑟·米勒,还陪他观赏了北京人艺的《蔡文姬》,记得读到过报道说,米勒指出该剧的"问题":同一段故事由不同的角色说了一遍又一遍,重复叙事稀释了戏剧冲突。眼光独到,切中了要害。

1947年是米勒的高光时刻,他的剧作《吾子吾弟》在百老汇连演了一年,名利双收。高兴之余,心有不安。俄国大文豪托尔斯泰的榜样在前,时髦的"负罪感"是必需的。为了对得起自己的良心,米勒甚至去市政府失业登记处找了一个最低工资流水线上的活,一如托尔斯泰自愿去作鞋匠。流水线干活没人观摩捧场,终非长久之计,不过米勒也不肯就这么廉价地放过自己,他马上就一针见血,对自己狠狠地来了"陀思妥耶夫斯基"式的一刀：

"因成功（尤为崇尚平等的左派所认可）而萌生出负罪感非起始于我，虽然我也倾向于认为人应生而平等，但并没能为此作过什么。负罪感实际上是一种自我保护机制，掩盖我超过别人——尤其是我爱的父亲、兄弟、亲朋好友——所带来的快乐。这其实是以假装悔恨以换取原谅，当然也并非全然虚无缥缈，而是有实际用处的。对超过自己的人眼红妒忌而心生报复是人性使然，为避免惹祸上身，成功者往往会急于表白：'别恨我，咱俩半斤八两，我也过得不如意'。"

米勒的这本自传很长，有 656 页，掘地三尺，将自己家族背景、创作的来龙去脉、心灵历程分析得头头是道，鲜有"只缘身在此山中"之遗憾。这是米勒对自己人生的"读后感"。很多史实性段落牵涉到很多我们不熟悉的人与事，兴趣不大，倒是有些发自内心的感受，颇有价值，可供一读。

1）写剧本的念头一直缠绕着我，也定位了我是谁。写剧本让我发现了自我，也是一张许可证，让我说出原本难于启齿之言，不能让我脸红的内容通常并不会是好东西。写作给了我自由，让我展翅飞翔，一旦我隐约觉得我写的东西能传达给他人，公众的事务就有点儿像是在我的体内发生，能让我困惑或者感动的，公众也应会有同感。

2）梦露很"弗洛伊德"，在她眼里，任何话语，甚至于口误都不是偶然的，每句话，每个姿态，不论有意无意，都有内在的目的，最随意的评论都会是包藏祸心。我（Arthur Miller）则正好相反，有意对周围的恶意视而不见，我有自己的生活，我这种处世为人习惯让我与梦露之间常有误会。这位金发女郎在银幕上犹如香槟酒一般，天生给人们带来快乐，但她看待事物能力让人吃惊，可以说是一种有洞察力的天真。

3) 现代观众对长篇大论不耐烦，对文化上的引经据典一窍不通，崇尚成王败寇，对败者，不屑一顾，对胜者，趋之若鹜，一听到"文化"两字便逃之夭夭。当然观众中也不乏有鉴赏能力者，但一出戏要能站住脚，大体上必须要能抓住每个人。但观众的这种口味的演变，无论真假，倒是让戏剧更健康地转向：少说多干，少台词，多动作。让角儿坐在台上独白滔滔不绝，其他同台演员一声不吭等他完事的日子，一去不复返，更不用说将舞台上的无趣沉闷当作深刻的象征了。

4) 要理解我们那一代人，离不开我们与所谓"失败了的上帝"的关系。但我觉得这种说法不准确，应该是"失败了的偶像"，而非"上帝"。偶像明白无误地告诉我们应该信仰什么，上帝则提供"选择"，选择什么由我们自己决定。两者有很大的区别。在"偶像"面前，我们都是依赖的孩子，在上帝面前，我们一方面肩负重担，另一方面，又身心解放，从而参与在日新月异的世事中作出选择。只要西方社会仍有生活不快乐，空虚无望，精神上异类但又追求上苍指点的人们，那么这种表面上各异的困境在今天也如在二十世纪三十年代时一样不会消失。

5) 我们总是将过去浪漫化，为减轻苦痛而逼迫事实退隐。当年逃亡的希伯来人看到海水重新涌入上帝为他们排干的海床，将埃及追兵淹没后，他们喘过气来，席地而坐，忘记了多年来的内部纷争，两败俱伤的不堪历史。如今，面对平静蔚蓝的海洋，他们却告诉孩子们，过去的生活是如此美好，即便是在埃及的统治下，至少埃及人不准他们忘记自己是希伯来人，作为同族人，必须相互扶持，和睦相处。头脑愈合过去的经历一如愈合伤口，过去总是好于当下。

6)《萨勒姆的女巫》（*The Crucible*），原名《炼狱》，无论是在美国国内，还是在国外，都是我所有剧本中上演最多的一出。但在不同的时间和地点，有着不同的意义。如果此剧突然在某国某地大火，那我几乎马上能说出那地方的政治风向：不是警告独裁将至，便是提醒别忘记才过去的独裁。不久前的1986年，英国皇家莎氏剧院的《萨勒姆的女巫》刚结束在英国各地的大教堂及露天城市广场上的巡演后，又在波兰的两城市巡演了一个星期，一些波兰政府的高官也在观众席中。他们的出席表达了他们对他们须听命的政府独裁的抵抗。1980年此剧在上海的公演，则是对"文革"的隐喻。十年来的无端指控和被迫认罪几乎抹去了知性生活的所有痕迹。作家郑念女士在单人牢房中度过了六年半，其间女儿去世，郑女士对我说：她简直不能相信此剧是由外国人所写，剧中有些审问与她所经历的一模一样。这让我打寒战，也未曾料到的是，郑女士还告诉我，青少年的专横跋扈，在两国如出一辙。

7)俄国戏剧大师斯坦尼斯拉夫的表演体系在美国的接力者便是李·斯特拉斯伯格（Lee Strasberg）。美国很多著名演员都在他的门下，梦露也是他的"方法演技"（the method）的忠实信徒，其妻宝拉作为梦露的现场表演指导，与梦露形影不离，直至梦露离了她就无法拍戏，到最后宝拉甚至完全控制了梦露，令亚瑟极度反感。一次，宝拉硬拽着亚瑟，要他欣赏被她崇拜得五体投地的其夫的一段录音，米勒回忆道：只见宝拉双手合拢，摆出天后般的架势，眼神扑朔迷离。录音带放出大师盛赞意大利女演员伊利诺拉·杜丝的讲话："如今，大多数人认为我们尊崇杜丝是因为她的演技"，大师卖关子，"但这并非是原因，那么原因是什么呢?"一个长长的停顿,的确,我也正纳闷呢!"那不是全部!"大师继续说,"世上有很多伟大的女演员,活着或逝去的,国内的或国外的,塑造出很多光彩夺目的形象,舞台生命,一代又一代,有英国的,瑞典的,德国的,意大利的,荷兰的,西班牙的,法国的,有男有女,不同地区不同年代",至此,一面等着他给出杜丝之所以受尊崇的答案,一面我禁不住脑子开起小差来,可这位大师在括号补充话题上滔滔不绝,引申,扩展,重复,没完没了,他提出的问号反而淹没在无轨电车上,直至我费尽洪荒之力,才想起大师原该是讨论女演员杜丝。大师的讲课起码延续了二十分钟。

书中米勒对"表演大师"李·斯特拉斯伯格及其妻深恶痛绝,尤其是他们对梦露的洗脑控制。李·斯特拉斯伯格的表演体系在欧美有不少门徒,包括《教父》三位主角:马龙·白兰度、阿尔·帕西诺、罗伯特·德尼罗。还有多次奥斯卡金像奖得主《克莱默夫妇》的梅莉·史翠普、达斯·霍夫曼,《林肯》《萨勒姆的女巫》主角丹尼尔·刘易斯(米勒的女婿)。李·斯特拉斯伯格还在《教父》中客串过一黑帮老大,得了奥斯卡提名。不过英国最著名演员劳伦斯·奥立弗对此表演体系则嗤之以鼻。足足等了好几个星期,Elk Grove 图书馆终于辗转从其他兄弟县市借到了 1996 年电影《萨勒姆的女巫》,省了我二十五元大洋,借单上又一次不吝告知。原本不看好好莱坞拍悲剧,但看在图书馆"不远百里"的努力上,还是不情不愿地做了功课交差,结果却是出乎意料地被震撼到了,尤其是米勒女婿的表演动人心魄。影片不只为无辜受害者一掬同情泪,还为人间难以置信的愚昧立此存照。难道果真是"人类永远不会接受历史的教训"?

/《瞧哪，这人》（茨威格话尼采）

一、响亮的名字

在念初中时，偶尔在书橱里翻到一本《查拉图斯特拉如是说》，据说这位作者还在他的自传《瞧哪，这人》中，牛气冲天地说过："我为何如此聪明？我为何写出如此卓越的文章？"从此便记住了尼采这个名字。读尼采的人虽寥寥，但听说过这个名字的人很多，时不时祭出这个名字挺有学问也挺帅气的。历史上那么多长篇大论的哲学家，往往难分谁是谁，但一提到尼采马上就知这便是那位与"权威"大学究对着干的"疯子"，吹皱一池死水的清风，混沌中透出的一线光明，别具一格，独树一帜，语不惊人死不休。

二、哲学是人学

凡是说不明道不清的事物，人们总喜欢贴个标签，"存在主义"便是用得最滥的一个，至于究竟什么是存在主义，谁也说不清，不过硬要给尼采套上这个标签的话，"存在主义"在他就是"彻底感知自身的存在"。在尼采看来，人的精神有三种境界：忍辱负重的骆驼，"我应该"的状态；主动进取的狮子，"我要"的状态；以及最高境界"婴儿"。这第三种即"我是"的状态：活在当下，我行我素，体验当下的一切。婴儿的"我是"便是尼采做人的终点也是他精神探索的起点，是他剖析一切的视角和出发点。从包罗万象地探索"客观"规律，到转为"主观"地探索自己的内心，哲学在尼采那里几乎成了"哲学是人学"。当然任何与人生有关的学问都可一言以蔽之为"人学"，比如"文学是人学"，不同在于，这并不是任何人的"人学"，而是尼采牌

"人学"，戳穿别人西洋镜的"人学"，鞭笞凡夫俗子的"人学"，读懂了尼采，说不定也就读懂了我们自己，以尼采为镜，折射出了做人"不到家"的我们的平庸。尼采在精神上一刻不闲的大脑，在肉体上对阴雨、气压，甚至海拔的病态的敏感，让他成了彻底感知自我的不二人选，也显示出了他所竭力宣扬的理想的人，"超人"的雏形。

三、超人

不过这是怎样的一位"超人"啊：非但没有强壮的体魄，发达的肌肉，反而还是一位无药可救的病人，有着绛珠仙子的"敏感"和酒神的颠狂。似非而是的是，"超人"或者"英雄"往往看似外表柔弱，骨子里却是极度执着。当贝多芬苦于日益减退的听觉而写出《欢乐颂》，当谭嗣同在麻木不仁的老百姓叫好声中英勇就义，当苏格拉底拒绝逃跑，视死如归地喝下毒堇汁，当耶稣头戴荆冠背起沉重的十字架时，肩不能挑，手不能提的"超人"便在我们眼前诞生了，可悲的是芸芸众生非但浑然不觉，还落井下石，以懦夫之勇，争先恐后地踏上一只脚，确保他们永世不得翻身。

四、不烂之舌

若非要写哲学博士论文交差，忙着"讨生活"的我辈鲜有兴趣去读哲学家的"雄文"，也读不懂，所以往往是各派领军人物的一二警句奠定了他们在我们心目中的形象。比如说大名鼎鼎的辩证法大佬黑格尔的名句便是"存在便是合理，合理便能存在"，或者更正规一点"凡是合乎理性的东西都是现实的；凡是现实的东西都是合乎理性的"（What is rational is real；and what is real is rational.）。明明是主观或客观地为当时的德皇威廉三世的独裁统治献媚洗白，却被后人一再解释来解释去，硬要找到革命的或高尚的含义，动用了德语语言与英语的差异，翻译不准确，重新定义"现实""合理"词义等一系列手段，诡辩不厌其烦，不怕舌头打结，只望三寸不烂之舌有三尺长。

五、事实与诠释

"世上没有真实，只有对真实的解读"，即尼采所说："没有事实，只有阐释。"其实不同流派的哲学家的理论何尝不也如此，没有真正站得住脚的论证，只有公说公有理、婆说婆有理的观点。哲学家的论证皆为一面之词，反方亦同样有理，因为说到底，哲学就是"悖论"的"悖论"，否则哪来这么多互不相容的哲学流派同时成立？哲学家们的雄辩和法庭上律师的陈词一样，正反皆可，收了当事人支票的律师可为任何一方辩护，脸不变色心不跳。前卫一点的哲学家甚至会质疑因果关系，即时间直线链，但他们对自己哲学观点的论证，不也还是遵循着因果关系的直线链吗？攻其一点，不及其余，是哲学家们的拿手好戏，偷梁换柱，以偏概全，更会是漏洞百出，正如爱因斯坦所言，"如果你不能简单地解释某件事，那是因为你对它的了解还不够"，所以每当读者觉得上下句接不上，判语晦涩突兀，让人跟不上或读不懂时，往往是哲学家在耍赖，有意跳过了关键"难点"，不过他们会编造出一些新词汇来忽悠"菜鸟"，蒙混过关，还能让读者自惭形秽，以为自己基本功不到位。幸而只要还有点"常识"，不真走火入魔地去逐字逐句地"实践"哲学家异想天开的理论，天下还不至于大乱。讨论哲学问题与其说是开辩论会，还不如说是参观各种"观点"的世界博览会，产品比说明书更有吸引力，观点比论证更有价值，有些还真是"哥德巴赫猜想"的水平呢！尼采的精彩之处也不在于他的推理论证，而在于他格言式的"新观点""新假说"，愤世的，独特的，过目难忘的，醍醐灌顶的。尼采擅长于灵感跳跃式的"点状"思维而非环环相扣的"线性"推理，甚至根本不屑于论证，电闪雷鸣地传播"天机"是尼采的"天职"，连"点"成"线"的因果关系就由你们读者去冥思苦想吧！因为那只是强词夺理的"阐释"，是"力气活"，价值不高。

六、独特的视角

岁月如梭，一转眼脸上多了许多皱纹，在花甲之年不禁又想起了小时候听说过，却无暇去了解的尼采，为一偿夙愿，网购了讲解尼采的 DVD 课程《权力意志》，补上缺失的一课。据说尼采是最近两个世纪以来被引用最多，同时也是最被误读误解、最被抹黑的哲学家。课程相当精彩，但作为严肃的课堂教学，必须考证有据，事无巨细，滴水不漏，尼采的形象因面面俱到，不偏不倚，反呈模糊。的确，我们大部分人初识尼采不是靠他的理论或体系，而是他精炼犀利的格言，与其说是"学问"，还不如说是他对生命的感悟，尼采作为"人"的那一面尤其与他的哲学不可分割，了解了尼采的生命体验也就理解了他的"哲理"。奥地利作家斯蒂芬·茨威格的小册子《尼采》便应运而生，以更艺术化，或者说更宣泄情感的方式，勾画出了一个有血有肉的尼采，文学家眼中的尼采。

七、合二为一

这是一本奇特的小册子。尼采的生活平淡无奇，没有多少故事，更没有陀思妥耶夫斯基那样险遭枪决的惨痛经历，所以你读到的不是尼采传记，或"传奇"，没有流水账、年代表，也不是学术论文，讨论尼采的历史地位或影响，而是对尼采的性格解剖，对尼采的喜怒哀乐的共鸣，对其思路的深入骨髓的揣摩，口吻完全像是对挚友由衷的赞美，对他的愤世嫉俗毫无保留的理解和赞同，对其"百年孤独"及被世俗忘却的极度同情与愤慨，文笔雄辩而热烈，与尼采几乎合二为一，让人感到茨威格更像是尼采的孪生兄弟，或者说茨威格本人便是另一个尼采，隐藏着的尼采，借着说尼采将自己积怨一吐为快。从照片上可见两位都具有神经质的、凝视"深渊"的眼神。

八、孤独的悲剧

茨威格定性尼采的悲剧为"独角悲剧"，即除了尼采本人没有其他演员的悲剧，"没有舞台，没有布景，没有服装，仅在狭小的思维空间上演"，有着时代最闪光的意念，却无人问津。场景始终如一："孤独，孤独，残忍的、无言无反馈的孤独"，"思想如被禁锢在不透明的玻璃罩中，没有鲜花，没有颜色，没有声响，人兽均无，甚至没有上帝，仿佛处于史前或史后的原始荒野。"对尼采的视而不见之地并非文化沙漠，而是一个电报声嘀嗒嘀嗒、电车隆隆声不断、感官文化昌盛、美国式商业化了的德国，拥有上百所大学，上百所剧院和出版机构，正喧嚣嘈杂地研讨着成千上万的新问题。尼采的《查拉图斯特拉如是说》却在此找不到出版商，最后只能自己出资印了区区四十本，在德国七千万人口中，只找到了七位可寄送。"漫长的静寂撕碎了我所有的自尊"，尼采呻吟道。

九、哲学的普罗米修斯

作为大学语言学教授，尼采并不缺听众，"瓦格纳的聚光灯也曾照到过尼采"，但是随着尼采更深入自己的内心，挣脱时间与传统的枷锁，他的听众便一个个离去，直到他成了孤家寡人。他提高嗓门，大声疾呼，手舞足蹈，想引起关注，却一无所获，他奏起了酒神的音乐，装扮出丑角的欢天喜地，仍一无反响，最后他剑拔弩张地跳起了死神之舞，撕裂的，血淋淋的，迎来的仍一片寂静，他甚至找不到一个对头敌手。在孤寂的最后几年间，尼采搬迁过很多地方，但他总是生活在租来的小房间中，冰冷，黑暗，粗茶淡饭。无尽的失眠，不间断的疼痛，日益退化的视力，如影相随，尼采在活棺材中艰难地走完了他人生的历程，没有人在意他的存在，更没人惋惜他的离世。茨威格笔下的尼采与其说是哲学家，还不如说是又一位盗火的普罗米修斯，真理与精神之火，但却无人问津，犹如传说中的丹柯，在引导抱怨的民众走出黑暗的路上，撕开胸膛，捧出自己的赤子之心，又像莎士比亚的李尔王，在狂风暴雨的荒野中呼喊，回应的只有电闪雷鸣。茨威格以极尽铺陈的华丽诗文显示了对民众的麻木不仁的痛心疾首，为尼采摇旗呐喊鸣不平。

十、拥抱痛苦

如果像屈原般写下《离骚》，因失宠而投水自尽，那就太入俗套，太小家子气。尼采不伺候上帝，更不用说君王了，虽然他痛苦到想用手枪得以解脱，但他的坚韧、高傲和反叛决不允许他如此了断，认输从来就不在尼采的字典中。极度敏感的神经让尼采忍受了十倍于常人的病痛，但某天如闪电般，尼采突然领悟到：一切认知皆来源于受苦，快乐让你安于现状，只有痛苦才让你寻根究底，茅塞顿开，是痛苦让我们日臻精致完善。当尼采断言心理学与健康无缘，而病病恹恹的自己则因时不时处于失去生命的危险中而对生命理解更透彻时，他在与病痛的角斗中胜出了！疾病的苦痛非但没有打倒他，反而因祸得福（blessing in disguise），成了尼采生命不可分割的一部分，他用双手去拥抱苦痛，如查拉图斯特拉一般高呼："再来一次，再来一次，直至永恒！"尼采发现他拥有的一切皆为病痛所赐：是病痛让他无法拥有一个固定的职业，让他居无定所，漂泊流离，是病痛让他离开军队转向科学，又是病痛让他没有在科研和语言学中僵化，是病痛让他从巴塞尔（Basel）大学退休，从而走出牢笼，回归自己，他的眼疾让他摆脱书蛀虫的命运，从而"得益无限"，是病痛让他挣脱了社交外壳，逃出了日益逼迫的人际圈子。"病痛解放了我！"对尼采来说，病痛让生活不再是循规蹈矩的日复一日，而是启示和重生。对他而言，"活着就是受苦，生存就是在苦难中寻找意义"，面对苦难不是自哀自怨，而是爱上苦难，享受苦难，细细品尝每一滴苦酒，因为"但凡不能杀死你的，最终只能使你更强大"，"苦难既是阻力，又是跳板"，以苦难征服苦难，凤凰涅槃，向死而生。可怜的尼采直到生命最后一刻，才感到了他一直求而不得的痊愈，他双手向天伸开，发誓他从未病过，从未颓废，他感到从未有过的健康和祥和，但这只是他最后的回光返照。

十一、唐璜

哲学是严谨、按部就班、遵纪守法的德国人的强项。从康德到他的精神上的儿子：席勒、费希特、黑格尔、叔本华，所追求的均是秩序、法规，系统及终极真理。他们与真理的关系是一夫一妻制的，他们对真理的爱有着浓烈的德国特色：正义的，持久的，理智的，忠贞不渝的，并非干柴烈火的婚外情。他们与所追求的真理之间的关系散发着浓厚的家庭气味，真理犹如他们的配偶，他们建立起各自的哲学系统以安置婚床。

而尼采与他们截然相反，是绝对的另类，他是德国哲学大海上突然出现的黑旗海盗船，像是魔鬼附体，又如地狱的火焰，喷薄而出，义无反顾，为寻求真理"衣带渐宽终不悔，为伊消得人憔悴"，呕心沥血，永无止境。他决不会将知识奉为圣像，为之规天矩地，宣誓效忠，反而是一旦一个问题有解了，便魅力顿失，被弃如敝履。他不是个可托付终身的"伴侣"，而是风流成性的"唐璜"，永远在找下一个"新欢"，他寻找的不是确定无疑的真理，而是"不确定性"，不是恋人，而是"恋爱"本身。他认为"谁宣称掌握了所谓的'终极真理'，便成了短视的睁眼瞎"。这也是为何尼采从不建造什么体系，什么尼氏家园，也从不守护自己的"一亩三分地"，他宁可浪迹天涯也不屑成为"有产业的人"。他追求的是"狩猎"本身，而不是猎物，因为"任何一个问题的答案只会是瞬时的，而不是永久的"。尼采要的是无尽的生命之活力，而非生命之不朽。

十二、真诚之代价

尼采曾打算过写一本书，题目为 Passion for Sincerity "激情为真诚"，（如果改 for 为 of，一字之差成 "Passion of Sincerity"，便是 "真诚受难记" 了）书虽没写成，但尼采在其生活中却激情燃烧地实践了 "真诚"。但此 "真诚" 并非中产阶级无关痛痒的、毫无血性的所谓 "诚实"，而是烈火真金，魔鬼般的 "真诚"，毫无保留，决不妥协，容不得一粒沙子，清澈见底的真诚。尼采看似如白天睁眼瞎的猫头鹰，其实却是悬崖上的鹰隼，有着敏锐的嗅觉和千里眼的视觉，任何虚伪不洁都逃不过他严厉审视的目光。尼采说："不洁的环境让我枯萎。"而清晰，纯洁，干净是尼采肉体和精神的必需。陀思妥耶夫斯基是另一位有相似洁癖之人，一如尼采般也神经高度绷紧，感官也病态地极度敏感，但陀氏会妥协，会偏离公正，会言过其实，而尼采即便在酒醉般的狂喜之中，也决不会牺牲真实。他知道对真诚的较真让自己活在危险中，但正因为有危险，他才更热爱生命。他挑战性地对哲学家们喊道："将屋子建造在维苏威火山旁吧！""让真理胜出，让生命凋零！"激情高于生存，生命的体验高于生命本身。他拷问芸芸众生："人啊人，你们敢于接受多少真相？"相比尼采对人性真相的揭示，其他任何心理学家都显得笨拙，出手过重。尼采对人的心理剖析则不但犀利，准确，且有着钢铁般的意志能单刀直入，决不手软，而这种天赋也让尼采为此付出了沉重的代价：他的生活，他的休息，他的睡眠，他原本的温顺习性，他的不拘小节，以及他天生的好脾气。甚至可以说，他一半的日子是活在炼狱中。他挥舞着 "彻底真诚" 的烧红的铁棒，吓跑了他的朋友，他的爱情，他曾经的偶像瓦格纳，到头来，除了激情，他一无所得。如果问：尼采到底图什么？他要建造何种体系，何种哲学？答案会是：没有！尼采一无所求，他只是被内心对绝对真诚的追求所驱使，他不曾打算以自己的思想去获得什么，去教导去改善宇宙，他对真相的痴迷和癫狂纯粹是性格使然，追根溯源本身便是他的快乐和目的。"魂断真诚"，是尼采的宿命！

十三、尼采和歌德

墨守成规者往往对独创性视而不见，但对可能威胁到他们的异端却嗅觉灵敏。尼采刚一崭露头角，便立刻被视为危险者，岂可放之任之，将他规范入某种已有定论的框架中，成了德国知识界出于本能的共识。但尼采不知"定论"为何物，因为他永远在演变，永远在否定一切，包括他自己。

虽然好斗尼采很少肯定别人，然而对其同胞先辈，大文豪歌德却称赞有加，他说："歌德是最近的最伟大的德国文人，其智慧无人能及，对人性洞察深广。"歌德与尼采都认为人应该要发展，不断重新认识自己，但他们的风格截然不同，甚至是互为反正。

歌德是深思熟虑、自省的进化，而尼采却是爆炸性的蜕变。歌德是同一信念的扩展，循序渐进，犹如树木每过一年便增加一圈年轮，不靠伤筋动骨，而是靠耐心，日增月长，变得更结实，更强壮，更高，望得更远，而尼采则是"暴力"型，总是先破后立，不断毁灭自己以求重生，他的孤独来自他的与众不同，而他的新观念都是靠活生生地解剖自己，弃尸扬灰而得。他说："与旧的纽带脱离不易，但翅膀就在伤口上生成。"他又说，"我写的书是战胜自己的记录"，是对己宣战，自我折磨的自传，是他不断演变的历史。有悖于常理的是，尼采角色的转变方向是与"正常"的时间表相背离的。

歌德是最正常完美的类型，他人生的每一步都与宇宙的走向合拍。年轻时的歌德有着火一样的热情，中年时陷于沉思，老了不惑，明察秋毫。他思想的节奏始终与他血液的温度相匹配。他的迷乱始于年少，他的知天命发生在暮年，他从一个革命者变为一个保守派，从浸淫在神秘主义中转向到研究科学，从放任自流到明智有序。

而尼采则与常规背道而驰，不但不随着年龄增长而融入体制，反而是越离越远，走火入魔，越变越激进，越不耐烦，越火热，越革命，越混乱，次序完全颠倒了过来。当其他同学还在放浪形骸，酗酒打闹时，仅二十一岁的尼采压抑住内心对诗歌和音乐的喜爱，成了大学语言学教授，他同事皆为老气横秋的教授，父亲辈的瓦格纳与他成了忘年交，此时的尼采的目光盯着的是故去的人和历史。三十多岁，是收心成为中产阶级之时，歌德在这个年岁已是国事顾问，尼采却从 Basel 大学辞职，挂冠而去，"自我放飞"了，他艺术家的才华苏醒了，那个现时的，真正的，悲剧的，不合时宜的，仰望未来而非沉湎于故纸堆的那个新尼采开始显现。画风突变，尼采从语言学转向音乐，从严肃凝重转向心醉神迷，从冷静的谨慎转向了手舞足蹈，直至三十六岁时，成了叛逆的王子，藐视道德，愤世嫉俗的诗人，音乐家。四十岁时，尼采的语言反比十七岁时更鲁莽，更血气方刚，更激情澎湃，逆袭而进，根本停不下来，二度青春反而更绚丽多彩，而这一切均起源于"情杀"，对自己的"情杀"，或者说因激情导致的"谋杀"。他说："我知道毁灭的快乐，这符合我的脾性，且我有这个能力。"他不断否定自己，"否"后面永远是"是"，"是"之后又永远有"否"，如此这般，日复一日，年复一年，尼采"凝视深渊，深渊也凝视着他"，绷得太久太紧的神经终于断裂，他疯了！天才和疯子仅一线之隔。

十四、深渊上的舞蹈

1888 年秋，五个月的时间内，尼采的创作力达到了前所未有的高峰。历史上只有梵高也在同一年，也以相同的惊人速度，画出了一张又一张杰作，每一抹都是神来之笔，完美无瑕，仿佛魔鬼附体，掐住梵高的咽喉，让他喘不过气来地"画不停蹄"。尼采在短短的十天？十五天？三星期？也如中了邪，不用构思，不用妊娠，不用孵化，不用斟酌，下笔如有神，得来全不费功夫。文理清晰肯定，一字不用改，火热又冰凉。尼采说："让我来告诉你什么是灵感。那便是成为更高力量的化身，代言人，传媒，猛然间无可怀疑，又无比细腻地看清听清，感受到了压倒一切的力量正将你推向你的极限。你听命而不是探索，你接受而不问理由，思想如闪电般击中你，你别无选择。"医生应该会诊断尼采是处于精神病的"欣快感"时期，但哪位精神病患者会像尼采那样，头脑如此清晰，而非酒醉后大舌头，吐字不清？尼采最后的时刻沐浴在神秘的光环中，那是奇妙病态的夏日夜半之光，是悬挂在冰川上的似红非红、让灵魂打颤的北极光，全都预兆着不祥。这种光带不来温暖，只引起恐怖。而尼采最终是被他自身的光芒消耗殆尽了。

十五、曲终人不散

茨威格笔下的尼采是殉道者，《尼采》一文实则是一曲《尼采颂》，词藻华丽，文采飞扬，格调近似莎士比亚戏剧独白的铺锦列绣，虽然有点儿用力过猛，有点儿滔滔不绝，有点儿义愤填膺，有点儿过于煽情，但茨威格确实全身心地进入角色，情真意切，尼采跃然纸上，让我们认识了有血有肉的尼采，领会了他以生命筑成的哲学思想，也令人信服地回答了尼采的"我为什么如此聪明？我为什么能写出如此卓越的文章？"这是一位竭尽全力去寻求真理的"超人"，一位毫无保留奉献出自己的每一滴血，决不妥协于任何权威及习定俗成之斗士。时过境迁，当年被有意忽视的尼采日趋时尚，正如他本人所料："我的时代还没到来，有的人死后方生。"他格言式的哲学观点因其形象，生动，精炼，一针见血，反而更容易被当代人理解和接受，显示出超越时代的生命力。尼采的遗产与其说是世界观还不如说是人生观，与其说是观察客观世界后有限的结论，还不如说是主观自省内心之无尽的历程。"结论"的本质是死的，是反尼采的，而否定自己的勇气和"寻寻觅觅"的执着却正是尼采的精华。归根结底，尼采的哲学是"我"的哲学，是剖析尼采这一非比寻常的人类样本的哲学。如果我们相信万物有序，相信有一造物主，或宙斯，或上帝，或什么别的名称的上苍正俯瞰众生，那么尼采的出现，是否是造物主有意为之？是否是上苍在提醒我们："瞧哪，这人！Ecce Homo！"（罗马总督指着耶稣，对群情激愤、要求将耶稣钉上十字架的众人所说的话）

尼采在其创作生命的最后数天里，想象力如火山爆发，他就是那个天真无邪地说出"皇帝没穿衣裳"的孩子，那个未被腐化了的小孩。可真实并非如阿波罗式的宁静甜美，而是酒神般的狂暴和最终被深渊吞噬的惨烈。在以尼采为主角的这出悲剧中，茨威格的《尼采》一文扮演了伴唱歌队的角色，以尼采在《悲剧的诞生》一文中所崇扬的希腊悲剧的美学风格，给予了尼采力透纸背的评价和深情款款的讴歌，完成了尼采迟到的葬礼，盖棺定论了尼采的不平凡。作为文学家的茨威格是如此深入角色地与之融为一体，以至于说茨威格的《尼采》是第三人称版的《瞧哪，这人》，应该也不无道理吧！

茨威格凝视尼采，尼采也凝视茨威格。1942年2月22日，在写完自传《昨日的世界》后，茨威格和第二任妻子出于"自愿和理智的思考"，也出于对他的"精神家园欧洲"毁灭的痛心，在巴西的公寓双双服毒自杀。

（茨威格是位多产作家，最为人知的是小说《一个陌生女人的来信》。上文是茨威格《尼采》英译本的读后感，引文采取有选择性的、重新组合的自由复述式，夹叙夹议，偏向神似而非形似，毕竟不是在

"考古"。相对于英文，德语句子太长，且德语有将动词放在句末的习惯，再加上茨威格的德文原文可能用了很多反问式及否定式倒装长句，而英译本又似乎有意在句型上尽量接近原文，有些地方读起来并不太顺畅。）

/ 语言之谜

　　最近又多了个癖好：刷看源源不断的短视频，上至天文地理，下至八卦丑闻，既打发了时间，又增长了见识，简直是为退休或啃老族量身定做的。

　　偶尔读到了一位神闲气定、优雅知性的小姐姐解说"芝诺悖论"，据说是悖论之最：一个人从 A 点走到 B 点，先走完总路程的二分之一，再走完剩下那段路程的二分之一，再走完剩下的二分之一……如此循环下去，二分之一永远无止境，所以就"卷"在那里，到不了终点了。如果一开始就将二分之一改成三分之一，四分之一……无穷小下去，那么这个人只能在原地踏步，甚至可以推论出运动实际上是不可能的。《庄子·天下篇》中也提到："一尺之棰，日取其半，万世不竭。"换个更形象的说法：从上海出发到南京，走至一半后，在剩下的那一半路程中，再走其半，即一半之一半，再走一半之一半之一半，"子子孙孙永无穷尽"地一半半走下去，"一分为二"永无止境，如此这般，永远到不了南京了。

　　小姐姐化解这个悖论的方法是以毒攻毒：所有悖论都是有预设的、不被人察觉的"公认"的前提，而这"理所当然"的前提正是悖论的软肋。这里牵涉到数学上的无穷之概念，太烧脑了，不在我的理解范围内。但可换个更接地气的说法：假定将我们心中的目的地换成北京，那么南京肯定处在从上海到北京的半路中，所以即便从上海到不了北京，那么从上海到南京是前提，本来就不是问题。同样，为了能证明从上海到北京也不是问题，只要将心中目的地换成是更远的西伯利亚甚至是北极，那么北京就在这些目的地的半路上，也不成问题了。一句话，从上海出发到南京、北京都是可行的，根本不存在从 A 到不了 B 的问题。芝诺悖论的"公理"或预定前提便是从出发点 A（上海）到达 B（北京）之间的中点 C（南京）是没有问题的，这是一个武断的前提，是藏在细节中的"魔鬼"，从一开始就否定了从 A 永远到不了 B 的说法，啪啪打了自己的脸。

语言可证明真为假，也可证明假为真，还振振有词，头头是道，可见赵本山忽悠范伟买拐，已早有传统，说不定还是古希腊进口的。不同的是，本山大叔贩卖的是语言的表情包及心理学，而芝诺贩卖的是语言逻辑。芝诺的语言逻辑所得出的结论，完全颠覆了我们的常识，或者说纯语言的逻辑推导证明我们不仅是瘫了，而且是寸步难行，根本走不了路了。对这种语言逻辑引出反常理的结论，近代最具影响力的哲学家维特根斯坦作出了他的解析。他认为语言并非仅仅是面前某事物的代表，而是与人类的活动纠缠在一起的一件器具，两者不可分割。语言的意义仅存在于日常生活中，哲学家在语言上摔了大跟头就因为他们企图让语言脱离日常生活，迫使语言超越自己的界限，去言说不可言说的东西，他们企图脱离语言的使用活动来单纯地确定语词概念的意义，维特根斯坦甚至把这种错误称之为哲学上的精神病。

虽然大哲学家康德在他的先验论中，并没有涉及关于语言与世界关系的论述，但从维特根斯坦开始，哲学终于将探索的视野，转回到了它自身操持的工具"语言"本身了。语言，这个自古希腊时代以来，思者从没怀疑过的哲学载体开始被质疑了，语言与真理的关系不再是万能的了，不再像苏格拉底、柏拉图、亚里士多德等智者那样，可以无往而不胜地解答任何宇宙乃至人生之谜了。语言是我们认知世界的界限。在浩瀚的宇宙空间中，存在着我们人类一时还无法认识的微物质，虽然它们存在于我们语言的限制之外，但直觉经验告诉我们：它自始至终都如真理一般地存在着。问题在于我们在何种程度上可以借助于"语言之帆船"，驶抵真理之彼岸？

上帝造出了亚当与夏娃，他俩却背着上帝偷吃禁果，被赶出了伊甸园，随后便有了他们独立的生命。人类发明了语言，语言也会偷吃禁果，也会要求自己的独立性。月转星移，语言便逐渐有了自己的规则与风格。自成一体的语言反过来也会影响思维，来个"子教三娘"，就像人类创造了人工智能，人工智能总有一天会操纵人类一样。

思考离不开语言，但只有写下来，连字成文，才真正有了意义。若非柏拉图的名著《理想国》，我们甚至都不知道"第一个把哲学从天上拉回人间"的苏格拉底说了些什么。思绪必须连点成线，才形成可传达的意义。而做文章，其实就是将脑中懵懂的点状人或物以自己特有的方式串联起来。即便事件是偶然的，人物是非理性的，世界是无序的，好的文章总能找到某种联系，某种因果关系，因为空间上的连续和时间上的先后不但存在于我们的 DNA 中，也是语言的天然属性，作为人们互相理解和交流的根基与共识，这是改变不了的。俄国有一谜语：什么东西不是蜜，却能黏住一切？答案：语言。文章的好坏，或者说被接受的程度，很大程度上靠这种黏合起分散的人物和事情的能力。而各人"黏合力"的好坏，与平日阅读的多寡，有脱不尽的关系。我们在"自说自话"吗？不尽然！多年的阅读铸造了我们下意识的语言系统，一旦动笔，我们所写的多少会有曹雪芹、托尔斯泰，或者唐诗宋词、莎士比亚的影子，当然也会有言之无物、空洞八股文的"遗恨"，就看你是喝人奶还是狼奶长大的。

幸运的是，不论现实如何，世上所有公认的好作品都保持有人性的标准，抑恶扬善是不言而喻的前提。正因如此，文艺看似无用，却是人类走向文明的良师益友，防止人类堕落的底线。小说《金瓶梅》虽有其历史价值，且被誉为是《红楼梦》之先声，但平铺直叙的流水账，作者没心没肺，事不关己的袖手旁观，再加上语言粗鄙晦涩，方言的佶屈聱牙，人物全是酒囊饭袋，行尸走肉，引不起任何共鸣，更别说美感了。除了"逐臭之夫"外，是没人会愿意在臭水沟里流连忘返的。尽管这一地痞流氓版的《红楼梦》以风骚淫荡著称，一个劲地被大腕们吹捧，还是读不了几段便败下阵来。即便是情色描写，也不敌《红楼梦》的"好色即淫，知情更淫"，宝二爷的"意淫"远超《金瓶梅》那帮蠢物的"皮肉滥淫"。

让人意外的是，被认为徒有其表的明星们接受采访时脱口而出的倒往往得体应景，写起自传来也自然流畅，可圈可点，可见漂亮的脸蛋不总是绣花枕头，起码是肚子里装了不少剧本台词，有了不俗的语言积累，声情并茂的朗读又让他们体会到语言的音乐性。再看所有作家也都有广泛阅读经典作品的好习惯，且常有作家宣称会有下笔如神之时，到了自己不能控制的状态，仿佛魔鬼缠身，自己仅是代笔，顺势而为而已。这些都应该是脑海深处的语言系统开始独立行动的现象，日积月累后的开花结果。

文笔流畅既是作者真情实感的流露，也是语言"黏合"能力的标志。纯技术而言，行文流畅是少不了"连词"的，例如：因为，所以，况且，乃至，则，至于，像，如，等等。一旦去掉连词，或者去掉所有的"连接"，散文便成了"诗"，或者说现代诗，有无"诗意"则另说。而今人写的古体诗，去掉的不仅是"连词"，有时连意思都连不起来，只是"华丽"词语的堆砌，为"格律"而削足适履，煞费苦心，却有形无魂。年代上越靠近我们的格律诗，反而越难懂，因为典故越用越多，简直是在"借尸还魂"，年代上离我们较远的李白，反倒是最直接易懂的。李白不靠引经据典，不用"之乎者也"，愣是大白话写出了千古流芳。比如《将进酒》，朗朗上口，如唱山歌，无痕"连接"，一气呵成：

君不见黄河之水天上来，奔流到海不复回。

君不见高堂明镜悲白发，朝如青丝暮成雪。

人生得意须尽欢，莫使金樽空对月。

天生我材必有用，千金散尽还复来。

烹羊宰牛且为乐，会须一饮三百杯。

岑夫子，丹丘生，将进酒，杯莫停。

与君歌一曲，请君为我倾耳听。

钟鼓馔玉不足贵，但愿长醉不愿醒。

古来圣贤皆寂寞，惟有饮者留其名，

陈王昔时宴平乐，斗酒十千恣欢谑。

主人何为言少钱，径须沽取对君酌。

五花马、千金裘，呼儿将出换美酒，与尔同销万古愁。

这种洒脱，这种豪放，这种天不怕地不怕的自由灵魂，怎不让作为后人的我们汗颜！当然，如果以前"万卷书"没有白读的话，此处结束语应为：李白不是作诗，他就是诗！

/ 肖邦的"24"和巴赫的"48"

一、开场白

在巴赫的代表作《平均律键盘曲集》（48 组前奏与赋格，以下简称"48"）问世近一个世纪后，肖邦以自己的"练习曲"钢琴曲集从方法到神韵都作了精彩的回应。1829 年 10 月肖邦首次提到了这部作品，他在给朋友提托士·华西乔乌斯基的信中说："我以自己的风格写了一首练习曲。"在另一封 11 月的信中说："我写了几首练习曲，打算好好弹给你听一下。"肖邦提到的练习曲便是他的练习曲集 Op. 10 和 Op. 25，共二十四首练习曲。虽然曲名朴实无华，却是完美的典范。"写作于他事业的起步阶段，洋溢着他有些后期作品中所没有的青春活力。"

颇不寻常的是，无论是挑剔的音乐评论家，还是有分量的作曲家们，都一致对这二十四首（以下简称"24"）做出了极高的评价。比如著名的音乐评论家杰姆斯·亨纳格称，这些练习曲给人以"泰坦尼克般的体验"，必将流芳百世。另一位评论家弗莱德里克·尼克斯说："无论从审美还是技法上看，肖邦的练习曲出类拔萃，如果你不介意我用'独一无二'的概念，那么我会说这是部无可比拟的杰作。"亨利·梯·芬克走得更远，他说如果只允许一部钢琴作品集留存于世的话，他会选肖邦的练习曲。瓦格纳虽然对肖邦的某些方面颇有微词，但也表示会投票给肖邦的练习曲集，在他看来，"如果说莫扎特的音乐和他的乐队是绝配的话，那么肖邦的钢琴和他的练习曲及前奏曲集也同样是绝配。"（肖邦的《二十四首前奏曲集》是另一"24"，虽然调性安排按"五度相生"次序而不是巴赫"平均律"的半音次序，但也同样穷尽了二十四个调。所以，肖邦是毫不逊色地完成了自己的"48"的。）

作为键盘曲集，肖邦的"24"和巴赫的"48"不单哺育了一代又一代钢琴家，甚至还包括作曲家。最高的赞美莫过于这样一则评价："如果说肖邦的 24 首练习曲是钢琴音乐的基督福音的话，那么巴赫的'48'便是其《旧约》。"这一说法不但是将"24"和"48"同比作圣经，还指出了两者之间内在的纽带。问题是，这样两部看似大相径庭的作品果真是一脉相承吗？或者更明确一点：肖邦的杰作"24"果真受到巴赫"48"的启发吗？如果说"24"得益于"48"，那么"青出于蓝"表现在哪里？

二、相反的两极

提到肖邦和巴赫，马上会有两个截然不同的感觉和印象。如果说艺术家都有点雌雄同体，那么肖邦身上女性成分绝对占上风，"他的欢乐绝不来自于秀肌肉，他的悲伤绵绵不绝无尽头"。美学趣味近于英国诗人济慈的肖邦"恰似最精致的音箱，与大自然融为一体，同呼吸，共振动，反应敏感而强烈"。巴赫则恰恰相反，少有人会将他比拟为诗人，要比，也不会是济慈，只能是写《失乐园》的弥尔顿。尼采一面赞赏肖邦"从灰暗、丑陋、狭隘、自满的德国影响中解脱出来"，一面又批评风格迥异的巴赫："太多原始的基督教，太粗鄙的德国口味，太笨拙的学究气。他虽站在欧洲音乐新纪元的门坎上，却老是向后看，念念不忘中世纪。"尼采没有意识到，作为最引人注目、最能代表浪漫主义独立人格气质的肖邦也在往后看，他看的却正是巴赫！

三、肖邦对巴赫的赞赏

有关肖邦的老师阿达伯兹·辛尼的记载甚少，不过正是他让肖邦学会欣赏巴赫，以至于肖邦曾断言："真正的钢琴家离不开巴赫，不弹巴赫的钢琴家不是三脚猫就是骗子。"当被问及"在开音乐会前你练琴吗",肖邦承认道:"我会关门两星期弹巴赫,这就是我的准备,我从来也不练我自己写的东西。"肖邦还告诫学生弹巴赫是"琴艺长进的最好方法",练习巴赫的前奏和赋格能"培养手指独立性,使触键和色彩变化精细有层次"。

在对巴赫赞赏的同时,肖邦对与他年代上更近及同时代的作曲家相当冷淡。他厌恶柏辽兹的"铜管乐",不喜欢舒曼和李斯特的作品,对贝多芬仅是勉强容忍。肖邦并非狂妄之辈,他对浪漫派同僚作品的不喜欢应有更深层的原因。是否是因为他在那些人夸张的作品中,看到了变形的自己?而在巴赫身上找到了对过度浪漫的约束和对付自我放纵的清凉散?正如济斯·菲根所说,"肖邦的风格是节制,半透明,微妙的",甚至像"冬之风"这样画面感极强的作品,也是与其说是一幅有意浓墨重彩的画作,还不如理解为纯乐思逻辑发展的结果。

不出所料,巴赫对肖邦影响最大的作品就是"48"。肖邦称其为"最高级,最佳学派,无人能超越的经典"。其实正是肖邦自己用他的"24",成功地又一次达到了经典的高度。数字24,一组内容尽可能多变,却统一在不起眼标题下的键盘曲集,调性的安排,百科全书般地探索各种可能性,所有这些方面都显示了肖邦的"24"是在有意地追随巴赫的"48"。

四、转折点

"24"是肖邦作曲生涯的转折点。之前肖邦写过两首协奏曲。评论家吉姆·山姆松将协奏曲这一时段风格称之为"华丽风格",他声称:虽然"华丽风格"为后来的创作打下了基础,但这以后肖邦的风格有了根本的转变。他特别提到了力度记号的风格上的转变,而且这种转变不仅限于力度记号。

"这种变化是质量上的，但即便在细微如力度等方面，也都明白无误地显示出来。从肖邦华沙时期（早期）幸存下来的手稿中可看到，肖邦喜用强烈的对比和极端的力度记号，显示早期的肖邦继承了古典乐派时期的'二元论'，尤其是其炫技风格。不过这以后，肖邦的风格与早期手稿上所显示的有了很大的改变。力度记号更趋向于支撑统一的、拱形的乐曲结构，这点无论在大型或小型肖邦成熟期的作品中都可看到。"

山姆松进一步指出，肖邦练习曲集 Op. 10 是连接肖邦"学徒"期和明白无误成熟期的桥梁。评论家尼克也注意到了肖邦前后这一变化，并将之归功于巴赫对肖邦日益增长的影响。

五、比较两首 C 大调

肖邦"24"（Op. 10）和巴赫"48"的首曲，均为 C 大调，常用作比较两部曲集的起点。评论家艾伦·弗第，和史蒂夫·吉尔伯特，应用了著名的音乐理论家香格的"简化法"后发现，这两首曲子的开头惊人地相似。

a. Bach, WTC/I, Prelude 1

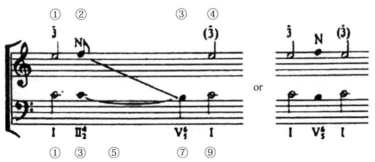

b. Chopin, *Etude in C major*, Opus 10, No. 1

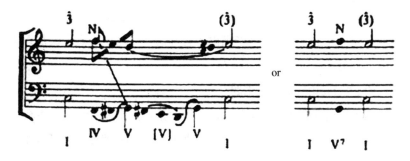

如果这仅是巧合，那么山姆松对这两首曲子更深入的分析，则醍醐灌顶地开阔了视野。他在谈到肖邦 Op. 10 第一曲时辨析说：

"显然拿巴赫"48"与肖邦练习曲"24"各自的 C 大调首曲相比顺理成章，但还可以见微知著，由表及里。在总体上和声按常规进行的同时，巴赫和肖邦常让低声部上的旋律，与高声部单一音型的横向运动两者间保持持续的冲突（不协和），任由两方强烈紧张地对峙（对位）着。这种高声部上的反复音型与低声部上的旋律作"不协和对位"，是两作曲家的拿手好戏，此独特的技法，对在结构上将音乐推进到协和的终点所起的作用，不亚于传统的等级森严的和弦进行法则（公式）。在此一一列出两作曲家对和声走向的安排，或细数经过句性质的，各等级上"属和弦"短暂地解决到各自的"主和弦"的支节，并无太大意义。注意的重点应为：上声部单一音型的"横向"运动是怎样与低声部旋律形成对位互动的，以及刻意选择了怎样的和声进行方案，才得以让两股势力从冲突到解决，有惊无险地相辅相成，一起走向调性最终之归宿。"

山姆松的分析关系到好几项肖邦对巴赫的继承：

1）单一主题，2）多声部，对位式思考，3）大胆的和声语

汇，4）单一音型

所有这些方面又都相互关联，肖邦对它们融会贯通、得心应手的驾驭，充分显示出巴赫的遗产已融入肖邦的血肉之中，而非仅是无关痛痒的皮毛。

六、"二元论"对"单主题"

当山姆松提到"二元论"时，他指的是，由伟大的维也纳古典乐派作曲家所建立和发展起来的"奏鸣曲曲式"。奏鸣曲曲式"最重要的特征是：强烈依靠先后两主题（主题和副题）之间在织体、节奏、情绪上的对比，这与肖邦练习曲的风格有点格格不入。"肖邦常被诟病没掌握好奏鸣曲曲式，芬克对此说法嗤之以鼻，他认为"事实是，奏鸣曲曲式没法'掌握'住肖邦。肖邦的主要特点便是高度集中，而奏鸣曲曲式要求分流，一分为二。肖邦本能地感到，对他诗意盎然的灵感来说，奏鸣曲曲式有点太人为，不自然"。当然，问题并不在于奏鸣曲曲式自然与否，或它与单一主题结构孰好孰坏。关键在于肖邦对巴赫在前奏与赋格中运用的单主题形式，更觉如鱼得水，"单一的动机，先游离，后回归至同一稳固的调性，高山流水，一气呵成"的风格使肖邦更近于巴赫，而非年代上更接近他的浪漫派兄长或同代人。一元化的曲式成了肖邦诗情画创作灵感的最佳载体。肖邦的 F 小调练习曲 Op. 10 No. 9 是一个很好的例子：此曲仅由两个音及一休止符组成的胚芽发展而成。如同巴赫，肖邦对微小的素材物尽其用，决不浪费。从简洁性、发展动机的能力上来讲，肖邦的"24"确可与巴赫的"48"相媲美。

七、复调的幻觉

讲到复调对位（巴赫的镇山之宝），罗伯特·柯来特指出：

"肖邦的音乐甚至很难说是真正复调对位的，他的低声部与高声部很少能对换，位置可上下互换的声部写作及'卡农'（严格的声部模仿，'轮唱'即其中一种）也非他的菜。肖邦的复调是微妙、不显山露水的那一种。"

不过肖邦练习曲 Op. 25 No. 7 倒是复调因素相当明显的一首，这是一首"痴男怨女二重唱"。"她"隔开一小节在高八度上模仿"他"，严格模仿虽只有一小节，但情话绵绵，欲语还休。"她"在第二、三小节用节拍放大的模仿来回应"他"，在第四到第九小节又稍作变通地继续模仿"他"。乌西克·库伯如廉将肖邦的复调写作标为"幻觉型复调"，即旋律既在声部间轮流出现，又不触动主调音乐的根基。此处应无必要再列出巴赫复调写作的例子了吧，因为声部间相互模仿在巴赫是比比皆是的惯例，而非例外。弹一下巴赫《平均律曲集》上卷中的

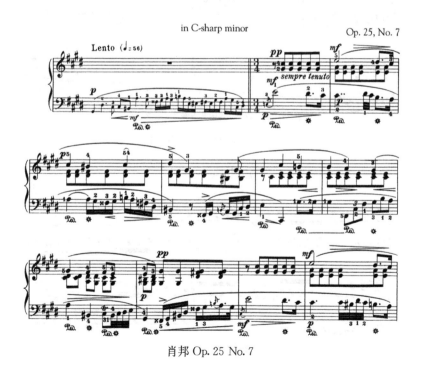

肖邦 Op. 25 No. 7

升 C 小调的前奏曲，再弹一下同一调性的这首肖邦 Op. 25 No. 7，会让你对两者间的联系有更感性的认识。

肖邦练习曲 Op. 10 No. 4 和巴赫"48"上卷中的升 F 小调前奏曲的相似性显而易见，不只是主题相似，结构也雷同，两曲的左手都在属调上（相差五度）模仿右手。

肖邦练习曲 Op. 10 No. 4

Prelude No.14
(from book 1)

J. S. Bach

巴赫升 F 小调前奏曲

山姆松认为因肖邦擅长赋予各声部不同的色彩，他的对位写作与钢琴这件乐器匹配完美，正如巴赫的音乐与他所在时代的触键单一的乐器羽管键琴和管风琴相匹配一样。以肖邦练习曲 Op. 10 No. 7 为例：

7. Etude in C Major

肖邦练习曲 Op. 10 No. 7

"此处很难说有主次之分，各声部处于平衡状态，形成混合、难以捉摸的织体。因既有重复音型，又有歌唱性连音两种不同的音色而变得格外有趣。我们总能在肖邦看似简单的表层下发现更丰富的内容。"

在称之为"冬之风"的这首练习曲中，右手融合了"和声"和"旋律"双重职责，以一种特别的音型和左手低声部的旋律达成了强有力的、戏剧化的对峙（对位）。

八、大胆的和声

肖邦的和声"是自巴赫以来最大胆的"（又是巴赫！），它对以后，特别是瓦格纳的音乐有重大的影响。肖邦的和声颇具"革命性"，但照赫德力的说法，大多数情形下，肖邦的独创性更属于"越过底线，将

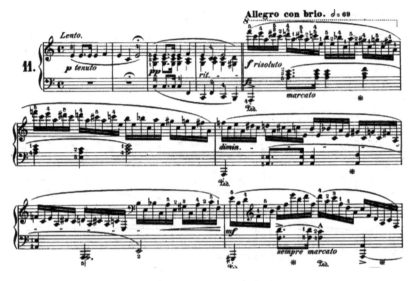

肖邦 Op. 25 No. 11 冬之风

不协和的半音进行和转调推进到全新的领域。新颖的和声效果来自于寻常的延留音，经过音，以及具有旋律性的伴奏音型的结合"。这一手法也出自于巴赫，巴赫的"48"上卷 C 大调前奏曲和肖邦练习曲 Op. 10 No. 1 就是很好的例子。这两首乐曲中和声效果的新颖独特均来自于复调，或更准确地说，来自于复调各声部间的"不同步"：即各声部虽然对和声走向有共识，但除了共同的"竖向"的和声职责，还有各自的"横向"的旋律任务，所以各个声部其实各自为政，对下一步怎么走、何时走，各有己见。时间上的不一致产生了矛盾（"不协和"）及由此而来的更丰富的色彩，亦即山姆松称之为的"不协和对位"。如果说以"五度相生法"为基础的和声规范是调性王国治理的基础，那么大小调音阶及半音音阶的"横向"运动，便是五度相生法原则的变异和补充。巴赫和肖邦除了遵守由五度相生法派生出来的传统的和声规则外，还利用了在另一层面上"自说自话"的各种音阶横向运动的天然习性，让这两种在不同方向上不相协调的势力作"对位"运作，便产生出了和声上的奇花异果。如果说五度相生法统治了传统的"竖向"和声，那么大小调音阶及半音音阶的"横向"运动则在"24"或"48"中异军突起，大行其道。

在巴赫《平均律曲集》上卷 C 小调前奏中，第五到第十六小节的高声部就是下行的 C 小调音阶，低声部也同样是 C 小调音阶，与高声部作相差三度的平行下行，但两者"不同步"，低声部总是"晚"一个小节，由此形成每隔一小节的不协和，但又在下一小节中予以解决。两种声部，连同它们的邻音，则填满了实现了外声部所暗示的完整和弦。

"横向"运动的音阶也不总是与"竖向"的和声产生矛盾：肖邦的练习曲 Op. 25 最后一首，也是 C 小调，第三十四小节至四十小节低声部是 G—降 A—A—降 B—B—C 的上行半音音阶，不过上声部并没有"拧巴"，而是竭力配合，所以除了已纳入"正规军"的几处减七和弦外，并无突兀之处。新颖的音响往往产生于"横向"行进的音阶与"竖向"和声间的互不相让及最终妥协，或者说大胆的和声常常会是复调作曲手法的"副产品"。同曲的第七到第九小节，上声部也是 C 小调音阶，从 C 下行到降 E，而低声部则是持续音 C，"岿然不动"地坚守在主音 C 上，坦然面对暂时的冲突与"不协和"，看谁干得过谁。第七十五小节到第七十六两小节，音符 B 不耐烦地一再宣告自己的存在，由此与低声部 C 音爆发小二度的尖锐冲突（不协和音）。这一现象在巴赫的"48"上卷 C 小调前奏曲中也早有先例。

肖邦 Op. 25 No. 12（75—76）B 音"挑战"C 音

巴赫 C 小调前奏曲（35—38）

　　肖邦另一喜欢用的手法是"属七和弦"或"减七和弦"的成串运用，铺张地延迟古典音乐时不时必须有的"终止"。在这方面巴赫又是肖邦的先驱，他的前奏曲在最后的"终止"前总会有长达数小节的持续"属音"。肖邦练习曲 Op. 25 No. 6（31—34）中万花筒式的五彩斑斓，却又没有转调感觉的效果，应该是来自巴赫"48"中的 D 小调前奏曲（24—26）（两图例均为相差半音的连续减七和弦）。

肖邦 Op. 25 No. 6（31—34）"三度"练习曲

巴赫 D 小调前奏曲（24—26）

九、统一的音型

统一音型对巴赫和肖邦都至关重要，在他们笔下，音型、旋律及和声三者并无严格的界线。哈德指出，在这方面作曲家会面临两难境地，但对巴赫和肖邦来说，均不在话下。

"运用统一音型，作曲家会面对双重挑战：一方面，统一音型作为一组，必须具备明显的性格，甚至旋律性，才能引起听众的注意，另一方面，这统一音型组又必须足够机动灵活，以应付上下文和其他各种要求。显而易见的是，第一方面做得越突出，对作曲家的能力要求就越高，以满足第二方面的要求。在这点上，肖邦从来就不疲于奔命，而是像巴赫写前奏曲一般游刃有余，坚持以统一音型贯穿他的每首练习曲。"

罗伯特·柯来特补充道："两位作曲家都有写隐喻旋律的单一音型的才能。没必要举例，任何一首都是完美的例证。不过练习曲 Op. 10 No. 6 更是一突出的实例。"

十、两个世界

尽管肖邦从巴赫那儿学到不少东西，但谢天谢地，肖邦不是巴赫再世，肖邦的"24"也绝非巴赫"48"的翻版。两者不同之处才是肖邦流芳百世的理由。作为波兰人，来自"东邻"的作曲家，肖邦为音乐带来了色彩；作为新一代的钢琴家，肖邦探索了发明不久的钢琴踏板所能带来的，非巴赫所能预料得到的那种梦幻和空灵的境界。肖邦的"24"展现了一个五光十色、诱惑感官、青春骚动、激情浪漫的世界，与巴赫沉湎于宗教信仰、深陷于哲学思考的平静的世界全然不同。舒曼用非常感官的语言这样解读肖邦的练习曲 Op. 25 No. 1：（昵称"竖琴"。Aeolian harp，风神的竖琴）

"让我们想象这是能奏出任何一种音阶的风神竖琴，艺术家的手在琴上拨出各种美妙的、典雅的装饰音，你能隐隐约约听到低声部深沉的旋律，和轻柔入耳的高声部。"

对同一首曲子尼克则有这样的印象：

"在美丽的旋律微风的下方，聚集着颤动的云雾，偶尔似见有形物，若隐若现在雾气中。"

对肖邦练习曲 Op. 25 No. 7.（昵称"大提琴"），卡拉索斯基说道："心灵不仅是失去了什么，而是失去了一切。"海勒则认为："唱出了最甜蜜的悲伤，最令人羡慕的折磨。"

如果说，巴赫的"48"让德国大诗人哥德感到"创世前憩息在上帝怀抱中那个世界的完美与和谐"，那么肖邦五彩缤纷的"24"，连同它所包含的小至"蝴蝶"（Op. 25 No. 9），大至"冬之风"（Op. 25 No. 11）"海之潮"（Op. 25 No. 12）等自然现象，则展现了上帝创世后的世界之美丽。

十一、结语

时至今日，肖邦的"24"早已成为所有严肃钢琴家的每日必弹，就像当年巴赫是肖邦的食粮一般。不过巴赫毕竟是巴赫，正如肖邦所说，巴赫永不过时，永不老。肖邦曾如是说：

> "巴赫的作品犹如一幅理想的天文图，每样东西都在它应该在的位置，没有一条线是多余的。巴赫让我想到天文学家。有些人在他身上只看到复杂的数字，但对能看到他和懂他的人来说，巴赫将他们引向巨大的望远镜来窥探和欣赏巴赫的杰作：他所创造的满天星辰。转身离巴赫而去的时代是愚蠢的时代，意味着腐朽的低级趣味。"

肖邦是彻底"读懂"了巴赫，他甚至能"改正巴黎版巴赫'48'中的错误，不只是刻版印刷错误，而且是自以为懂巴赫的人所犯下的和声上的错误。"

不论肖邦的音乐语汇看似如何的"大胆""革命"，肖邦的"24"与巴赫的"48"仍属同一种游戏，遵守同一套由巴赫在"48"中所定下的游戏规则。在创作"24"时，肖邦无疑是遵循着巴赫的天文图。肖邦的创新是"理性的大胆"，他不但回应了巴赫，而且以他的旷世杰作"24"充分地实现了他"开创艺术新世纪的大胆抱负和高尚的决心"！

写于 1991 年

十二、补记

巴赫是西方音乐的老祖宗，不但肖邦崇敬他，其他大作曲家也都奉他为"祖师爷"，不是因为巴赫美丽动人，或热情奔放，或擅长戏剧性，或有异国风情，而是将巴赫当作基石，作为取之不尽用之不竭的源泉。对肖邦来说，巴赫是"天文学家"，发现了理想的星际图，对贝多芬来说，巴赫是"大海而非小溪"，门德尔松重新"发现"了巴赫，以指挥《马太受难曲》"复活"了多年来埋在尘埃里的巴赫，勃拉姆斯更是一言以蔽之："学习巴赫，一切均在其中。"莫扎特说"巴赫是爸爸，我们都是他的孩子"，不过莫扎特指的可能是巴赫的儿子 Carl Philipp Emanuel，即 C. P. E Bach，但莫扎特自小就学写巴赫式的赋格了。要比唯美感伤，肖邦夺魁；要比戏剧冲突，非贝多芬莫属；要比沉稳宽广，勃拉姆斯当仁不让；要比清新欢快，门德尔松是首选，莫扎特更是浑然天成，前无古人后无来者，然而我们总会回到巴赫，为什么呢？因为巴赫的音乐是处于一个更高更复杂的维度，仿佛早已预见到了宇宙的奥秘。我们都生活在低维度空间，大多数人所欣赏或能接受的也仅是二维（平面画，电影）、三维（雕塑）艺术，而巴赫的脑子已是多维空间观测器，他的复调音乐"赋格"（原意：逃遁）主题不变（如最简单的原子），却上天入地任意游弋在多个独立声部中，它们能屈能伸（乐句长短能加倍或缩小），能上能下（能互换位置），空间能弯曲（紧凑 & 放宽），能倒置（镜像乐句）。时间能倒流。复调音乐的另一种，"卡农"（规则，模仿），更是花样百出，有"严格卡农""自由卡农""无终卡农""同度卡农""N 度卡农""转位卡农""反向卡农""增值卡农""减值卡农""逆行卡农"，等等，不过任你千变万化，而节拍（光速）则始终不变，整体始终和谐，达到某种上帝看管下的祥和与平衡。当然正如谚语说，任何比喻都是蹩脚的，但作为

"时间的艺术"的音乐与物理学确有不解之缘。如果说爱因斯坦开启了相对论之门,让我们重新认识了宇宙,那么从某种意义上来说,巴赫便是音乐上的爱因斯坦,与科学界相反,因为有了巴赫,古典音乐一开始便是高峰。

顺便说一句:为求与外星人沟通,1977 年人类向太空发射的旅行者金唱片中,古典音乐有七首之多,巴赫占了其中的三席。

2024 年 9 月

/ 后记

　　此选集一头一尾两篇原文都是英语，《论奥斯丁》写于去美国留学前一年（1988），《肖邦的"24"与巴赫的"48"》一文是我在美国密苏里大学音乐系读研时得到教授（Dr. Michael Budds）赏识的一篇作业（1991）。其余的文章都是在美国熬过了二三十个酷暑严冬后，才动笔"春秋"的。其间因忙于教学生谋生，从无写中文的机会。但毕竟中文是母语，除了常提笔忘字外，思考仍以母语为主，中文水平虽不咋地，但深入骨髓，是忘不了的。据说人到生命之终端，再熟练的后学语都会忘记，只剩下孩时的母语。写写弄弄既是退休后的消遣，也是一种还债与回归，或者正如 Dr. Michael Budds 所说："只有诉诸笔墨，你才真正清楚自己的想法（I don't know what I know until I see what I say）。"几十年的老同学郭景德一直让我相信我写的并非全是胡言乱语，没有他的鼓励和全方位的鼎力相助，不要说不会有什么选集，可能连好些文章都不会有。还得感谢华东师范大学中文系才女张昭卿从头至尾仔细审阅了稿子，纠正了不少错误甚至标点符号。说到底，所有这些文字都源于"吃饱了撑的"，希望能让"吃饱了"但还没到"撑"的朋友们作饭后消遣。